見鬼了才當後娘

3 完

文創風 1106

霓小裳 著

目錄

第四十四章

燒掉了信，何月娘對著空盪盪的屋子搖頭發笑，她想不到一個女人為了男人發起瘋來，竟如此的煞費苦心，想必皮貨鋪那個叫嚴廣福的也可能就是趙悅然派來這裡的，嚴廣福來了這裡兩年，沒帶家眷，抬腳就能走，他來這裡是做什麼？

明擺著還是為了陸世峻。

這裡是陸世峻的外家所在，陸世峻每年總要來那麼一回、兩回的，趙悅然把她的人安排在這裡明著是做生意，實際上是監控陸世峻在這邊的一舉一動。

如今，見陸世峻跟一個叫何月娘的小寡婦走得太近，嚴廣福就給趙悅然做了稟報，趙悅然這才暗中指使嚴廣福，要他把鋪子賣給何月娘，然後又想用幾個老不修來折磨何月娘，讓她開不成鋪子，以此逼迫陸世峻回京城。

趙悅然不是一般的女人，陸世峻也非一般的男人，他們兩口子都能在一瞬間就猜出對方所作所為的用意。

所以，趙悅然從陸世峻遲遲不回去，還在一個姓何的女人辦的私塾裡當了先生，頓時便猜出他對何氏有意。而陸世峻呢，也一下就猜出背後使小伎倆算計何氏的人，是他在京城的好夫人趙悅然。

所以，他匆匆回去，全了趙悅然的面子。

趙悅然目的達到，心滿意足，自然不會再為難何氏。

這兩口子還真是一個半斤、一個八兩，棋逢對手了。

如果陳大年沒死，她要這樣費心費力費腦子地跟他過日子，她早就跳腳不幹了。

何月娘搖頭嘆息。

她真沒想透夫妻倆為何弄成這樣滿是謀劃，在她看來，那陸世峻雖說得可憐，但既是成親了，就得避嫌，好好負起責任才是。

總之，自從陸世峻走後，陳家皮貨鋪就再沒人來叨擾了。

一個月後，重新裝修的皮貨店正式開門營業，取名何氏皮貨鋪。

這個名字，何月娘很是不喜，沒新意，太老土了。

但陳四娃說啥都要取這個名字，無論何月娘怎麼板著臉嚇唬。「你再叫這個名字，老娘就生氣了！」

陳四娃跪在那裡，就是執拗地不肯改名字。到後來，陳家其他幾個娃都跪下了，請求何月娘同意取這個名字。

何月娘被氣笑了，她指著自己的幾個娃兒。「你們這幫臭小子，這是一個個有正經事做了，老娘的話就不聽了是吧？好，好，隨便你們吧，我啊，也是老了，管不了你們了。」

「娘，妳不老，妳好看著呢！六朵聽妳的話，六朵替妳踹他們！」

陳六朵這個小馬屁精屁顛地跑過去，挨個兒在她那五個哥哥的屁股上踹了一腳，邊踹還邊叨叨。「一幫臭小子，沒長心，惹娘生氣，都聽著，再有下次，小六兒就拿棍子打你們。哼，我是家裡唯一的女娃，我說了算，你們不許不聽！」

何月娘沒忍住，被小六兒逗笑了。

「妳這狐假虎威的架勢，跟誰學的？」

陳六朵歪著腦袋想了想，笑嘻嘻地說道：「是爹在夢裡跟我說的，若是幾個哥哥惹娘生氣了，就讓我踹他們！」

四娃的皮貨鋪剛開業，上門的客人就不少。

多數客人都是從馬老闆的皮貨鋪裡過來的，在馬老闆那裡當學徒時，四娃嘴甜、手腳也勤快，遇著顧客上門，他都是和顏悅色地幫他們服務，就算有些刁難的主兒，也能被他伺候得很滿意，所以聽說他從馬老闆的皮貨鋪裡出來另起爐灶了，那些客人馬上就尋了過來。

每隔兩天陳大娃都會給皮貨鋪送去兩張皮子，有時是麃子皮，有時是野兔皮，有一回竟有兩張狼皮，這可把陳四娃嚇著了，他忙求陳大娃。「大哥，千萬不要讓娘再去深山裡頭打獵了，這太危險了，野狼都是狡猾狠戾的，萬一傷著娘，可怎麼辦啊？」

「我每回都跟娘一起去的，你放心吧，娘的箭射得可準了。」

陳大娃看著皮貨店裡日漸多起來的皮貨樣品，滿臉的笑。「小四，你可得好好幹，咱娘雖然生你的氣，但對你還是寄予厚望的，就今天早上還讓三弟妹給你煮了茶葉蛋，說是你一根筋，做事急於求成，經常忘記吃飯，給你帶些茶葉蛋，你若是餓了，在爐子上熱一熱就能墊點肚子。咱娘看著脾氣壞，其實心裡知道疼人呢！」

「娘！」

陳四娃撲通跪下，對著陳家莊所在的方向，砰砰砰磕了三個響頭。

隨後，他站起身，目光堅定地說：「大哥，你跟娘說，陳四娃一定會好好幹，會賺更多的錢讓娘享福。」

「嗯，這才對嘛！」

陳大娃笑呵呵地拍了拍陳四娃的肩膀，把一包茶葉蛋塞給了他。

隔天，何氏皮貨鋪來了一位顧客，看她的打扮就知是有錢人家伺候主子的管事嬤嬤。

「我們可是聽劉家夫人提起過你，說你做事認真，手藝也不錯，價格還公道。當然，我們主子也不差錢，所以，價格方面你不用管，只要能幫我們把這件狐狸皮大衣給修補好就成。」

這位姓于的嬤嬤打開一個錦布包裹，從裡頭拿出一件成色非常好的狐狸皮大衣。

陳四娃自從跟著馬老闆學習處理皮貨，也算是見過一些上好的皮貨大衣，狐狸大衣也是有的，但沒一件能比得過這件。

這是一件藍狐大衣，看其毛髮細柔豐厚，靈活光潤，色澤更是美觀，在陽光下熠熠閃亮，把手覆上大衣，手心裡立刻就有暖意傳來，可見其禦寒性是極佳的。

只是可惜，這樣一件幾乎是完美的狐狸皮大衣的前襟上有一個手指大小的洞。

「這太可惜了，怎麼弄成這樣的？」陳四娃感嘆道。

「唉，可不是可惜嗎？這是我們老爺託人從外域給我們家小姐帶回來的一件絕好的大衣。我們小姐體質弱、畏寒，冬天裡常常受寒生病，但自從有了這件大衣，小姐去年一整個冬天都沒病過，老爺跟夫人都挺高興的，都說這件大衣雖然價格不菲，但花得值得！誰知道，我們家小少爺性子頑劣，聽說這件大衣好，非要纏著看看，大人拗不過他，就把衣裳給他看，結果他硬是把大衣前襟上的一枚珍珠釦子給扯了下來，也不知道他是怎麼弄的，還把衣裳給扯出了一個洞。我們夫人氣得要打他，卻被小姐攔下了。小姐說，幼弟還小，他只是好奇，並非故意，所以只能教誨，不能打罵。現下啊，我們小少爺也知道錯了，跟大小姐道歉認錯了，可是，這衣裳卻不是一句道歉就能修補好的。小老闆啊，你可一定要幫我們小姐把衣裳補好啊，你放心，只要能恢復原樣，我們老爺定有重賞的。」

于嬤嬤一通絮叨，總算是把事情的始末說清楚了。

旁人是怎麼教育孩子的，陳四娃自然不好多言，他只耐心地聽完于嬤嬤的話後，對她承諾。「這衣裳能修補好，嬤嬤回去告訴夫人和小姐，三日後來取，保證還她們一件跟原本一模一樣的。」

「好，那可太好了！」于嬤嬤得了承諾，歡天喜地走了。

說起來也是湊巧，陳四娃手裡正好有這樣一小塊的藍狐皮毛。

這不是他未雨綢繆搶先一步買來的，而是他上回跟一個老獵戶購買皮貨時，對方覺得他給的價格非常合理，老獵戶很高興，就把他手裡的一塊藍狐皮毛給了他。

老獵戶說，那是他有一年打了一隻藍狐，正好他娘子給他生了一個大胖小子，他一高興就沒賣那隻藍狐，而是把藍狐皮扒了，又找人處理好，給他家娘子做了一件藍狐坎肩。

坎肩做好後，剩下這樣一小塊的藍狐皮，擱在家裡快十年了，他都沒捨得給旁人。這回陳四娃聽說他家娘子病了，需要錢治病，所以格外多給了些銀子，老獵戶是個懂得感恩的，但家裡又拿不出別的來，就把這塊藍狐皮給了陳四娃。

這不過是幾天前的事，要不怎麼說是湊巧呢？

陳四娃看著手裡這件藍狐大衣，想起老人們常說的一句話，幫人其實就是幫己，要不是他對老獵戶施了善心，也得不到這塊藍狐皮，那今日于嬤嬤送來的藍狐大衣也就無從修補了。

他找出了藍狐皮，很小心地剪下一小塊，又跟那位千金小姐的藍狐大衣比對了一下顏色，決定還是先給藍狐皮染色，染成跟藍狐大衣一樣的顏色，才好修補。

染好色後，天都黑透了，他也沒雇人，就一個人看鋪子，吃飯也是自己做，偶爾對面的朱老闆會打發兒子給他送來一屜包子、兩個小涼菜，他都是付錢的。朱老闆也是個爽利的，知道不收錢陳四娃是不會吃的，也就是象徵性地收了一些本錢，再把多餘的錢讓兒子送回來。

看著放在櫃檯後頭的那包茶葉蛋，陳四娃心裡暖暖的。

他把鋪子關了，去後院熬了粥，粥還沒熬好，外頭就傳來敲門聲。

他疑惑地問了一句。「是誰？」

外頭傳來馬二苟的聲音。「師弟，是我！」

「師兄啊？你等一下啊，我給你開門。」

雖說曾有些齟齬，但遠香近臭，聽到是馬二苟來了，陳四娃還是很高興。正好他有一段時間沒得師父馬老闆的信了，他還打算著明日去馬記皮貨鋪，問問情況呢！

門開了後，馬二苟拎著一包豬頭肉和兩壺酒走了進來。

進來就四下察看，邊看邊嘖嘖。「哎喲喲，師弟啊，你這生意做得不錯啊，這鋪子裡的好貨是越來越多了，都快趕上師兄那裡的貨色了。」

馬二苟的眼底閃過一抹嫉妒。他原本還端著師兄的架子，不肯到陳四娃這新鋪子來呢！怎麼說，他也是馬老闆的大徒弟，還是馬家的上門女婿，這兩層身分都比陳四娃一個小學徒要高不少吧？就是嫉妒，就是羨慕，也該是他陳四娃羨慕嫉妒他馬二苟吧？怎麼也不該他馬二苟巴巴地跑過來巴結陳四娃吧？

但最近一段時間，馬記皮貨鋪的生意一落千丈，有時候竟一整天都不開張，這讓馬二苟心裡暗暗地發慌。他是用了花言巧語把馬老闆的閨女給哄到手了，也確確實實地拿下了馬老闆的鋪子，馬老闆將積攢了半輩子的皮貨都給了他，只指望他能好生做生意，對馬小姐好。

馬二苟一開始也的確是這樣想、這樣做的，對鋪子裡的買賣很是上心。

但後來有兩回，他被一些狐朋狗友拉去妖豔樓喝了兩回花酒，回來瞧著自家娘子馬氏，怎麼看怎麼醜陋不堪，他甚至後悔娶了馬小姐。可問題是，如果他沒娶馬小姐，這馬家的一切也落不到他手裡啊！

他越想越煩躁，心情也就越糟糕，對上門來的顧客也沒個好臉色。

馬氏勸了他幾回，都被他吼了回去，氣得馬氏也懶得再管了。

但隨著買賣一日不如一日，他自己先慌了。

剛好又有鄰居說，從他這裡離開的陳四娃，如今生意做得風生水起，客人都要擠破門了呢！

這些傳言就跟刀子割肉似的，讓馬二苟如坐針氈，今日他顧店了一天，鋪子裡一文錢的進項都沒得，他終於坐不住了，去尤老闆那裡買了一斤豬頭肉，打了兩壺酒，拎著就奔何氏皮貨鋪來了。

「師弟，自從你開鋪子我還是第一回來你這裡向你祝賀，你可別在意，你也知道，師父走了之後，鋪子裡所有的事都得我一個人操心，馬氏呢，又懷了身孕，我是伺候完生意，還得伺候她，這日子過得啊，累得很！」

馬二苟說話間拿起一個酒杯，給陳四娃倒了一杯。「師弟，這杯酒呢，是咱們師兄師弟一場，情誼不說如親生兄弟，最起碼也比一般的朋友親。來！乾了，今日啊，咱們不醉不休！」

「好，乾了！」

見馬二苟如此，陳四娃也想起了些過往情誼，舉杯相碰。

陳四娃再醒來是被一陣急促的敲門聲驚醒的，他睜開眼，頭還是有些眩暈。昨晚師兄一個勁兒地給他倒酒，他也不好意思拒絕，結果就喝多了，這天都快晌午了，他還宿醉未醒呢！

搖搖晃晃地去開了門，昨天來送藍狐大衣的那個于嬤嬤就進來了，迎面一陣刺鼻的酒氣，直把于嬤嬤熏得倒退兩步。「哎喲喂，陳小老闆，你昨晚這是喝了多少酒，滿身的酒氣，嘖嘖！」

她咂著嘴，就自個兒先找個椅子坐了。

「對不住，于嬤嬤，昨天我師兄來了，兩人一見面就想起過去一起當學徒的日子，說著喝著就多了！實在是不好意思……」陳四娃忙用手掩嘴，生怕嘴裡的酒氣惹于嬤嬤討厭。

「那個陳老闆啊，我們小姐想起一事來，原本她那件藍狐大衣不是有一粒釦子被小少爺拽掉了嗎？這不，找了兩天才從犄角旮旯裡把這枚釦子找著了，便讓我送過來，想請你幫忙把衣裳修補好了之後，再把釦子縫上。你放心，你多做了事，我們小姐不會虧待你的。」

于嬤嬤說著，就從袖袋裡掏出一枚很精緻的銀鑲珍珠的釦子，那珍珠一看就是好貨，白得瑩潤。

「嗯，行，沒問題，都是捎帶的事，不額外收錢的。」

陳四娃接過釦子，讚了一句。「于嬤嬤，就這釦子也得值不少錢吧？」

「那是，我們穆家的千金小姐，從小就是被夫人、老爺捧在手心裡長大的，吃穿用度都是緊著最好的！」

于嬤嬤說著站起來環顧四周。「我們小姐的那件藍狐大衣呢？」

「那麼貴重的衣裳，我怎麼能隨便擺放在櫃檯上呢！于嬤嬤放心，衣裳我給放在後院我的臥房了。」陳四娃實話實說。

「嗯，看陳老闆小小年紀，考慮得倒也周全，那我就放心了。」

于嬤嬤點點頭，又囑咐了幾句，這才扭搭著走了。

她走了之後，陳四娃連忙簡單地漱洗了一番，又把門口、鋪子裡外都打掃了一遍，這才剛站直腰，尤小德就來了。

「四哥，我娘讓我給你送一屜包子、一碗解酒湯過來。她昨兒瞧見馬二苟拎著酒壺來，就知道他賊心眼太多，能把你灌醉了。四哥，你好些了吧？我娘說，宿醉容易頭疼，你快把醒酒湯喝了，再吃點東西。」

尤小德是尤老闆跟朱老闆的兒子，這孩子是個懂事又勤快的，陳四娃在朱記幹活的那一個多月裡，他倆成了好哥兒們，天天膩在一起！

「回去告訴孀子，我沒事。」陳四娃有點不好意思了。

他知道酒能誤事，所以在做買賣之前就下定決心，不能飲酒。

但昨天真的是馬二苟太盛情了，人家拎著酒來，又說了那些兄弟之間掏心窩的話，他實在是推辭不了，只能硬著頭皮喝。

以後絕不能再犯第二回！

他暗暗告誡自己。

尤小德回去後，陳四娃把醒酒湯喝了，但包子沒吃，實在是頭不舒服，渾身也不自在，沒啥胃口。

燒水煮了一壺茶，喝了兩杯後，頭疼才緩解了些，他就回到後院臥房，打開臥房的櫃子，拿出了那件藍狐大衣。再回到前面，把藍狐大衣攤開擺放在桌子上，他準備今兒先把空洞的地方修補好，然後再縫釦子。

但讓他沒想到的是，就在他展開那件大衣，看到的情景，直把他嚇得一屁股跌坐在凳子上，半天沒力氣動彈。

這不是他醉酒後雙腳無力才跌倒的，實在是他被自己看到的情景嚇著了。

那件藍狐大衣原本只是在前襟的地方破了一個手指指甲蓋大小的洞，但這會兒他看到的卻是那件藍狐大衣，從上到下被尖銳的東西狠狠劃開了一個足足有小孩手臂長的口子！

拿著自己準備修補的那一小塊藍狐皮，陳四娃渾身都在發抖。

這到底是怎麼回事？昨天明明他放進櫃子裡的時候，衣裳還是好好的，這才過了一夜，衣裳就出現這樣大的變故，這樣的損傷，就是他手頭有那麼大的藍狐皮，也無法把大衣修補好了！

因為許是劃傷這大衣時，那人的手有些哆嗦，抑或是他所用的刀具太鈍，所以，這大衣上劃出來的口子不是平整的，而是帶著歪歪斜斜的毛邊，想要把這毛邊修整好，那就得用更大的藍狐皮來修補，且不說藍狐皮不易得，那就是易得，也得花費一筆大錢才能買到。

愣在那裡好一會兒，陳四娃用顫抖的手給自己倒了一杯已然涼了的茶水，咕嚕咕嚕，冰涼的茶水下肚後，他腦子裡的思緒漸漸恢復了。

這事發生變故就在昨天傍晚到今兒早上這一段時間，而這段時間，他鋪子裡除了師兄馬二苟就再沒人來！

驀地，陳四娃後脊梁冒起一陣寒意。

後娘早就提醒過他，馬二苟這人本質不好，所以，當一般的朋友見面點個頭，道個好就成，萬不能跟他走得太近，也別太信任他。可是，他都做了些什麼？竟跟這樣一個包藏禍心的人喝了半宿酒，直把自己喝得酩酊大醉……沒有旁人，一定是馬二苟做的！

是他，趁著自己喝醉睡著了，到後院去把大衣給糟蹋了！

這件藍狐大衣，不用穆家人說，陳四娃也知道，價值不菲，他……是賠不起的啊！

此時，天已經中午，外頭陽光普照，暖意融融的。

但店裡的陳四娃卻只覺得通體冰涼，他呆愣愣地坐在那裡，想了好一會兒，也沒想出一個解決這件事的辦法。損壞東西要賠償，這恐怕是小孩子都懂的道理，他陳四娃是一個開門做生意的，以善為本，誠心做事，這是他做生意必須要遵守的原則。

而如今，他不能退避，不能有絲毫的辯駁，一切的確都是因他的大意，因他低估了小人的伎倆，這才被馬二苟害了！

他不是沒想過，要去馬家皮貨鋪，找馬二苟評理，問他為什麼如此狠毒，要用這種卑鄙的手段，害得他生意無法做下去？

是真的沒法子繼續做下去了。這段時間，他已然把陳家全部的積蓄都拿來進了皮貨，但收入呢，卻只是九牛一毛，還沒能回本呢！

如果要賠償這件藍狐大衣，估計他把鋪子賣了都未必夠！

可是，他去找馬二苟，馬二苟是肯定不會承認的。

俗話說，捉姦捉雙，拿賊拿贓，他沒有捏著馬二苟使壞的手腕啊！人家是帶著陰謀來的，把他灌醉，那就是他給自己下的套，問題是他竟一點防備都沒有就中了人家的套，這能怪旁人嗎？

一壺涼茶喝盡，陳四娃的心也冷靜了下來。

他包好了那件藍狐大衣，雙手捧著，去了穆家。

穆家在當地跟劉家一樣都是富戶，不過，穆家比劉家口碑好的是，穆家老爺是為儒商，他曾經少年就考中了秀才，是人人稱道的文曲星下凡，不過，就在穆老爺打算更發憤讀書，來年繼續大考時，他老爹過世了，偌大的家業就此撂給了他。

他們家是做生意的，而且生意做得很大，在江南、在北方都是有產業的。

無奈之下，穆老爺只好把考取功名的事放下，先把生意接起來。

年復一年的做下來，他忙著南北奔波，根本沒時間再去考慮大考的事，這其間他也成了家，夫人為他生下一兒一女，湊成一個好字，這也讓穆老爺把讀書的心思歇了。上有老母需要奉養，下有一雙小兒女得他教育，生意也得照管，他只能忍痛割愛，再沒談及讀書考功名的事。

不過，因為他是個書生的底子，所以，他行事一直都是很從容儒雅的，對任何人、任何事都能做到寬宏仁厚，做生意也很公道，從不做奸商，由此，他被人稱讚是儒商。

如今的穆家家財萬貫，是當地首富。

而劉家，不過是仗著陸家的勢，靠著劉家那位遠嫁到陸家的老姑奶奶手指縫裡漏下點好處，維持著劉家在這座小城裡的體面。

劉家人出門處處都跟穆家做對比，跟人說：「他們比穆家不差啥！」

但瞭解內情的人都知道，穆家不說別的，就財勢都能甩劉家十八條街。

有些劉家散布出來的風涼話也會傳到穆老爺耳中，穆管家都氣得罵劉家不要臉，一窩子抱陸家大腿的，有啥資格跟穆家比？但穆老爺都是一笑置之，也不解釋，更不會去計較。時間久了，劉家都覺得沒意思了，所以，也就沒有再傳些對穆家不好的事。

如今，穆家跟劉家也算是能在這小城裡相安無事了。

穆家家大業大，但宅院大門建造得並不似劉家那麼張揚，不過是一般富戶人家的門庭大小，門口也沒擺放石獅子，只是在大門上有一幅穆老爺親筆書寫的對聯——讀萬卷書知古今之智慧，行萬里路緝天地之精微。

陳四娃對穆家門房說：「我是何氏皮貨鋪的，今日來求見穆老爺，是來負荊請罪的。」

門房進去一說，穆雲開十分不解。「是一個年輕人來向我請罪？」

「是的，老爺。他說，因為他的失誤，做了一件對我們穆家無法挽回的事情，所以這才來登門請罪，以商議後續的賠償事宜。」

門房把陳四娃的原話向穆雲開稟報了。

第四十五章

「那你帶他去前廳吧！」

穆雲開放下手裡的書，起身往前廳走去。

他進門，迎面就見一個面容清秀的年輕人手裡捧著一個包袱，包袱裡鼓鼓囊囊裝著像是一件衣裳。

年輕人見他進來，忙躬身施禮。「穆老爺，今日陳四娃是來請罪的，因我的疏忽，給你們家造成不可挽回的損失，我願意承擔賠償事宜。雖然我現在無力一次把賠償的銀子給您，但我保證會在三年之內，把全部的損失都賠償給您，還請您能相信我做人的良善以及做生意的誠信！」

穆雲開被他說得一愣，不由接話道：「年輕人，我們似乎沒見過面，不知道你所說的賠償一事指的是什麼？」

陳四娃輕嘆一聲，把手裡的包袱打開了。

看到那件藍狐大衣，穆雲開更不解了。「這件大衣我聽內人說，被于嬤嬤拿到外頭找人修補了，怎麼會在你這裡？哦，你就是她找的修補匠人？但我還是沒明白，你就好好地把衣裳修補好即可，何來的賠償一說？」

在他目光灼灼的注視下，陳四娃無奈的展開了那件大衣。

「啊？」穆雲開倏地從椅子上站起來，他面帶慍怒，指著那件大衣道：「你可知道我買這件大衣所為何事？」

「是為貴府小姐的身體著想。」

陳四娃頭深深地低著。「于嬤嬤已經跟我說了，小姐身體羸弱，需要藍狐大衣護體，所以，你們家對這件大衣很是重視，不惜用重金購買。我……我十分歉疚，真的萬分抱歉！我雖然知道簡單的金銀賠償已經是很對不起你們了，可我……真的沒法子了，這種藍狐皮極其難得，得機緣巧合才能擁有，是我害得小姐又要受冬日之寒，我真的是萬死難辭其咎……」

他越說頭越低，聲音也帶了萬分的愧疚。

「你就不打算說說這件衣裳，是怎麼被弄成這樣子的嗎？我想，這不會是你自己刻意劃傷的吧？」

穆雲開是個生意人，走南闖北很久了，閱人無數，自然能看出來一個人的表情真假。這小夥子雖然年紀不大，但說話誠懇，道歉的心也十分真誠，不是個虛情假意的。

他忽然就對這個小夥子有了幾分好奇。

「衣裳是怎麼劃傷的如今已經不重要了，重要的是我沒盡到看顧的責任，因為我的疏忽才造成如今的惡果，我難辭其咎，所以還請穆老爺說出個賠償金額來。加……加倍也成，我可以先寫下欠條，請您放心，我今日之所以登門謝罪，就沒打算賴帳，男子漢一言九鼎，三年內，我會還清欠您的欠款！當然我也會竭力尋求同樣的藍狐大衣，若是能遇著，我一定傾家蕩產把它買下來賠償給您。」

說完，陳四娃鄭重的再次躬身行禮。「還請穆老爺跟穆小姐轉達我對她的歉意，藍狐大衣我暫時是弄不到的，但今年冬天之前，我一定會做一件跟藍狐大衣禦寒性差不多的毛皮大衣給她，讓她能康健地度過寒冬。」

「我倒是更想知道，你到底是怎麼把這件衣裳弄成這樣的了？」

穆雲開真的對實情有興趣了。

聽陳四娃說，他不但要賠償穆家銀子，還要給自己閨女做一件禦寒過冬的毛皮大衣，這小夥子還真是考慮周全，心地善良，讓他更確定這件大衣如今這樣，不是他親手所為。那麼，會是什麼原因造成的呢？

「這個……」陳四娃有一絲猶豫。

他倒不是想給馬二苟遮掩，主要是他過不了自己心裡那道坎，這事敗在他的輕忽，不怪心懷叵測的馬二苟，只怪他太過輕信於人，還有婦人之仁。

不，別貶低婦人，他後娘也是婦人，後娘可是數次提醒他，要他遠離馬二苟的。是他太過心存僥倖，沒把江湖險惡給看清楚，這才導致陷入如此狼狽境地！

如果穆家這回不肯接受三年賠償之期的話，那他這生意就真的做不了，只能把鋪子都賠給穆家了。越想，他越覺得心涼，當下死死地咬住唇，臉色也漸漸變得蒼白。

穆雲開給在一旁伺候的管家使了個眼色，管家立刻勤快地端過來一杯熱茶。「這位小哥，喝口茶吧！」

陳四娃木木然地把熱茶端起來，也不顧燙，一飲而盡。

「穆老爺，這事我實在是難以開口，因為我太過稚嫩，沒有把世間人心的險惡看清楚，這才導致被小人給算計，我……我很懊喪，覺得沒臉見家裡人了！」

接著，他就把昨天晚上發生的事說了一遍，最後他說：「穆老爺，我告訴您實情，一點都沒有想要推卸責任的意思，我不恨馬二苟，我只恨我自己，是我太過輕信於人了，所以，這一次，也是我應得的教訓！還好，沒有被哄騙得害了旁人的性命，不然，那我真的是跳了大江大河也無法贖罪了！」

金錢雖然貴重，但終究只要努力還能賺得。

但若害了旁人性命，那就是多少金錢也買不回來了！

「嗯，你現在領悟了這些，對你今後做生意還是有好處的。」穆雲開緩緩地抿了一口茶後，開口道。

「您……您的意思是，您接受我的賠償條件，許我三年之內把賠償還清？」

陳四娃滿臉驚喜。他原本著實擔心穆家會就此對他呵斥，甚至大打出手的，畢竟這件藍狐大衣可是人家小姐禦寒的緊要東西。

所以，他一早就盤算好了，若是穆家不肯答應他延期還款，那就把鋪子賣了，先還他們一部分，差的再另外想辦法。

至於他以後怎麼辦，他來的路上也想好了，他不會就此一蹶不振，他要對得起家裡老娘的支持，對得起兄弟們的關心，他要從頭做起，去給旁人打工，等賺夠了錢，再買鋪子做買賣。

穆雲開一句話，把他原本抱持的希望全都給激發了出來。

他又重重地給穆雲開施禮。「穆老爺，人家都說您是儒商，是好人，今日一見果然如此。您放心，我絕不食言，一定盡快把賠償還給您！」

「嗯。」穆雲開有心想說：賠償就不必了，穆家也不差這點錢。

但他思量須臾，還是點了點頭，表示認可陳四娃的賠償責任。他是挺看好這小夥子的，從他的敢作敢當上，能看出來他日後前途無量。但如果他輕易地不要他賠償了，他興許會輕忽、翹尾巴的，以後說不定就沒了這分志向了，那樣他的寬宏大度反而是害了他！

「不過，要記住你說的，今年冬天之前，你得給我女兒做好一件禦寒性堪比那件藍狐大衣的毛皮大衣來，穆家自然是不會白要你的大衣，價錢隨便你開，但必須要暖和。哦，對了，還要精緻好看，我女兒可是很挑剔的。」

穆雲開提及女兒，眼裡有了溫和的笑意。

「嗯嗯，我一定會做到讓穆小姐滿意！」陳四娃身上好像真的卸下了千斤重的荊條似的，腰背挺直了，臉上重新洋溢著自信的光芒。

讓管家送走了陳四娃，穆雲開抿了一口茶，對著簾子後頭喊了一聲。「出來吧，都多大了，還這樣喜歡躲貓貓？」

「哎呀，爹，人家這不是不知道前頭來了客人……」穆靜姝一臉嬌羞地從簾子後出來，小嘴嘟著，嬌嗔道：「爹，您就喜歡取笑女兒，女兒不高興啦！」

「好啦，爹哪是取笑妳？我閨女喜歡做什麼都好，爹都不會攔著。」

穆雲開滿臉慈愛，看著閨女略略羸弱的身子骨兒，眉頭微微蹙起。他家靜姝心思靈敏，聰慧大方，可就是身子骨兒太弱，尋了無數名醫來瞧，都說是胎裡帶的羸弱，不好去根。

這一日日，穆家都是用珍貴的藥材補品來將養著穆靜姝的千金嬌體，可就是不見效果，尤其到了每年冬天，對於穆靜姝來說，往往都是一次受寒，便咳嗽一整個冬天，那咳嗽聲把穆家上下的心都給咳疼了。

連最小的穆壯壯都在冬天來臨時會格外的乖巧懂事，從來不在府裡大喊大叫，生怕驚動了大姊的舊疾，讓她又咳嗽不已。

「可惜了那件藍狐大衣了！」穆靜姝輕嘆一聲，說道。

「閨女，妳爹能買來一件，就能買來第二件，不過是一件衣裳，沒什麼是咱們穆家買不到的。」

穆雲開知道這話他說得有點大了，但這是他一番疼女之心，他見不得閨女蹙眉頭、見不得閨女嘆氣，那麼美好的一個小姑娘，就該成天歡聲笑語的，怎麼就要承受那些苦痛呢？

「爹，我不是捨不得那件藍狐大衣，只是覺得那個人為了一件大衣要辛辛苦苦地還債三年，挺不容易的。」

小姑娘說著，面頰不禁泛紅，手裡的帕子也絞得快成兩截了。

穆雲開仔細看了自家女兒一眼，從她那嬌羞的樣子上，他看出些端倪來，忽然就哈哈大笑道：「哈哈，快去喊夫人來，今兒咱們府上有喜事！」

「爹，您又亂說了，咱們家那麼好的一件大衣沒了，算啥喜事啊？」穆靜姝道。

「哈哈，我閨女開心了，這就是喜事！」

「我……我哪有開心啊？我大衣都毀了，上哪兒開心去！」穆靜姝一扭身。「哼，爹總喜歡取笑我，我不跟您說話了，我找弟弟玩去。」

說著，她快步出了前廳。

看著女兒慌忙地走過月亮門，穆雲開臉上的笑意不減，他喊來管家，吩咐下去。「以後你多多留心那家皮貨鋪，畢竟，他還欠著咱們家一件藍狐大衣的銀子呢！萬一跑了，我拿什麼跟小姐交代呢？」

說著，他意味深長地笑了。

何月娘得知陳四娃鋪子裡出事了，是在第二天後。

陳大娃來給陳四娃送吃食，正好遇見對面朱記的朱老闆正在勸四娃。「四娃，你就是焦急賺錢，那也不能熬那麼晚啊！我聽說，你把這條街上別的皮貨鋪不願意幹的縫縫補補的活都接過來了，你這是想把自己累死嗎？」

「沒事，嬸子，我就是覺得長夜漫漫，睡不著，幹點活挺好的。」

陳四娃的視線依舊在手裡縫補的皮貨上，話卻是對著朱老闆說的。

「四娃，是不是那個馬二苟坑你了？他可不是個好貨，從那天晚上他來你這鋪子裡，我就覺得不好！」

朱老闆的話也引起了陳大娃的注意。「四弟，那個馬二苟來做什麼？他跟你是一樣的行當，怎麼會沒事跑到你這裡來？咱娘一再囑咐你，不要跟他來往，你都忘記了嗎？」

「大哥你怎麼來了？我、我知道啦，你放心，我曉得的……」陳四娃心虛地低下了頭。

他有勇氣面對穆家人，跟穆家人鞠躬道歉，可是對上老實巴交的親大哥，他怎麼也說不出他被馬二苟坑的事。他不怕丟人，可他真是捨不得讓大哥、讓娘、讓一家子人跟著自己再操心上火。

「唉，你這娃兒就是太強了！趕緊趁熱把粥喝了，晌午包了薺菜包子，挺不錯吃，你也趕緊吃，身體又不是鐵打的，不能光幹活不吃飯！」

朱老闆嘆著氣回去了。

在陳大娃的監督下，陳四娃只得乖乖把一屜包子、一碗粥都吃了。

吃完就忙著手頭的活，也不顧得跟陳大娃說話。

陳大娃是個心思少的，見弟弟不肯說，他也不知道怎麼問，待了一會兒就只好回去了。

當天傍晚，何月娘就來了。

來的時候，街東頭張家皮貨的張老闆正把一大沓的皮貨往陳四娃手裡放，邊放邊說：「陳老闆，這些都是急要的，一件十幾文錢，錢不多，但你要是接了，那就得趕工了，兩日的工期，你能做完嗎？」

「能，我能的，張老闆，謝謝你照顧我買賣。」

陳四娃是笑著的，但笑得很疲憊，他已經兩個晚上沒睡好了。但急於賺錢，他還是要接下張老闆的活。

「張老闆，真是不好意思，我們家裡最近有點事要四娃做，所以，這活要得太急，他趕不出來，您找旁人吧！」

何月娘說話間，就把那一沓皮貨從陳四娃手裡拿過去，塞回到張老闆手裡。

「你看看，這事弄得，你不是跟我說，只要有活都找你，你一定能趕出來的嗎？」

張老闆很是不滿地咕噥了幾句，但礙著何月娘在這裡，他知道何氏是個護犢子的主兒，不敢說太多埋怨陳四娃的話，只好悻悻地抱著皮貨走了。

「娘……」陳四娃只喊了一聲，就低下了頭。

何月娘走過去，輕輕拍拍他的肩膀，再摸摸他的小臉。「怎麼又瘦了？娘若是知道你做個買賣會把自己折騰成這樣，娘是一定不會支持你開這個鋪子的。四娃，知道你是怕娘擔心，什麼事也不肯告訴娘，但娘不是傻子，娘的娃兒怎樣，娘會不知道嗎？跟娘說說，怎麼了？」

她拉著陳四娃的手，娘兒倆坐到了一邊的椅子上。

這會兒天已經黑了下來，陳大娃去外頭把鋪子門板一關，鎖上了。

「娘，是四娃不爭氣，四娃對不起您，對不起家裡的兄弟妹妹……」

陳四娃說著，眼圈一紅，眼淚就要落下，他忙低下頭，任憑眼淚掉落，砸在腳面上。

「娃兒你要知道，任何事都沒一帆風順的，做一番大事之前，你就要有吃虧受苦的準備。娘早就說了，遇上坎兒沒事，咱們鼓鼓勁就跨過去了，實在是跨不過去的，不是還有娘，還有你的哥哥們嗎？我們哪怕是抬也要把你抬過那道坎兒。但是，你什麼都不肯跟我們說，是嫌棄我們沒本事幫你？還是覺得我們不值得你信任？」

「娘，我不是，我就是覺得對不起你們，我錯了，我犯了大錯了，嗚嗚……」

自從出事後，陳四娃一直都暗暗跟自己較勁，不肯服輸，不肯流眼淚，直到這會兒，他感受到了家裡人對他的關心，心裡一酸，哭著就撲進何月娘懷裡。

「四弟，你到底怎麼啦？你說，是誰欺負你了，大哥現在就找他去！」

陳大娃被四娃這舉動嚇了一跳。比起三弟，這個四弟從小就要強，不輕易見他哭的，這該是受了多大的委屈，才哭成這樣？

陳大娃的心生疼生疼的，不由得眼圈也紅了。

等平靜下來的陳四娃把事情的始末緣由說了一遍，陳大娃當即就氣得眼珠子都紅了，他立刻轉身直奔大門口。「我找那個混帳東西去，他這是打算把小四害得沒法在城裡立足啊！這個狼心狗肺的壞胚子，我非打死他不可！」

「你站住。」何月娘連忙喊住了他。

何月娘也萬萬沒想到，買賣剛剛步入正軌的四娃會被馬二苟擺一道。正如大娃說的，馬二苟這就是想一棒子把陳四娃打死，讓他不可能在城裡皮貨行當裡翻身。

幸虧遇上的這位穆老爺是個善心的，不然遇上一般的有錢老爺，那不單單要賠償，還得把小四扭送衙門，那麼珍貴的藍狐大衣，可不是一般價值，就依目前陳家的情況，是萬萬負擔不起那麼一件大衣的。

「娘，這事您別攔著我，我非得讓那小子知道陳家人不是好欺負的！」陳大娃火冒三丈，氣得跳腳。

「你怎麼做？就那麼直闖到他鋪子裡，給他來一頓拳打腳踢？把他打壞了，你再賠償醫藥費？打死了，你償命？」

何月娘的聲音越發冷厲，看向陳大娃的目光裡也透著犀利。「大娃，將來你是要繼承陳家家業的，你是老大，無論什麼時候，都要有個大家長的樣子，遇事不能亂，可看看你現在這個樣子，我怎麼能放心把家業交給你？」

「那娘就別交，一直給娘管著！」

陳大娃也冷靜下來，覺得衝動不能懲罰惡人，甚至可能也把他搭進去。

「哼，你想得美！老娘累心累肺的，你想拖累老娘一輩子啊！」

何月娘沒好氣地瞪了陳大娃一眼。

陳大娃越發不安了。「娘，您……您不會想要離開陳家吧？」

這話一說，連陳四娃也變了臉色。「娘，您別走，是四娃的錯，四娃會努力彌補的……」

「混帳東西，老娘就不能啥事都不管，在陳家做個開開心心的米蟲，被你們孝敬嗎？」何月娘都被這兩個太實在的娃氣笑了。

她這一笑，陳大娃跟陳四娃也笑了，一屋子憤懣的氣氛也漸漸消散。

「四娃，你好好做你的生意，既然穆老爺說了，允你三年賠償，那咱不急，你就一步一步穩紮穩打，把生意做起來，只要生意好了，什麼賠償都不算事了。而且，明年家裡金銀花也會有收成，咱們全家一起努力，爭取早日把欠穆家的賠償還給他們。」

「娘，我惹的禍，我……」

陳四娃還要說，被何月娘狠狠瞪了一眼。「又要渾說了，是不是？」

陳四娃馬上想起來，自從上回他堅持皮貨店的名字，惹得後娘生氣，這回還是後娘兩個月來第一次進鋪子，他忙改口。「一切都聽娘的！」

「但是，身體最要緊，娘可不想你把身體折騰壞了，還得花錢給你請郎中。今日的事，以後如果再發生，你再熬夜苦做，讓娘知道了，別說娘不認你這個娃兒，從此咱們斷絕母子關係！」

「啊？」陳四娃嚇得撲通跪倒。「娘，我不敢了，您可別不要我！」

「傻孩子……」何月娘兩手把他扶起來。「當娘的哪有不要自己孩子的？娘這是心疼你，你也心疼心疼娘，別讓娘人在家裡，心卻懸在這裡。」

「嗯，娘，我知道了，我會量力而為！」陳四娃點點頭。

「這就對了！大娃，以後每天你到碼頭拉腳之前都來這裡瞧他一回。」何月娘對陳大娃說道。

「嗯，知道了娘，我會看住他的。」陳大娃點頭應下了。

陳四娃眼淚汪汪的。「娘，都是四娃不好，老讓您操心！」

「不是有句話叫，天將降大任於斯人也，必先苦其心志，勞其筋骨，你啊，就把這些挫折當成是老天對你的考驗，你咬著牙就挺過去了，將來必然會有個好的前景，娘相信你！」

陳四娃送走了後娘跟大哥，頓時覺得全身的重擔都卸去了，睏倦也如潮水般襲來，他也沒顧上梳洗，就去後院睡了，這一覺清清爽爽睡到大天亮，起來時，渾身的疲乏去了大半，心情也好了不少，他開了鋪子門，把周遭的衛生都打掃乾淨。

這時候陳大娃也駕車趕到了。

他給陳四娃帶來一包餃子，餃子是韭菜肉餡的。

「娘親手包的，說你喜歡吃這種餡的，快點吃吧，別放涼了。」

「嗯，知道了，大哥，你也進來一起吃吧？」

陳四娃捧著餃子，鼻頭酸酸的。

「我吃過了，得去碼頭了，對了，娘讓我給你這個。」

陳大娃又從懷裡掏出來一個布包，塞給陳四娃後，他就走了。

進了鋪子，陳四娃打開那個布包，看到東西，讓他沒忍住，眼淚就撲簌簌地落下來，幾乎把布包裡的東西都給打濕了，布包裡裝著兩張三十兩的銀票。

陳四娃知道，這大概是陳家最後的一點積蓄了。

「娘，我……我對不起您，我一定會好好幹，把欠債還上，讓您不再跟著我吃苦！」他輕輕地啜泣著，呢喃著。

「請問，這裡能清洗皮貨嗎？」

倏然，一個宛若鶯啼般的女子聲音從店門口傳來。

第四十六章

「哦，是……清洗的……」

陳四娃忙不迭地用袖子把眼淚擦掉，急忙轉身回去招待客人。

來客是個女的，戴了帷帽，帷帽雖然遮擋住了她的容顏，瞧不出她的年紀大小，但從她身形的曼妙、宛若天籟之音的說話聲裡能覺察出來，這是個妙齡女子。

她身後跟著一個十六、七歲的丫鬟，丫鬟的穿戴也是不俗，一看就是有錢人家千金小姐的貼身大丫鬟。

那女子一眼就瞧出陳四娃剛哭過，她不由得心下一軟，當即看了一眼旁邊的大丫鬟。

「桃紅，妳跟他說，若是能把這皮貨清洗好了，我們多給銀子。」

「是，小姐。」

桃紅很刻意地看了一眼自家小姐，心道：我的主子啊，您跟這位小相公也不過咫尺距離，您這話說都說了，他也不聾，怎麼還得奴婢重說一遍呢？

知道桃紅看她的意思，女子瞪了她一眼，桃紅不敢再耽擱，忙把她家小姐的話又說一遍。

「清洗皮貨也是有定價的，多給就不用了，小姐放心，我會盡心盡力的。」陳四娃眼簾低垂著，對方是個年輕的未婚女子，他一個外男，自然是不好老盯著人家瞧的。

「那……那就沒事了，桃紅，我們……走啊？」

這話的尾音竟是個問句？

桃紅渾身一哆嗦，再看她家小姐。主子，您……啥意思啊？到底走還是不走啊？

「當然是走啊，不走還等著人家奉茶嗎？」

女子的脾氣像是夏季的雷雨天，說變壞就變壞了，當即一跺腳，就往外走。

「是、是我怠慢了，不然……」

不然給小姐上杯茶？

話沒說完，陳四娃又打住了，這樣說似乎也不太妥當，畢竟對方可能是千金小姐，而且未婚，他一個同樣未婚的男子留一個姑娘在鋪子裡喝茶，終是不太好的。

可那姑娘的話又說得……

「桃紅，他可真夠笨的！」

出了門，女子銀鈴般的聲音傳來，卻是這句帶著戲謔的話。

「小姐，您都把他給瞧得臉紅了。」桃紅說道。

「胡說，我沒瞧他。」

主婢二人說著就遠去了。

鋪子裡，陳四娃擦擦冷汗，搖搖頭，這幾日的事看起來都很蹊蹺，以往來鋪子裡送皮貨清洗修補的大多是有錢人家的婆子或者是丫鬟，一般是不會有千金小姐親自上門的，所以，陳四娃才會有些不知怎麼應對。

但願下次來取皮貨的人不是那個小姐，這氣氛也太尷尬了。

陳四娃暗忖。

但世上的事十有八九都是出乎人意料之外的。

隔了兩天，到了約定取皮貨的時間，那主婢二人又來了。

這回一進門，那叫桃紅的丫鬟就問：「我說小老闆，你這裡就沒熱水嗎？」

「熱水？有啊！」陳四娃一怔，要熱水幹麼？

但他回過神來，還是趕緊去把爐子上熱著的水壺拎過來。這時，他才發現，人家是自帶了茶壺跟茶葉的，所以才要的熱水。

大概如果不是熱水怕灑出來燙著誰，她們連熱水都一併從家裡帶來了。

陳四娃知道，人家小姐這是記恨了上回他沒用茶水待客了。

「真是對不住，我上回慢待了。」

「你就是不慢待，也沒我們小姐慣常喝的雲頂毛尖。」

桃紅癟癟嘴，說了句算是輕視陳四娃的話。

被她主子瞪了一眼。「廢話那麼多，讓妳泡茶，又不是耍嘴皮子！」

「是，奴婢知錯啦，小老闆多多包涵！」桃紅忙給陳四娃施禮致歉。

陳四娃也忙拱手，道：「姑娘說得對，我其實對茶不懂的。」

陳四娃去後頭拿清洗好的皮貨，前廳那女子邊小口小口地品茶，邊環顧鋪子裡掛著的一些皮貨樣品。「小姐，這些皮貨都不怎麼樣，比起老爺給您買的那些真是天差地別呢！」

桃紅是個嘴巴閒不住的，當即又噘嘴，表示鄙夷了。

「再胡說下回就不帶妳出來了，還是柳綠不似妳這樣聒噪！」女子喝了一碗茶後，白了桃紅一眼。

桃紅嚇得不敢再說話了。

她家小姐倒像是打開了話匣子，指了指四周的皮貨樣品，道：「我倒是覺得這件做個坎肩不錯，還有這件做個小襖也好，對了，這件拿回去給奶娘做個護膝，奶娘的老寒腿一入冬就犯了……」

她林林總總地指出了七、八樣皮貨，還都給安排好了用處，甚至包括給她屋子裡餵養的小貓做個皮襖。

桃紅憋得臉都脹紫，實在是沒忍住，說了一句。「小姐，您莫非忘記了小白渾身都是皮毛啊，您再給牠做個皮襖，牠不會熱壞了嗎？」

得，這一句話，直接就遭到她家主子的一記白眼。

「就妳話多！」

啊？小姐，我話多嗎？我剛剛可是一句話都沒說，一直在聽您說，您都盯著人家鋪子如數家珍地叨叨了小半個時辰了。

桃紅表示，她很冤，可以姓竇，竇娥冤的竇！

陳四娃從後面拿了清洗好的皮貨出來，這位戴著帷帽、品著自帶茶水的小姐又給他派出了新的任務。「我要給我奶娘做一件毛皮坎肩，要你們這裡上好的皮子來做，領子嘛，就用那張黑狐領好了！這個野兔皮子不錯，給我家……我家于嬤嬤做一副護膝吧，她腿腳不好，需要多多保養！哦，對了，這個……」

一口氣，這位聲音靈動的小姐就訂購了八件皮貨成品。

其中最稀奇的一件是，給她養的一隻叫小白的白貓做一件皮襖。

陳四娃聽了都有點驚奇。「貓……渾身都是毛，用得上皮襖嗎？」

「怎麼用不上？我家小姐說能用上就是能用上，你一個做生意的，還嫌活多嗎？不知道我們家小姐這是照顧你的生意嗎？你感激的話不會說啊？還在這裡質疑我們小姐的做法？」

桃紅又搶了她家小姐的話，劈頭蓋臉地把陳四娃給搶白了一頓。

陳四娃語塞，這事換了是誰也會驚奇吧？

「下回絕對不帶妳出來了！」

戴帷帽的小姐倏地站起來，扭頭就往外走。「妳這個婢子的嘴太碎了，回去讓于嬤嬤找根線把妳的嘴縫上，看妳還能不能說個不停！」

「哎呀，小姐，奴婢也是……」

「妳就是多嘴！我要妳多嘴了嗎？」

走到門口的小姐又回頭瞪了桃紅一眼，這一眼也恰恰跟陳四娃的目光對上。

他笑了笑，說道：「謝謝小姐，我一定盡快把您要的東西趕出來，您請放心！」

「我……我不急用，我有什麼不放心的呀！」

那小姐的臉倏地就紅了。

當然，因為她戴著帷帽，陳四娃是瞧不見她臉紅的。

不過，她的眼波蕩漾，水光瀲灩的，令人一見就如沐浴春風般新奇、暖意。

「小姐，奴婢覺得您對這個小老闆是不是有點太……」

自家小姐連著兩回都顛顛地跑到這家皮貨鋪來，拿了些十年、八年都不會動用的皮貨來清洗不算，還給府內丫鬟、婆子們安排上了獎賞，給她們全都訂購了一批禦寒的皮貨，這到底是小姐對著府裡下人太滿意來的，還是衝著這個一說話就有點害羞的俊老闆來的？

「桃紅，我回去不縫妳的嘴了！」

「真的呀，奴婢謝謝小姐！」桃紅驚喜。

「我直接把妳派到壯壯身邊去，他最喜歡聒噪，妳跟他湊到一塊兒合適。」

「哎呀，小姐，奴婢知道錯了，奴婢下回再跟您出來，就事先讓于嬤嬤把奴婢的嘴巴縫上，您別不要奴婢啊。奴婢從小就跟著您，奴婢不敢了……」

說著，桃紅竟淚眼婆娑的。

「快收起妳那苦情戲的戲碼吧，彷彿我沒見過似的。妳說說妳，這一哭二告饒的戲碼從小到現在妳上演了多少回？哪回妳真的改過了？唉，也是我對妳太縱容了，讓妳成天嘚啵嘚啵地胡謅！」

穆靜姝一把將帷帽扯下來，把手裡捏著的帕子遞給桃紅。「行啦，別假惺惺的了，快擦擦，我帶妳去吃好吃的！」

「真的呀？小姐，您太好了，奴婢這輩子能跟著小姐，真是三生修來的福氣呀！」桃紅立刻破涕為笑，推開穆靜姝的帕子。「不用啦，就幾滴淚，早被風吹乾啦！」

「壞婢子！」

穆靜姝也被她這又哭又笑的做作樣子給逗笑了。

回到家經過前廳，穆靜姝剛想悄悄溜回自己院子，屋裡卻傳來一句。「這是又去哪兒了？」

「哎呀，爹呀，您怎麼今兒沒出去啊？」穆靜姝忙停下腳步，一臉笑意地看向站在前廳門口的穆雲開。

「爹，一晚上不見，您這精神頭，真太矍鑠了。桃紅，桃紅，妳覺得我說得對吧？」

桃紅一臉傻。「啊？老爺的臉怎麼啦？奴婢沒看出變化來啊？跟昨天一樣啊！」

「妳個棒槌！」穆靜姝終於把這句腦子裡想的話，賞給了桃紅。

桃紅繼續一臉傻，但卻不敢再說話了，因為她家小姐的眼刀子都朝她亂飛了。

「哈哈哈！」穆雲開被女兒這一番誇大的自編自演逗得哈哈大笑。

「爹，我……我給弟弟捎了禦榮坊的糯米糕，涼了就不好吃了，我去送給他啊！」穆靜姝說完，拔腿就走，轉眼就沒影了。

倒是後頭急吼吼跟著的桃紅一臉疑惑，嘴上還喊著。「糯米糕？哪兒呢？小姐，奴婢兩手空空，啥也沒拿啊！」

管家走上前來。「老爺，小的去打聽過了，這個陳家還真是在當地有點名頭，不過，這名頭不是陳家人自己賺的，而是他們陳家老爹臨死前娶了一個繼室。這繼室可是響噹噹的人物，您想想，前段時間，咱們縣裡鬧虎災，咬死了人，後來縣裡貼出文書，說有一個女英雄把虎打死了，還一下打死倆，那女英雄就是陳家的繼室夫人。」

「哦？那還真是挺有趣的。眼下呢，你只管派人看護著小姐，不能讓她有一丁點的閃失，至於那個陳四娃，我想看看一個月後，他會怎樣做。」

穆雲開眼睛微瞇，但眼中透出來的光卻犀利如刀鋒。

馬二苟最近幾天進出都是紅光滿面的，連見了左右鄰居都是難得的笑臉相迎。

有人就好奇地問他。「小馬老闆，你這是發財了？」

因為原本這鋪子是馬老闆的，也就是馬二苟的老丈人的，所以大家都習慣稱呼馬二苟是小馬老闆。

馬二苟不無得意地道：「俗話說，人走起鴻運來，那真是擋都擋不住啊。最近我做了幾筆不錯的生意，這不，我剛給我家娘子買了一對純金鐲子，她啊，要給我馬二苟生兒子了，我這是獎勵她的呢！」

「是嗎？那說說看，是什麼大生意，也讓我們沾沾運氣！」那人催促。

「說也沒啥，就是有個特有錢的貴人拿了兩張上等的狐狸皮，要我幫著做了一件皮襖，那皮襖做出來，嘖嘖，真是百年難遇的好皮子啊！我敢保證，我師父也未必見過那麼好的狐狸皮貨。」

馬二苟說得口沫橫飛，就好像那狐狸皮貨是他的一樣。

「這樣好的皮貨手工不便宜吧？」

「那是，也不看看是誰做的，我這手工在咱們城裡可是數一數二的，不，我敢說第二，還沒敢說第一的！你說，工錢能便宜了嗎？」

馬二苟使勁拍了拍自己的腰包，那意思是：錢賺大發了！

「嘖嘖，小馬老闆可比老馬老闆強啊！」那人也是個會說話的，慣常拍馬屁。

這一拍就把馬二苟拍舒坦了，他當即朝著街尾何氏皮貨鋪撇撇嘴，不屑地道：「你們還不知道吧，我那好師弟，剛把客人一件非凡昂貴的皮貨給弄壞了，人家要他賠償呢，他這三年營生估計是白忙活嘍！真是的，都是一個師父教出來的，也不知道師弟他是怎麼學的？就這種水準還學人家開鋪子，我看那何氏寡婦也是個傻的，拿出那麼些銀子給他糟蹋，也是活該！」

他雖沒點明，但誰都知道，他說的是陳四娃，當下就有人說：「這也是命，那小四在這裡時，表現還是挺機靈的，誰知道一離開老馬老闆，這就不成了！」

「哼，他那點機靈都抖光了，可不就不成了？」

馬二苟狠狠地朝那邊啐了一口。

眾人聽他越說越不像話了，也就沒再圍著他，紛紛散開了。

回到鋪子裡，馬氏略帶埋怨地說道：「二苟，你能不能別在外頭說四娃不好？再怎麼說也是我爹的徒弟、乾兒子，自家人說自家人，被人笑話！」

「哼，我說別的男人，妳心疼了？混帳娘兒們，我若不是看著妳懷著娃，我定然打妳一頓！」

馬二苟最煩媳婦勸解他跟陳四娃好好相處，惡狠狠地罵了馬氏幾句，氣呼呼地出門去找他的狐朋狗友了。

天將黑他才回來，剛回來就瞧見有人在鋪子裡等他，一見那人，馬二苟的眼睛倏地就亮起來了，他快走幾步，對著那人抱拳施禮。「哎呀，徐老闆，您什麼時候來的啊？我這忙著出門給客人送皮貨回來晚了，抱歉，實在是抱歉啊！」

「沒事，馬老闆是大老闆，生意忙一點，我來得不湊巧，等一下也是可以的。」

徐老闆是個個子不高，身量微胖的中年男人，他面容和善，穿戴上都很講究，一看就是有錢人家的當家老爺。

「徐老闆能理解我，真是太好了，我這生意的確是有點忙，也不是我自吹自擂，在這城裡的皮貨行當裡，我的手藝說是第二的話，就沒人敢說自己是第一！說起來呢，也是我這個人比較寬厚，沒有仗著手藝高超，就把買賣擴張到讓其他皮貨鋪無法立足的分上，人啊，說起來就是一個知足常樂，銀子是賺不完，也花不完的。」

這一番頗有點高深的話直把徐老闆聽得頻頻點頭，他也說：「是啊，我也是如老弟你所說的那樣想的，所以，我這才給家裡上上下下每個人都置辦了一件過冬禦寒的貂皮，特意想尋個手藝高的皮貨匠人，給我們製作。」

「哦，我明白了，徐老闆您辦事很謹慎啊！」

馬二苟做出一副老狐狸看穿小狐狸伎倆的姿態來。「您先拿來兩次狐狸皮，要我幫您做成衣，成衣做出來後，您拿回去，家裡人挺滿意的，所以這才把剩下的全部拿來要我給你們一一訂製，對不對？」

「哈哈，不好意思，某人就這點小心思都被馬老闆給看破了，實屬無奈之舉，在本地我實在是見識太少，不知道到底誰的皮貨手藝好啊！」

徐老闆點頭，認可了馬二苟的猜想。

馬二苟滿臉堆歡。「徐老闆，不知道這回您想做幾件貂皮大衣啊？三件？還是五件？」

徐老闆緩緩地舉起三根胖手指。

「啊？就三件啊？」馬二苟的興致頓時減了不少。

他覺得這徐老闆有點故弄玄虛了，一件狐狸皮草手工是十五兩銀子，三件不過四十五兩，至於這樣折騰幾回嗎？

雖然對馬二苟來說，平時一次接下四十五兩銀子的活少之又少，甚至沒有，但畢竟他對於徐老闆的到來還是懷著極大期望的，想要一夜暴富，但徐老闆的三根手指頭把他的希望都給破滅了。

「不，是三十件！」

徐老闆很認真地更正馬二苟的話。「我家裡因為老母親健在，所以一直沒分家，我兄弟四人，均已成家，如今各自的兒子也已成親，有的甚至有了小娃兒，所以，這林林總總算下來，足足有三十人。我呢，就打算給每個人做一件貂皮大衣，還麻煩馬老闆能接這個活，讓我們一家子在入冬前就能穿上保暖的大衣啊！」

三……三十件？

馬二苟根本掩飾不住內心的狂喜，眼睛裡流露出來的貪婪都要清清楚楚地寫在臉上了。

他幾乎是用顫抖的聲音，再次跟徐老闆確認。「徐老闆，您的意思是您要在我這裡做三十件貂皮大衣？」

「是啊，不行嗎？馬老闆，知道你事忙，可咱們也算是老客戶了，你可不能推辭啊，實在不行，我一件成衣的手工再給你加五兩銀子！錢呢，我不缺，只要做得好，讓家裡人都滿意，怎樣都行！」

再加上五兩銀子？那一件衣裳的手工就是二十兩，三十件就是六百兩啊！

馬二苟覺得頭有點暈，但他知道自己沒毛病，這是給樂得。

「不，徐老闆，您放心，我就是旁人的活都不接了，也會好生把您這活給做好！」

馬二苟信誓旦旦地承諾。

「那就好！」

徐老闆點頭後，招呼門外候著的下人，把貂皮從馬車上搬進了鋪子裡。

「馬老闆，我這貂皮可是花了大價錢買來的，都是極好的皮子，你一定多費費心，可別做壞了啊！」

徐老闆拎起一塊貂皮，在手中抖動著，這會兒屋裡已經掌燈了，燈光下徐老闆手裡的那塊貂皮，貂毛都有點閃閃發亮，透著高貴，他抖了抖，那貂毛更是好看，惹得馬二苟讚一句。「徐老闆，您這貂皮挑得不錯啊！」

「那是，我可是專門置辦好的。」徐老闆言辭裡頗有些傲氣。

有錢人啊！我馬二苟什麼時候也能跟人家一樣出手就是三十件貂皮大衣？

馬二苟嘆氣。

「馬老闆，給我開個單子吧，我這麼好的貂皮放在你這裡，你總得給我寫個字據，咱們就先小人、後君子，如何？」徐老闆瞇著眼睛看著馬二苟。

馬二苟怔了一下，後來就想通了，其實這也不算是什麼過分的要求，前兩回徐老闆來並沒有要什麼字據，主要是因為一次就一件，人家徐老闆財大氣粗的也不在乎，但這可是三十件貂皮，就是有錢如徐老闆，也不得不謹慎吧？

「當然，當然得開字據，到時候啊，您拿了字據來取衣裳。」

馬二苟忙不迭地繞到櫃檯後頭去找紙筆。

「夫君……」

馬氏從後院走了進來，她看了看徐老闆，兩人微微一點頭，算是打了招呼，她走到馬二苟跟前，低低地道：「這麼多的貂皮，你可得檢查仔細了，別有什麼疏漏。」

「妳一個婦道人家，囉嗦個啥？我有數！」

馬二苟其實並不是沒檢查那些貂皮，就那一堆貂皮，裁製出三十件大大小小的貂皮大衣足夠了，他現在腦子裡盤算的是，怎麼能瞞著徐老闆，縮小尺寸，把這些貂皮省下一件貂皮的量，那樣的話，他就不單單能賺六百兩手工錢，還能白賺一件貂皮大衣。

前兒，他跟了幾個狐朋狗友去了妖豔樓，那樓裡剛來一名叫如花的女子，長得那叫一個水靈，誰見了都眼睛直勾勾的，恨不能把她攬入懷中，好好溫存一番！

他馬二苟心裡癢得不行，本來很是氣餒，因為他手頭的銀子都不夠請如花吃一頓好的，現在好了，有了這件節省下來的貂皮大衣，他就能理直氣壯地成為她的裙下之臣了！

想想，他就激動得手都發抖了。

開好了字據，他雙手遞給了徐老闆。

第四十七章

「馬老闆，有這些貂皮在你這裡押著，我就不預先支付訂金了，你呢儘量快點幫我們做完，我們呢，也是急著穿的。」

徐老闆很仔細地把字據收好，然後滿臉微笑地跟馬二苟說道。

「沒問題，徐老闆您放心！」

馬二苟滿口應允，熱情無比地將徐老闆送出了鋪子，眼見著載著徐老闆的馬車駛入了夜色中，他幾乎是狂奔入鋪，嘴裡興奮地喊著。「發財了，發財了，我馬二苟好運來了！」

馬二苟本來就是個爭強好勝的，偏偏他處理皮貨的手藝的確不如陳四娃，所以，他這段日子心裡一直憋著一口氣，想要把陳四娃踩在腳底下，最好能把他趕出這城裡的皮貨行當那就最好了。

上回的確是他把陳四娃灌醉之後，割壞了穆家的那件藍狐大衣。

他知道那件藍狐大衣的價值，按照他的齷齪心理，穆家是一定會要陳四娃賠償的，到時候陳四娃賠不起，那就只能賣鋪子抵債。

才開張一個月就被迫關門賣鋪子，他陳四娃就是有再厚的臉皮估計也不好意思在這城裡混了吧？

把他趕走，就算是給馬二苟出了一口氣。上回師父還在的時候，他算計陳四娃被識破，師父罵他、罰他，他丟了大臉了，這一切都是陳四娃害的，他馬二苟雖然嘴上跟陳四娃道歉，稱兄道弟，比之前更親熱，可是，他心裡恨陳四娃恨得牙根癢癢！

然而讓馬二苟出乎意料的是，陳四娃那邊竟一點動靜都沒有。

穆家沒來何氏皮貨鋪裡鬧，陳四娃也沒被逼關門賣鋪子。

這臭小子也是走狗屎運了吧？就這樣還叫他蒙混過關了？

馬二苟暗暗打聽後，才知道，原來陳四娃在穆家跟穆老爺打下欠條了，承諾三年之內還清賠償的銀子，不然就拿鋪子抵債。

穆家也是混帳，就這樣放過陳四娃了？

馬二苟氣得暗暗罵了穆家老爺好幾天。

但事情已然那樣了，他馬二苟是沒法子改變了。

如今，他馬二苟終於到了露臉的時刻，他怎麼可能會低調了？

第二天一早，一街兩巷就都知道了，馬記皮貨鋪的小馬老闆一次買賣就賺了六百兩銀子！

「老天，六百兩銀子，我們幹滿一年也賺不到百兩銀子啊！」

那些鋪子的老闆們都驚嘆不已。

有好打聽的就來問馬二苟。「小馬老闆，你這是走了狗屎運了啊！」

「踩踩狗屎，能有六百兩雪花銀子進帳？」

馬二苟對這人的話表示鄙夷，太不會說話了，他那叫手藝高超，行大運！

「我啊，其實也就是手藝好些，人家老闆這才瞧得上，把一筆大買賣交給我來做。唉，我也沒法子啊，勉為其難地接下這活了。」

他一邊滿臉得意地炫耀，還一邊搖頭晃腦地表示，他其實並瞧不上這所謂的六百兩銀子。

他馬二苟那是日進斗金的主兒，區區六百兩銀子，還不夠他塞牙縫的。他背著手站在鋪子門口，眼望著前頭這些趕來羨慕他的左鄰右舍，那滿足勁兒就別提了。

「夫君，快回來吃飯吧，再不吃就涼了！」馬氏在鋪子裡喊他。

這臭娘兒們就是不長眼，總在老子得意的時候給老子潑冷水！

馬二苟明白，這是馬氏嫌他滿街炫耀得太過高調，馬氏始終記著她爹臨走前的囑咐。

「天外有天，人外有人，凡事一定不可張揚跋扈，不然真吃了虧就悔之晚矣！」

馬二苟悻悻地進屋，劈頭蓋臉就把馬氏罵了一頓。「妳個賤人，妳是不是見不得妳家夫君我高興啊？我一次賺了六百兩銀子，這有假嗎？旁人問，我就說了，我這也是實話實說，怎麼啦，礙著妳哪兒了？我告訴妳，馬氏，妳再給老子囉嗦，老子一生氣，把妳休了！」

「馬二苟，你不要忘了，這鋪子是我爹給我的嫁妝，你想休了我，那也是你從這鋪子裡滾出去！」馬氏實在是氣不過，怒斥道：「我爹臨走前跟你說的話你都忘了嗎？我問你，師弟出那事，是不是你搞出來的，那天晚上，你拎著豬頭肉和酒是不是去找四娃了？你說，是不是？」

啪一聲脆響，馬氏的臉上多了鮮紅的五個手指印。

「賤婦，妳要弄明白，妳是誰的娘子？妳處處護著那個陳四娃，妳是何居心？妳說，是不是妳跟他有一腿啊？」馬二苟怒不可遏，瞪著馬氏叫罵。

馬氏被他打得兩眼冒金星，好久才緩過來一口氣，她冷眼看著他，像是看一頭白眼狼。

「不聽老人言，吃虧在眼前，我爹當初那麼勸我，不要信你的花言巧語，我都不聽。果然，現在報應來了！」

她再也懶得看馬二苟一眼，轉身回了後院。

「哼，賤人，就見不得老子好，老子好了，妳跟著吃香的、喝辣的，不好嗎？天天想著那個鄉下窮小子，他有啥好？陳四娃，你等著，等著老子把這批活做完了，雇人修理你一頓，解解氣！」

馬二苟罵罵咧咧地去後面小倉庫，打開門，取出來幾塊貂皮，打算正式地開始做這批活。

徐老闆臨走時把三十件大衣的尺寸都留下了，他只需要看著單子去做就行了。

這會兒日上三竿，天氣晴好，把小院照得亮堂堂的。

馬二苟拿著幾塊貂皮顛倒過來，顛倒過去，想要看看怎麼裁製才能做到最省。

忽然，他一怔，眉頭就皺起來了。

怎麼這貂皮有點不太對啊？

馬二苟雖說處理皮貨的手藝不如陳四娃，但畢竟跟了馬老闆那麼多年，對於皮貨的真假，他認真辨認還是能辨出來的。

他發現，手頭的這塊貂皮手感比較硬，沒有真貂皮摸起來柔軟又細膩，手感滑順舒適。

他不信，又對著陽光舉起了貂皮，真貂皮在陽光下會更加閃耀，光澤度非常強。而手頭這塊光澤度很差，看起來很是黯淡，他又仔細看了看貂皮的顏色，真貂皮色彩上會有一定的差別，雖然是比較細微的差別，但每一處都不是那麼相同。

假的，因為是假的，手工做出來的，所以色彩上是一致的，甚至沒一點差別！

看到這裡，馬二苟幾乎已經確定這塊貂皮是假的了。

其實，驗證真假貂皮還有更直接的一種方法，那就是聞味道。真貂皮的皮毛用火一燒，會有頭髮燒焦的味道，假的卻是沒有的。

馬二苟的心狂跳起來，他瘋了似的衝進小倉庫，把所有的貂皮都搬出來，然後在陽光下一一查驗，這一查驗，就把他驚得瞠目結舌了。

所有的貂皮都是假貨，沒有一塊是真的！

昨天晚上，之所以他覺得徐老闆手裡拿著的那塊貂皮是真的，那是因為晚上屋裡的燈光不明，他又喝了一下午的酒，有些微醉，所以就大意了，根本沒想到徐老闆會運過來一車的假貂皮。

「妳做什麼？」他正傻著，一回頭瞧見馬氏提著個小包包，正要往外走。

「回娘家。」馬氏冷冷地丟給他這話，從他身邊走過去。

「妳……妳就要生了，去哪兒？」

馬二苟喊了一嗓子，想要伸手去拉馬氏，但手沒伸出去，目光觸及那一堆假的貂皮時，頓時什麼心思都沒有了，他頹然地蹲在地上，雙手抱著頭，嘴裡喃喃自語。

「怎麼辦？這一車的假貨，我要怎麼辦？」

事到如今，他馬二苟就是再頭腦發熱，覺得自己處理皮貨的手藝高超，也明白了一個事實——這個徐老闆他壓根兒就不是來送他銀子的財神爺，而是來整垮他的索命鬼！

天光正好，日頭也正炙，但馬二苟卻覺得渾身發冷。

正在這時，他忽然聽到前廳傳來一個讓他聽之就瑟瑟發抖的聲音。「馬老闆，在嗎？我來看看皮貨你開始製作了嗎？我夫人有點小要求要跟你說啊！」

是那個徐老闆！

馬二苟渾身戰慄，這個聲音惹怒了他，他不知道哪來的力氣，一下子從地上彈跳起來，狂奔到前廳，揪住徐老闆的衣領狂吼道：「姓徐的，你還敢來？」

「馬老闆，你這是做什麼？我把一車貂皮都送到你這裡來做衣裳，我怎麼就不能來？你不讓我來，難不成是想要昧下我那一車貂皮？馬老闆，你可是做生意的，做生意最講究誠信，你可不能幹這缺德事啊，再說，我這兒可是有你白紙黑字的字據，你抵賴不了的！」

徐老闆雖然胖，但身形卻靈活，幾個回合，他就從馬二苟的手底下脫身了。

外頭候著的幾個膀大腰圓的下人急匆匆跑進來了。「老爺，什麼事？他想幹啥？」

這會兒馬二苟已經失去理智了，他指著徐老闆大罵。「你個癟三，你裝什麼有錢人？弄一堆假貂皮來做大衣，我呸呸呸，我馬二苟是做貨真價實的好大衣的，你這種假貨趕緊搬走，別玷污了我的鋪子！」

「什麼？你再說一遍，誰的貂皮是假貨？」

徐老闆也怒了，對著外頭喊道：「大夥兒都來評評理啊，就這個馬二苟，他可是收了我一車的真貂皮，還給我開了收據，本來說好了，兩月之後來取貨，可是我夫人對大衣的領子有點小要求，我這就來告訴他，沒想到，他竟出口誣衊我的貂皮是假貨！若是假貨，我昨天送來的時候，你怎麼沒說？你給我立的字據上可是真真實實地寫明了，真貂皮三十件。馬二苟，我看你是不是窮瘋了，想要昧下我這些貂皮啊？我告訴你，我這些貂皮可足足花費了我二萬兩白銀，這數字可是不小，真告到衙門去，你這屬於詐騙，你把牢底坐穿了都不足以抵罪的！」

外頭已經有人聽到動靜跑進來瞧熱鬧了。

有人說：「對啊，今兒早上馬老闆不是還在門口宣揚說，他做了一筆大買賣，加工三十件貂皮大衣，光是手工就足足六百兩銀子呢！誰傻子啊，出六百兩銀子做假貂皮大衣？」

「可不是？剛才若不是馬氏喊他進屋吃飯，這會兒他還在外頭炫耀呢！」有人附和道。

「我剛才可看見馬氏出去了，半邊臉都紅腫了，不會是被這馬二苟打的吧？馬氏可是懷著身孕呢，他怎麼下得了手啊？這種人不長良心，鋪子是人家老馬老闆的，他把人家閨女糊弄到手，鋪子也騙到手了，這是翻臉不認人了？嘖嘖，真不是東西！」

有人狠狠往地上啐了幾口，表示嫌棄。

「那這樣說，馬二苟還真是想昧下人家這大老闆的真貂皮啊！」

一群人議論紛紛，沒一個人說馬二苟是個好的。

「你……你敢來算計老子，老子跟你拚了！」

馬二苟就跟暴怒的狂獸一般撲向徐老闆。

但他低估了徐老闆的實力，徐老闆雖然身子矮胖，但卻是個靈活的胖子，根本沒等馬二苟近身到了跟前，他就抓起旁邊桌子上的一個茶壺砸了過去，那茶壺不偏不倚正砸在了馬二苟的腳踝上，馬二苟吃痛，腳步一歪，人就失去平衡，摔了一個狗吃屎。

「活該！」人們都不屑地罵。

「馬二苟，你是個髒心爛肺的，所以你就認定這天下人都跟你一樣不是好的。我徐家也是家大業大，出得起六百兩銀子的手工，就買得起三十件貂皮大衣。你這種人貪得無厭，賺個手工費你不過癮了，這是想一夜暴富啊？也幸虧我今天來得巧，不然再等幾天，你是不是會捲了我的一車貂皮跑了啊！」

徐老闆這話一說，就有人贊同地點頭。「對，對，他肯定幹得出來！」

「可不是？人家那個小陳老闆對他多好，師兄長、師兄短地叫著他，他呢？卻成天聒噪，罵人家小陳老闆是個鄉下狗腿子，早晚得把鋪子都賠進去！你們說說，他那腦子裡多陰損，多毒辣！」

旁邊一個做鞋子的鋪子老闆娘說道。

「這種人就不該在咱們這條街上存在！」有人罵著。

馬二苟趴在那裡，跟死狗似的，忽然聽到了陳四娃的名字，他一個激靈，從地上爬起來，指著徐老闆。「你……是不是陳四娃讓你來坑我啊？我割破了穆家的藍狐大衣，讓他賠了一大筆錢，所以，他惱怒在心，就讓你來用一車假貨陷害我？」

他這話一出口，眾人都驚了。

「啥？他故意剪壞了人家穆老爺家的藍狐大衣，只是為了害小陳老闆？哎喲喲，這個該遭雷劈的，怎麼就這樣壞啊！」

有人都往馬二苟身上啐口水了。

徐老闆眼睛微眯，臉上神情依舊是帶著不冷不熱的笑。「你竟還幹出這等惡事來了？嘖嘖，真是讓人不齒啊！怪不得你想要昧下我這一車的真貂皮了，原來你本性貪婪，就是這種恩將仇報的無恥之徒啊！」

「我……都是他逼得，我本來跟著師父幹得好好的，他非來插一腳，害得師父每一天都罵我笨，嫌我不如他！好不容易我跟馬氏成親，得了這鋪子，本想著好好經營，好好過日子，誰知道，他又來了這街上開鋪子，他陰魂不散地纏著我，就是想把我打敗，想把我踩在腳底下，讓我承認我不如他！作夢，我比他進鋪子早，當學徒的時間也長，我怎麼可能會不如他？我恨他，我就是要搞垮他……」

馬二苟這會兒已經是精神崩潰，狀如瘋癲了。他高聲罵著陳四娃，數落他比自己聰明，數落他對不起自己，數落著老天不公道，既生亮，何生瑜啊？

徐老闆報了官。官差直接過來把雙方帶去了衙門。

三日後，就在岳縣令正打算當堂宣布，現已查明馬二苟的確是收取了徐老闆一車真貂皮用來加工貂皮大衣，但他起了賊心，想要昧下這車貂皮，所以才說徐老闆的貂皮是假貨，這已然構成了詐騙罪，詐騙是不勞而獲，是重罪，根據大越國法典，馬二苟理應被判入獄十五年。

但就在這時，徐老闆陪同一個挺著大肚子的孕婦上了堂。

徐老闆說：「這孕婦是馬氏，馬二苟的妻子，她拿出了父親的棺材本賠償給我，跟我道歉，請求我能原諒馬二苟，同時也請求縣令老爺對馬二苟從輕發落。」

其實，是馬氏去陳家莊找了何氏。

她知道了馬二苟對陳四娃犯下的錯，特意拿出馬老闆的棺材本賠償給陳四娃，說剩下的銀子只等賣了鋪子再來還。

何月娘扶起了要給她跪下的馬氏，輕嘆一聲道：「男怕入錯行，女怕嫁錯郎，妳遇人不淑啊！」

馬氏哭得跟淚人兒一樣，她顫抖的手撫摸著隆起的小腹，哽咽著道：「我現在沒別的法子，只能把孩子生下來，跟他和離！」

何月娘沒有收馬氏的銀子。

馬老闆也是陳四娃的師父，一日為師、終身為父，這份恩情是要記住的，如果這會兒收了馬老闆的棺材本，那不是連馬二苟都不如了嗎？

何月娘也跟馬氏承認，她猜得不錯，徐老闆的確是她找來的。

目的就是要教訓馬二苟，陳四娃是把馬二苟當親哥一樣的，可是馬二苟呢？卻做出那樣的事來，他這就是逼著陳四娃關門歇業，從此一蹶不振！也幸虧穆家不是那種不講理的，沒有對四娃痛打落水狗，這才讓他還能繼續開門做生意。

「我是四娃的娘，我不能任憑我娃兒被人欺凌還坐視不管。銀子我們不收，麻煩妳回去還給馬老闆，馬老闆是個好人，還是四娃他乾爹，我們一家子都敬重他。但是馬二苟，他必須要為他的所作所為付出代價，不然這世上做壞人不是更逍遙嗎？」

最後何月娘是這樣跟馬氏說的。

然後就在岳縣令要宣判那日，徐老闆跟馬氏出現了。

當堂，岳縣令說：「馬二苟，念在你娘子挺著大肚子還要為你四處奔波，同時也因為得到了徐老闆的諒解，重罰就免了，但是必須要讓你知道做人不能忘本，更不能誣陷好人。本官因此判定如下，馬二苟誣陷算計陳四娃，又詐騙徐老闆未果，但其行徑卑劣無恥，本官判他入獄四年，四年期間不得減刑，以懲罰他心思不純，惡習不改！也因這事，給本城百姓們一個警醒，再有人敢行如此誣陷詐騙之事，馬二苟就是你們的前車之鑑！」

馬二苟已經被嚇得癱在地上，如一堆爛泥。

他可憐兮兮地看向馬氏。「娘子，孩子生下來，妳要來告訴我啊！」

「你不配做我孩子的爹！」

馬氏冷冰冰地看了他一眼，繼而往前一步，給縣令施禮道：「大人，請求您允許小婦人跟馬二苟和離！」

第四十八章

一日，何月娘去穆家請求見穆靜姝。

是聽荷苑裡的王婆子跑進去稟報的。

一會兒，她喜孜孜地出來，跟何月娘說：「我們穆府的小姐可是矜貴得很，不是誰想見就能見到的，剛我一提說是有人要見小姐，小姐當即就回絕了。沒法子啊，我老婆子念著妳這點銀子的情，就又再三地央求，說是何氏皮貨鋪小陳老闆的娘來求見，又說了好多的好話，小姐這才勉強答應見妳的，妳進去可得懂規矩，不要惹了小姐不悅，再把我也牽累其中啊！」

何月娘雖然兩世都沒在深宅大院裡待過，但沒吃過豬肉，也見過豬跑，就這深宅大院裡的那些勾心鬥角的事，她沒少聽說，剛才就這一會兒，王婆子在那穆小姐跟前說好話，能說幾句？她這就是承了銀子的好，出來說便宜話。

不過，何月娘還是謝過了她。

屋裡，何月娘彎腰福了福，給穆家這位大小姐施了禮。

穆靜姝忙讓柳綠給她看座。

何月娘也沒客套，端端正正在椅子上坐了，開門見山說起她的來意。「穆小姐，您的藍狐大衣在何氏皮貨鋪出了問題，真的非常抱歉，我來呢，既是道歉也是感謝，感謝穆家老爺以及穆小姐的寬宏大量，對四娃網開一面，不至於讓他因為這事不能把鋪子開下去。作為四娃的娘，我對小姐的人品是非常讚賞的，藍狐大衣的事，我們會做出賠償，但聽聞小姐的身子骨兒弱，冬天需要厚實的皮草禦寒，所以，我有幸得來這幾件白狐皮子，四娃已經丈量過了，這幾件白狐皮子恰恰能做出一件白狐大衣。這白狐皮是上好的，穆老爺跟夫人瞧過也說不錯，所以我特來請問小姐的意思，用這白狐給您做大衣，您可喜歡？」

何月娘並沒有說，要用這件白狐大衣來抵了那件損壞的藍狐大衣。

但有點皮貨常識的人都明白，這白狐皮子絕對是極品，買都買不到的好東西，那件藍狐大衣雖然也不易得，但比起這白狐來，那還是相形見絀的。

「不，我不喜歡這白狐！」哪知道穆靜姝眼底閃過一絲矛盾後，堅決地搖了搖頭。「我不用它做大衣，我……就要我那件藍狐大衣，如果有藍狐皮子，那就做一件，沒有的話，就……就讓他用三年時間來賠償！」

何月娘也沒想到，這穆小姐會是如此的回答。

一般的姑娘都會喜歡白色的衣衫的，俗話不都說了，要想俏、一身孝！

「若小姐就是喜歡藍狐的顏色，讓四娃把白狐皮子染色……」何月娘試著商議。

她為了打這幾隻白狐，可是在山裡足足守候三天三夜，才得了這難得的白狐皮子。

為此，她險些從懸崖上失足落下，幸虧她反應快，在落下懸崖的一剎那，抓住了一根探出山崖的松樹枝，跟她一起去的陳大娃從驚惶中回過神來，用繩子把她給拉了上去，她這才保住了一條性命。

但也因此導致了手骨骨折，本來張老大夫要用布條把她的手臂給吊起來，可是，她怕四娃看見了就猜著她是因為獵白狐才出的事。那娃兒是個心思太敏感的，一定又要傷心難過，說些什麼不再開鋪子的話，何月娘只讓張老大夫在她的袖子裡給骨折的地方上了夾板。

如此不易得來的白狐皮子，對方竟不喜歡？

這太讓何月娘意外了。

她本來就是盤算著用這白狐皮子做成大衣抵了那件藍狐大衣，那樣的話，四娃就不用這三年日日都在為償還給穆家的賠償而辛苦了。

可是……這小姐腦子是不是有問題啊？

「不要！我就要純正的藍狐大衣！」

穆靜姝這會兒神情已經恢復了正常，臉上帶著大家閨秀的微笑，語氣卻不容置疑。

「那……小姐您再考慮考慮，若是有什麼變化，煩請派人去跟我家四娃說一聲。我家四娃是個實心眼的，心裡記掛著欠你們家的賠償，日日忙得不分晨昏，我這個當娘的幫不上忙，看著很是心疼。還請小姐能體諒我一個當娘的心，在這裡，我先謝謝小姐了！」

說完，何月娘很鄭重地給穆靜姝施禮。

何月娘心情不快地回到何氏皮貨鋪，剛坐下喝了口茶，穆家的管家就到了。

管家跟何月娘說了穆老爺的意思後，何月娘反倒不樂意了，她說：「不瞞管家你說，我本來打算拿白狐大衣抵了那件藍狐大衣，把我娃兒從欠債的深淵裡解救出來，這孩子是個實心眼的，身上揹著債務，成天都跟拚命似的幹活，我這個當娘的瞧著心裡不好受啊！可沒想到，你家小姐竟不喜歡白狐，執意要賠帳！那這樣吧，麻煩管家回去跟穆老爺說一聲，若他要買這件白狐大衣，那就出了那件藍狐大衣的賠償價格吧，白狐比藍狐要好，這你家老爺想必也知道。我本就不是想用白狐大衣賺錢，所以，兩兩相抵，我家四娃就不再欠你們穆家的，如果穆老爺同意，我就讓四娃把白狐大衣按照穆小姐的尺寸縫製好了送過去，如果穆老爺不同意，那我就想法子把白狐大衣賣了，賣出的銀子還給穆家，清了我們家四娃的債務。」

「這個……」管家猶豫了。

能在大戶人家當管家的，必然在察言觀色上是高人一等的，這個管家從小看著穆靜姝長大，對於穆靜姝的性子他是很瞭解的。

他們家穆小姐還從來沒有這樣關注過一個外男，何況穆小姐現在的年紀正是情竇初開的時候，瞧上一個陳四娃也不是不可能……不然，小姐為啥數次來往何氏皮貨鋪照顧陳四娃的生意？

更離譜得竟不想讓何氏用白狐換藍狐，反倒是一定要陳四娃用三年時間來做出賠償，這打的什麼主意？難道……小姐這是想跟陳四娃日久生情？

管家回去跟穆雲開把何月娘的話轉述了。

穆雲開想了想，答應了。

不過，他囑咐管家，這事先不要跟小姐說，也要繼續攔著小姐，這五、六日不讓她出門去。

很快，何月娘就得了信，說穆老爺答應用白狐大衣抵換藍狐大衣，但穆老爺還有一個要求，那就是白狐大衣必須得在這個月底做成，送到穆家去。

雖然這會兒離到月底也就只有五、六天了，時間上是有些倉促，但四娃說了，他加緊做，還是能趕製出來的。

為此，娘兒倆都挺高興的。

陳四娃跟陳大娃說：「大哥，再別讓娘去打獵了，太危險了！」

陳大娃看著他好一會兒，這才重重嘆息一聲，拍了拍他的肩膀說：「四弟，你以後一定要孝順娘，不然……不然我都不依你！」

「大哥，這還用你說嗎，我覺得娘對我比誰都好！」

「嗯。」

陳大娃點了點頭，目光看著何月娘的手臂，很心疼，但他又不敢忤逆何月娘的意思，把她骨折的事告訴四娃。

晚上，何月娘回到家，手骨骨折的地方已經紅腫得很厲害了。

「娘，不疼，不疼，小六兒給妳吹吹！」

陳六朵眼圈都紅了，趴在何月娘的手臂前，嘟著小嘴一口一口地吹氣。

「我家小六兒吹得可真舒服啊，一點都不疼了。早知道，娘就不用去找郎中了，就讓我家小六兒給吹吹就好了！」

何月娘笑著摸摸陳六朵的頭。

哇一聲，陳六朵哭了起來，邊哭邊說：「娘，妳別騙小六兒了，小六兒知道，再怎麼吹也會疼的！嗚嗚，娘，都賴四哥，不是他惹禍，妳根本就不用去打獵，不打獵就不會摔傷，嗚嗚……我討厭四哥……」

「小六兒，不許那麼說，妳四哥也不想這樣啊，是那個算計他的人太壞了！這事娘不怪妳四哥，妳也不許埋怨他，知道嗎？」

「可是娘，一定很疼，對不對？」陳六朵哭得跟個小淚人兒似的。

「哎喲，哎喲，娘本來不疼的，可是被妳這樣哭得都頭疼了！」何月娘才捨不得讓小六兒哭呢，那麼乖巧的小六兒是她的心肝寶貝！

「小六兒不哭了，娘，頭還疼嗎？」

小丫頭馬上就止住了哭聲，雖然說話還一抽一抽的，但好歹是不哭了。

秀兒熬了豬蹄湯，非要何月娘喝一大碗，說是吃哪兒，補哪兒。

無奈，晚飯何月娘就跟豬蹄對上了，喝了一碗，幾個娃兒還不肯依，沒法子，只好又啃了半個豬蹄子，幾個娃兒這才各自吃了點飯後回各自的屋了。

晚上，手臂骨折的地方一直在發熱、脹疼，疼得何月娘翻來覆去的睡不著，她也不敢出聲，生怕驚醒了小六兒，只好咬唇忍著。

「幾個娃兒累著妳了，真……真對不住妳！」

不知什麼時候陳大年來了，一臉的憂傷，看著何月娘疼得額頭上沁出細細密密的汗珠子，他真想去抱抱她，可是，他連這種簡單的安慰她的事情都做不到，越發覺得自己太無能了。

「嘰嘰喳喳說些沒用的幹啥？有事沒事，沒事滾，老娘懶得跟你囉嗦！」

何月娘疼得嘴唇都咬出一排痕了，聽到陳大年這番廢話，她真是火大。

想抓起個枕頭來丟他，剛一抬手，馬上就疼得齜牙咧嘴了，她一時情急，忘記這是隻受傷的手了。

「我……我在下頭遇著陸世峻的爺爺了，他說陸世峻是個很不錯的男人，他跟郡主成親，完全是郡主求了皇太后給賜的婚，不然陸世峻是不會娶她的。他的心不在郡主身上，所以郡主才會對他又愛又恨，也才會對陸世峻瞧上的女人恨之入骨！」

陳大年的話惹來何月娘的白眼。「你一個連魂魄都不全的死鬼，管人家家事做什麼？你閒的啊？」

「不是，我的意思……」

「我睏了，想睡了，你哪兒來滾哪兒去，別在這裡吵了。」

何月娘用另外一隻手抓起枕頭丟向陳大年。

陳大年也不躲，那枕頭就穿過他的身體掉在了他身後的地上。

「你個死老鬼，仗著我打不著你，你就故意來氣我，是不是？」

「月娘，我看得出來陸世峻很喜歡妳，要是……」

「滾！」何月娘瞪圓了眼珠子罵了陳大年。「你再不滾，我就滾，你信不信？」

陳大年很快消失不見了。

何月娘坐在那裡直喘粗氣，倒不是罵幾句陳大年累成這樣，而是她的手臂真的好疼，好疼。

剛要躺下繼續熬著，忽然，她就看到炕頭上有一只銀色的小盒子。

打開小盒子，立時一種淡淡的藥香就傳來了。

隔空傳來陳大年的聲音。「這是太爺爺問下頭大老要的，大老說，這種藥膏只用一次，不管是哪兒的外傷，抹上去就好。我……我真想幫妳抹上，可是我真是個廢物，妳說得對，我是該滾了……」

後頭這幾句是帶著情緒說出來的，怏怏的、無力的，透著一種頹然的滄桑感。

何月娘用另外一隻手挑出一點藥膏來，塗抹在傷處上，剛剛還疼痛難耐的地方，倏然襲來一種清涼感，就好像大夏天的熱得人心發慌，忽然天降大雨，雨絲細細涼涼的，直把人撫摸得通體舒坦。

沒想到，下頭也有如此好的東西。

傷處不那麼疼，睏意便濃濃地席捲而來。

何月娘很快睡著了。

第二天一早，何月娘醒來就忙去看手臂，手臂昨天還腫脹得不成樣子，現在竟一點紅腫的跡象都沒有了，就好像手骨根本沒骨折過。

她把夾板去除了，卻把端著洗臉水進門的秀兒嚇了一跳。「娘，您怎麼把夾板給拆了啊，不成，傷筋動骨一百天啊，您這才幾天，萬一骨折的地方長歪了呢？」

她說著，就放下盆子去拿夾板，要給何月娘再綁上。

「秀兒，秀兒，妳看看我的手臂，都好了，一點都不疼不腫了。」

何月娘把手臂展示給秀兒看。

秀兒瞪大了眼睛盯著，手臂白皙，別說是骨折，就是一丁點的紅腫都不見了。

「娘，這……這……」秀兒驚著了。

「我在娘家的時候，從一個世外高人手裡得了一種專門治療外傷的膏藥，這膏藥啊有奇效，塗抹後一夜就好了！妳瞧瞧，這不是好了嗎？」

何月娘情急生智，想出了這個理由，反正陳家誰也不知道她是打哪兒來的。

陳家的娃兒都思想單純，聽說後娘的骨折好了，還是用一種神奇的藥膏治好的，他們個個都歡喜了，只要娘不疼了，他們懸著的心就放下了，沒一個人去問何月娘藥膏是怎麼來的，能不能拿出來瞧瞧之類的話。

何月娘在心裡輕嘆：唉，這幾個娃兒心思都太簡單了，幸虧這是陳家莊，是小地方，人與人之間沒那麼多的彎彎繞繞，若換在京都，在那些勾心鬥角，吃人不吐骨頭的心機男女，他們此刻大概會絞盡腦汁地琢磨，到底要怎麼把自己手裡這矜貴又神奇的藥膏拿到手。

月底那天，何月娘進了城。這天是陳四娃給穆家送白狐大衣的日子，她有些不放心，就讓陳大娃套上了馬車，娘兒倆趕在陳四娃出門前到了皮貨鋪門口。

陳四娃吃完早飯後，娘仨就一起去了穆家。

到穆家時，穆管家已經候著了，見下車的人不單單是陳四娃，他倒是有點吃驚。他早就知道陳家幾個孩子的親娘早就沒了，現在掌家的是後娘，也聽說這後娘待幾個孩子不錯，但沒想到，會如此的細心。

兩兒子一左一右，一個人一隻胳膊，把何月娘從馬車裡扶下來。

那場景就像是一位七老八十的老太太被兩個孝子給攙扶著下馬車似的，實際上一看這位小後娘，真真是青春年華，年輕貌美的小女子。

這場面在旁人可能覺得詫異，但在陳家幾個娃兒們心目中，這太正常了，我們後娘好，我們孝敬後娘，天經地義。

穆家前廳。

穆老爺跟穆夫人看到他們娘兒倆到了，也微微一怔，不過，很快他們就恢復了神情，當下表示了歡迎後，就讓人給何月娘安排了座位。

陳四娃沒有坐，就站在了何月娘的身旁。

雙方也沒客氣，話直奔主題。

「穆老爺，穆夫人，我娃兒上回把穆小姐的藍狐大衣弄壞了，這回他做了白狐大衣，還請您們瞧瞧，可中意？」

說話間，已經有丫鬟把其中一個包裹打開了。

一件製作精美，款式新穎，富麗華貴的白狐大衣就呈現在眾人面前。

比起之前那件藍狐大衣，這件白狐大衣更顯得雍容大方，價值不菲，若是穿在穆小姐身上，定然是襯托氣質，優雅非常。

穆夫人一看就眉眼裡都是笑，讚道：「小陳老闆的手藝真是頂頂好的。」

穆老爺也點頭。「嗯，是不錯。」

「那兩位是認可這件白狐大衣可以抵了那件藍狐大衣嗎？」何月娘問道。

「嗯，不錯……」

穆老爺點頭，還要再說別的，就聽屋外有人接了話。「不錯也沒用，我不喜歡！」

隨著話音穆靜姝從外頭進來了，俏臉微寒，她掃了一眼站在一旁的陳四娃。「我就不要這件白狐大衣，我就……」

「靜姝，不許胡鬧！」

穆夫人叱責道：「小陳老闆是實心實意地想要為那件藍狐大衣做出補償，我聽說，為了得到這件白狐皮子，陳夫人去深山打獵，險些墜入山崖，手骨都骨折了，妳不能再這樣任性了！殺人不過頭點地，妳難道還想用那件藍狐大衣害小陳老闆一家嗎？娘不允許妳這樣做！」

「娘，您手臂受傷了？」

旁人還未及反應，陳四娃倒先急了，他忙去察看何月娘的手腕，何月娘笑著說：「都已經好了，沒事，你別擔心！」

「可是，娘，您怎麼能冒險去深山呢？若您真的出了什麼事，您讓四娃怎麼……」說著，四娃的眼圈就紅了，這樣一個哪怕是藍狐大衣出了問題，被人追著賠償，都沒落一滴淚的少年，這會兒卻面容哀戚懊悔。「都是兒的不是，害得娘跟著受罪！」

他撲通跪在了何月娘跟前，無視旁邊都是穆家的人。

「你這孩子快起來，我不都說了，我已經好了，沒事了嗎？起來，這是在別人家裡呢！」

何月娘去扶他。

他聲音哽咽。「娘，都是我的錯，我不鬧著要開這鋪子，您何必受這樣的苦楚，一次次的，都是四娃讓您操心受累，四娃……錯了。」

「傻孩子，你哪裡錯了？當初我答應你爹照顧好你們，就是要看著你們一個個按照自己的心意，闖出一片天地來，那樣我就能跟你們的爹有所交待了。現如今，你開這個鋪子雖然是有些波折，但古人道，萬事起頭難，這些波折都是給你積累經驗的，等鋪子的生意走向正軌，就沒那麼多事了，娘也就能安心等著你賺了大錢給娘享福。快起來，別讓旁人看笑話，不然娘真生氣了！」

何月娘如此這番語重心長，任是穆家主婢一屋子人也都為之動容。

穆老爺跟穆夫人對視一眼，都點點頭。難怪這個陳四娃懂事、勤快，原來是有如此好的後娘在支持教導他，有娘如此，兒子怎麼會不成就一番事業呢？

陳四娃見何月娘真的要氣惱了，就站了起來，對著穆家夫婦歉意地說：「穆老爺、穆夫人，對不住……」

他話說不下去了。

穆老爺說：「我夫妻二人也算是見識多廣，但如你娘這樣的好女人還是頭一回見，你以後可得多多孝敬，不然天理難容啊！」

「嗯，謝穆老爺教誨，四娃謹遵。」陳四娃用力點頭。

有了這番小插曲，穆靜姝再要矯情都不好意思了。畢竟她也不是真想為難陳家，她就是，就是想……

她只好訥訥地道：「我……我可以同意用白狐大衣抵了藍狐那件，可是、可是我還要再……再做一件，不，幾件……」

「靜姝，不要胡鬧，這件白狐大衣本身的價值已經超過那件藍狐大衣了，在價格上咱們穆家已經占了陳老闆的便宜了，妳還要再攪鬧，是為娘的平日裡對妳太過縱容了嗎？」

穆夫人臉色都變得嚴厲了。

「娘，我又沒說不給他錢，另外做的衣裳我會給錢啊！」

穆靜姝見她娘真生氣了，也不敢再說，當下幾步過去，拉了她娘的手臂搖晃著。「娘，您就答應吧，我還要再做幾件。我……我冬日裡怕冷的，您都知道呀！」

穆夫人都要哭笑不得了，心道：妳怕冷就得把人家陳老闆的皮貨鋪都包下來啊？再做幾件？妳做的衣服還少嗎？連白貓都得了妳的好處，皮襖加身了。

「好了，別胡鬧，藍狐大衣的事就到此為止了，以後妳要做什麼再說！妳不是給妳娘做了貂皮大衣？咱們也瞧瞧怎樣。」

穆老爺把話題轉了，其實這也是他的無奈之舉，不轉開話題的話，他這寶貝女兒再繼續說下去，恐怕就只能說：爹，娘，我就是喜歡陳家鋪子裡的東西，我……我要賴著這個鋪子！呵呵，那還不如說賴著小陳老闆這個人呢！

女大不中留啊！

穆老爺擦汗了擦汗，內心嘆息。

貂皮大衣展開後，立時把穆夫人都驚豔了，她當即試穿了，真真是一派雍容華貴，大方優雅，換第二個人來穿，都不如穆夫人這般氣質。

眾人都叫好，連連誇讚小陳老闆的手藝真是好。

穆靜姝也圍著穆夫人轉了好幾圈，拍手叫著。「娘，您太好看了。嘖嘖，爹，我娘這麼好看，是不是啊？」

穆老爺眼底裡也是一片寵溺，有對妻子的，也有對女兒的。

娘兒倆從穆家出來已經是一個時辰以後的事了，出門就見陳大娃正焦急地圍著馬車轉圈圈呢，見他們出來，忙迎上來。「娘，四弟，沒啥事吧？你們總不出來，急壞我了，還以為穆家人為難四弟呢！」

「沒事，大哥，一切都解決了。」

陳四娃仰望天空，長長地出了一口氣，頓時覺得神清氣爽，要多輕鬆、有多輕鬆。

轉而，他又撲通跪在何月娘跟前。

「四娃，你沒完了是不是？」何月娘拿眼睛瞪他。

「娘，四娃這鋪子開得可謂是一波三折，之前那些事過去就過去了，但是穆家這次的事，若不是娘冒死去獵白狐，不可能解決得這樣順利。四娃在這裡發誓，這一輩子都要孝敬娘，聽娘的話，娘不是四娃的親娘卻勝似親娘！」

說著，砰砰砰，給何月娘磕了三個響頭。

「唉！」何月娘輕輕嘆息一聲，道：「你起來吧，再這樣就不是把我當親娘了，這世上哪一個親娘不是為了娃兒能把性命都豁出去？娘不想旁的，就想把你們順順利利地帶大，對得起你爹臨終的託付，娘就能安心了。」

「四弟，你快起來吧，不然娘會生氣的。」陳大娃把他拉了起來。

「娘，您的手骨好了嗎？」

陳四娃還是不放心，執意要拉著何月娘去找張老大夫好生瞧瞧。

「陳四娃，你再糾結這件事，老娘就把你趕出陳家。怎麼那麼不大氣？知道娘不易，就好生做生意，別讓娘失望，你囉哩囉嗦的跟個娘兒們似的，幹啥？」

何月娘再也忍不住了，雙手扠腰，對著陳四娃就是一通臭罵。

「娘，被您罵一頓，我心裡好受多了。」陳四娃笑著，哄了何月娘上馬車。

「弄半天，你這就是欠罵了？」

何月娘沒好氣地瞪他一眼。

但轉瞬娘兒倆都笑了。

第四十九章

穆家前廳，管家繪聲繪色地把門口陳四娃和何月娘的對話，都說了一遍。

穆夫人點點頭，真心地誇讚。「這個何氏看起來很是不簡單，年紀輕輕地能有如此的仁愛之心，著實不易，我說實話，我都做不到她這樣。」

穆老爺倒是沈默了。

「老爺，你怎麼不說話了？」穆夫人不解。

「唉，我這不是在琢磨著，要怎麼把閨女的事給解決了嗎？」穆老爺長吁短嘆。

明明有一個如花似玉、品德賢慧的好閨女，明明就可以在府中坐等著乘龍快婿上門求娶就成了，可為啥，我這閨女一頭熱，非瞧上了人家小陳老闆。現在好了，人家小陳老闆壓根兒沒往那上頭去想，我這個當爹的想要閨女得償所願，還得巴巴地去絞盡腦汁去想，怎麼跟小陳老闆捅破這層窗戶紙。

「那你可得快點想，我可是聽說小陳老闆他那師父有個閨女，跟小陳老闆年齡相仿，當初他師父可是想把閨女許配給小陳老闆的，若不是他那閨女被歹人的花言巧語給騙了，這會兒可能他那閨女就已經是陳少夫人了，現在雖然那女子跟歹人有個孩子，但畢竟近水樓臺啊，小陳老闆又是個有感恩之心的，萬一感念師父的好，想幫師父把師姐的問題解決了，然後以身相許去報恩，那咱們靜姝可就沒機會了。」

穆夫人的話倒是惹得穆老爺吃驚了。

「妳怎麼知道這些的？」

穆夫人撇撇嘴，道：「你以為就你關心女兒，我就不關心？我當然也是派了身邊的婆子出去打聽的。這些事都是真實的，咱們啊，還是得趕緊想主意。」

「唉，那也得有主意啊！我總不能上門去跟何氏說，我閨女瞧上妳兒子了，咱們兩家結親家吧？」穆老爺直搖頭。

那也太沒面子了。可等陳家來求娶？似乎是不太可能的。

小陳老闆做生意實誠，很不錯，但在這種男女之事上，似乎真是一竅不通。

聽荷苑裡。

「小姐，小姐，不好啦！」桃紅一路狂奔衝進屋裡。

穆靜姝正在喝茶，被她這樣一吆喝，手裡的茶杯險些沒端住掉在地上，當即就不樂了。

「桃紅，妳跟個瘋丫頭似的又喊什麼？不是告訴妳了，要有儀態，要有……」

「小姐呀，您啥都有也沒用啊，抵不過人家師弟、師姐，近水樓臺先得月啊！」

桃紅不顧尊卑地打斷了穆靜姝的話。

穆靜姝啪一聲把茶杯拍桌子上了。「桃紅，妳敢搶本小姐的話，本小姐是不是太縱……

嗯？誰是誰的師弟？誰是誰的師姐？」

「哎呀，小姐，就小陳老闆有一個師姐，剛從鄉下回來，對了，還有他師父，他是極其尊重孝敬師父的，您讓貴叔給他送的那些好吃的，都被他孝敬師父跟師姐了！」

桃紅滔滔不絕地把從夫人院裡的婆子那裡聽來的消息都詳細說了一遍。

「他敢……敢跟他師姐眉來眼去，我……我就……」穆靜姝聽罷坐不住了，倏地站起來。「我找他去。」

「哎呀，小姐，您怎麼去？您以什麼身分去啊？」

柳綠這會兒也焦急了，一把拉住穆靜姝央求。「老爺還關您禁足呢，您可別氣老爺、夫人了！」

穆靜姝又喪氣地跌坐回椅子。

是啊，自己以什麼身分去找陳四娃呢？自己跟他根本就啥都不是啊！可他那師姐卻是貨真價實的師姐，是他日日都能見，還日日都廝混在一起的。哎呀！我怎麼辦啊？

「小姐，還有一點，他那個師姐是和離過的，身邊還帶著個剛出生的小兒，依奴婢看，那陳夫人未必肯答應兒子娶那麼一個女子。」

桃紅頭一回動了腦子，認真地想過後，如此說道。

「對呀，她是二婚再嫁，一般人家的婆婆不會接受的。」柳綠也贊同。

「可……這個陳夫人可不是一般的婆婆，而且，萬一小陳老闆想要對師父報恩呢？這也都是說不準的事。」

桃紅又一番話，打了自己的臉，又潑冷水似的澆了穆靜姝滿頭滿臉。

「桃紅，妳能不能說點好的，別惹小姐焦急了。」柳綠給桃紅使眼色。

桃紅癟嘴，心裡委屈道：我說的都是事實啊！

「我……我去找他……找他訂做衣裳，這總成吧？」穆靜姝又站起身來。

「哎呀，小姐這都日落西山了，您就是去，也得等明天啊！」

柳綠忙又把穆靜姝給拉住了。

結果這一夜，穆靜姝折騰了一整晚，主婢三人誰都沒睡好。

第二天一大早，穆靜姝頂著個黑眼圈就要出門，剛出聽荷苑，就被迎面趕來的穆夫人攔住了。「這急匆匆的又要去哪兒？妳爹不是不讓妳出門嗎？」

穆夫人故意板著臉。

「哎呀，娘，我……這天涼了，我怕冷，想出去買幾件衣裳。」

穆靜姝扯著她娘的袖子撒嬌。

「妳少跟我撒嬌，沒用！妳爹的話，我都不敢不聽，何況是妳？乖乖留在聽荷苑裡，不然妳的事，我們可都不管了！」

我的事？

「哎呀，娘，我有啥事啊？」穆靜姝面色微紅，但嘴上還倔強著不肯承認。

「走吧，進屋，娘仔細跟妳說。」

穆夫人心中嘆氣，看起來真如她家老爺說的，她這好閨女啊，是留不住了。這急吼吼的樣子，別人看了，恐怕是會懷疑她家的姑娘有什麼隱疾，這是怕沒人娶，上趕著要嫁陳家小哥了。

進屋後，把丫鬟、婆子都趕了出去，穆夫人拉著閨女的手，兩人坐在床邊。「靜姝，妳也大了，及笄了，就該考慮人生大事了，娘問妳，妳是不是瞧上那個陳四娃了？妳跟娘說實話。」

「哎呀，娘，我……我一輩子都不嫁……」

「妳可拉倒吧！我怎麼瞧著只要人家陳老闆肯娶，妳今時今日就要嫁過去呢？」穆夫人白閨女一眼，無情地拆穿她的謊言。

「娘……那、那我就是覺得他不錯，長得不錯，為人也不錯，還有啊，他會做大衣，以後冬天您跟爹都不用擔心我會受寒生病了。」

穆靜姝在親娘跟前也沒啥好隱瞞的，羞羞答答地把心裡話說了。

妳怕冷就得嫁皮貨鋪老闆？那咱府上廚子飯做得好吃，妳怎麼不嫁他呢？

穆夫人心裡又好氣、又好笑，但嘴上還得哄著。「娘知道妳的心思了，妳就不用多想了，好好在家裡等著，有妳爹呢，他會幫妳把事情解決的。娘可得提醒妳，陳老闆是很孝敬他那後娘的，他那後娘也是個重規矩的人，如果妳真嫁過去，那就得聽陳老闆的，對他那後娘畢恭畢敬，別因為她年紀比妳大不了多少就有了輕慢之心，到時候惹得陳老闆不高興，那妳這日子可就不好過了。這是妳自己的選擇，爹娘尊重，也贊成，主要是陳老闆著實人不錯，但是，妳若以穆家大小姐的架子去拿捏人家，適得其反，得了不好的後果，到時候可別怪爹娘不幫妳！」

「娘，我知道了。」

穆靜姝也很鄭重地點點頭。「嫁夫從夫，女兒還是懂的，女兒也聽說他那後娘的確是個好的，陳家本來日子不好，是她帶著他們辛辛苦苦創業，這才有了今日。娘，如果女兒真嫁了陳四娃，女兒也一定跟他一起孝敬何氏。」

「嗯，那就好。」

穆夫人摸了摸閨女的頭，娘兒倆又說了些體己話，這才走了。

一日早上，何月娘簡單漱洗了一番，便靠在炕邊的高枕上歇著，就聽外頭秀兒說：「先生您怎麼來了？」

「我有事來跟陳家大嫂子商議的。」

聽聲音是則無先生。何月娘忙起身，整好衣衫，出門去迎人。

談了一會兒，弄明白了，則無來是想跟何月娘商議再尋一位教書先生。山上學生不少，自從陸世峻走後，只有則無先生和五娃忙著教學生，五娃的學業也忙，今年的縣試則無先生想讓五娃下場試試，所以就不想再耽誤五娃的時間。

何月娘當即就答應了，還跟則無先生說好了，三日後，她一定把先生請來。

這本來是早就該辦的事，這段時間因為四娃鋪子裡的波折太多，她一直沒抽出身來辦這事。

而何月娘之所以能說得如此肯定，是因為她要請的這個教書先生就是秦英。

忙完了山上私塾的事，何月娘就一門心思等著李氏生產了。

眼見著離預產期還有三天，陳家一家子人都緊張起來，何月娘也緊張，這可是她嫁入陳家後，第一回兒媳生產，她這個當婆婆的對此是又盼望，又不安。

女人生孩子那是鬼門關轉一圈，她當然是知道的。前一世跟著那個擅長接生的婆婆打過交道，也學了點接生的皮毛，自然知曉女子生孩子的凶險，所以，她越發得緊張。

一大早，她就讓陳大娃駕車把接生婆劉婆婆接來了。

李氏說：「還早，不忙接。」

何月娘卻說：「早晚得接，別到時候手忙腳亂的，左右把人請來也就是幾餐飯的事。」

這讓李氏感動得不再說話了。

她前兩回生孩子，雖然公爹陳大年在世，但他畢竟是男人，哪會想得如此周到？

因此，她生了兩回孩子都沒把身體調養好，反倒是落下了冬日沾了涼水就腿痛、胳膊痛的毛病，也因此何月娘說了，這回生娃就要好好給她調養。都說了，月子裡落下的病，再生產的話月子坐好了，就能把之前落下的病根除了。

所以，何月娘一早就買了各種補品，只等著在李氏坐月子時做給她吃喝了。

入夜，陳家小院裡靜悄悄的。

陳大年來了，他見何月娘在燈下縫製小娃兒的衣衫，笑說：「妳這針腳也太大了點。」

何月娘白他一眼。「你啥都不做，哪來的大臉在那裡說風涼話？我針線活是不太好，但我是當奶奶的，給我孫子做衣衫，這是必須的，我孫子肯定也乖巧，不會嫌的，哪像你，只會耍嘴皮子！」

「我只說一句，妳就說我一大通。」陳大年苦笑。

「誰讓你多那一嘴呢？哦，對了，你上回給我的藥膏挺好用的，你問問太爺爺有沒有給女人滋補用的好用的補品啊？給李氏來點，上回她生三寶落下的病根，我想趁著這回坐月子給她補回來。」何月娘說道。

「沒有。」陳大年連猶豫都沒猶豫，直接回絕。

何月娘抬頭看他。「你沒問就知道沒有？敢情李氏不是你兒媳？」

她是我兒媳啊，可是，我上回問太爺爺要了那麼一盒藥膏，回去幫他做了半個月的苦力，險些把我的魂累趴下，問他老人家要補品，我還不得給他使喚得脫掉一層皮啊？

心裡一堆話，陳大年嘴上卻道：「她就是我兒媳，又不是我媳婦，她的事讓她男人想辦法去！」

「我說你怎麼這樣啊，一家人，你至於嗎？」

「我只管妳的事。」妳是我娘子，儘管我連抱都沒抱上妳，但……我心裡是有妳的。

陳大年含情脈脈地看著何月娘。

何月娘猛一抬頭，正好對上他那濃情似水般的注視，頓時渾身打了個激靈。「哎呀！你還是趕緊走吧，不然我都要被你那色迷迷的眼神給噁心死了！」

「我是得走了……」

他還得回去繼續給太爺爺當苦力，上回他那藥膏是跟下頭大老央求來的，大老命他幫著他的愛妾搬家，太爺爺就把這美差給了陳大年了。陳大年這都忙了半個月了，也不知道那愛妾從哪兒弄來那麼多東西，還都是又笨又重的，把他累得只差哭出來了。

正在這時，忽然東廂房裡傳來陳大娃的喊聲。「娘，娘，李氏好像要生了……」

不過，倒應了陳大年的話，李氏這一胎果然很順當，丑時半破水，丑時末就生下來了，是個男娃，名字是早就取好的，二樹。

二樹一降生，陳家歡天喜地的，天剛亮就在大門口放了一串一千響的鞭炮，以示慶祝。

陳家莊的人便都知道了，陳家又添丁了。

許多人都感慨，這何氏果真是陳家的福星啊，自從她來了，陳家這日子過得紅紅火火不說，這人口也繁盛起來了，李氏之前兩胎都是女娃，這一朝得子，可是遂了心願了。

讓人沒想到的是，李氏是提前三天就生產了，下晌比她預產期還晚幾天的褚辛辛也要生了，在酉時中也誕下一子。

原是來陳家道賀的李家老倆口，本想要直接帶褚辛辛娘兒倆回去，但褚辛辛不樂意。

何月娘笑著說：「這孩子在我家出生，也是緣分，所以二位親家就放心讓褚氏在這裡坐月子吧，我們大兒媳有的，她也有，只當是我替陳家感謝你們給我們陳家養的好兒媳。」

「那……可太……」李大訥訥著，真是抹不開面子啊！

「親家，咱們一家人不說兩家話！」何月娘笑著安慰他們，她知道李江前陣子上了賭坊後，就不知去向了，李家人正急著找他呢。

「那……好吧，多謝親家了。」李大點頭同意了。

其實他也知道，不同意不成，因為他家這三兒媳是吃定陳家了。

唉！沒法子，誰讓家裡窮，又攤上個好賭成性的兒子呢？他來之前已經把家裡的幾個孩子都趕出去找李江了，也不知道找到沒有，那個混小子，等他回來，先給他一陣棍棒再說，氣死老子了！

「既然是一起坐月子，不如我就跟我們家小姑子一個炕吧？那樣我娘能幫著照看照看，省得還得有專門的人分兩個屋子伺候。」褚辛辛說話了。

何月娘想了想，這個倒也不是不可以，就答應了。

十天後，也就是十月初五那天，是縣試的日子。

大越國的縣試，要考五場。

全縣的白丁和童生都可以應考。縣考之前要先在學宮教官處報名，還得自己找一名相熟的廩生作保。五娃的作保人就是則無先生，他可不是廩生，而是大儒。報名之後，縣裡會再派一位廩生做副保，考時知縣為主持人。考試的規則，四場都是四書題的八股文，第五場是考古賦跟古詩。

第一場未錄取的，不得考第二場，以後每一場都要刪人。

這次參加縣試的人數是一百五十名，照著則無先生估計，到最後能參加第五場考試的大概也不過五、六十人。

但這五、六十人裡有些都是參加過考試兩、三次的，他們比五娃年紀大，經驗也足，但則無先生說，這些都不足以對五娃構成威脅。最能威脅五娃的有兩個競爭對手，一個是原來跟著他在劉家私塾讀書的劉家遠支叫劉炳成，他比五娃小一歲，這人的腦力可以，學業也刻苦，之前是則無先生非常看重的學生，後來，他家中發生變故，他跟著他娘去了鄉下，他也就不能再跟著則無先生學習。

但之後則無先生從旁人那裡得知，劉炳成回鄉後跟著一個老廩生學習，那老廩生也是個學問很出名的人。

勤學好問的學生到哪裡都是會認真學習的，則無先生以為，劉炳成就是這樣的人，他是不會因為環境的改變而荒廢學業的。

所以，他這回參加了縣試，跟陳五娃是競爭對手。

還有一個姓江，是參加過一次縣試的，他上回沒考中，不是成績不行，而是遇上了腌臢事，他誤把一張借據帶在身上，帶入了考場，給監考大人搜了出來，硬說他是作弊，廢除了他那次的考試資格。

他的學問則無先生也是見識過的，頗有些見解。

這兩人則無先生都跟陳五娃提及了。

五娃笑著說：「有人追著才會跑得更快啊，我挺喜歡的。」

則無也笑了，說：「這倒也是。」

把陳五娃送進了考場，陳家人都沒焦急回去，大家嚷嚷著去四娃鋪子裡，要四娃晌午請吃飯。

何月娘笑著答應，眾人便齊齊地往皮貨鋪去了。

見大家都來了，又聽說五娃考試的事，陳四娃歡喜得自己嚷嚷著，他要請客，請大家吃頓好的。這正中大家下懷，自然是個個都歡天喜地的。

又聊了一會兒，眼見著正午了，陳四娃打算關了鋪子門，帶著大家去得月樓吃飯，卻沒想到，正在這時，家裡新聘的丁嬤嬤氣喘吁吁地跑來了，她沒歇口氣就道：「夫人，不好啦，那個褚氏和孩子都、都不見了啊！」

「不見了，是什麼意思？」何月娘訝異。「那林翠娥呢？」

「她也不見了，她們娘兒倆的東西都一起不見了。我就去廚房給山上蓋房子的工匠們炒了幾個菜，大少夫人睡著了，等她醒來發現褚氏她們不見了，就喊我，我跑出去找，聽鄰居安大娘說，她在門口瞧見林翠娥跟褚氏了，她們抱著孩子，揹著東西，匆匆離村，不知去向了。」

丁嬤嬤接過秀兒遞給她的一杯水，歇了一口氣，這才把事說清楚了。

「娘，她們這是做什麼啊？褚氏還沒出月子就出門，身體能受得了嗎？」

林春華也是個孕婦，這會兒對褚辛辛的舉動萬分不解。

誰都想不通。

褚辛辛是個最知道疼自己的人，成天都是拿著千金小姐的架子，儘管林翠娥跟褚大並沒有給她一個有錢的生活環境，但她是不會讓自己受苦的。

這次又是鬧什麼么蛾子？

「大娃、二娃，跟我回去看看，四娃先帶他們去吃點東西。」

何月娘看著一屋子錯愕的陳家娃兒，說道。

何月娘他們回到家裡，果然見褚辛辛跟林翠娥的東西全都不見了。

李氏見著何月娘就抹眼淚。「娘，您說，褚氏她是怎麼了？咱們對她們也不是不好啊，她們為啥要走？我爹娘若是知道了，一定會很焦急的！」

「不許哭！」何月娘把帕子遞給李氏。「她們怎麼做都是她們的事，妳爹娘來了，有我跟他們說，妳還在坐月子，哭壞了眼睛是一輩子的事，妳是想讓二樹和大寶他們將來伺候妳一個睜眼瞎嗎？」

李氏忙把眼淚擦了，她可不想將來連累孩子。

「二樹怎樣？沒驚著他吧？」

何月娘不放心這剛生下十天的孫子，邊問李氏，邊察看睡在一旁的二樹。

看著看著，她的眉頭就皺起來了。

「這孩子怎麼瞧著……」

「二樹今天格外乖，從早上一直睡到現在……」李氏也湊過來，話沒說完，臉色大變。

「娘，這……這不是二樹！」

她一覺醒來發現褚辛辛跟孩子不見了，就一直很驚惶，二樹睡著，她也就沒多關注，直到這一刻何月娘問，她才認真看孩子，這一看臉色驟然慘白得一點血色都沒有，聲音也哆嗦了，她指著小被子裡包得嚴嚴實實的孩子。

「娘，這……這不是二樹，這是褚氏的孩子家寶！」

一屋子人都震驚了。

第五十章

「大娃，你馬上帶人去找，二娃，你去里正家裡一趟，跟他說明實情，求他發動全村人幫忙找褚氏她們，找到了，咱們陳家必有重謝！」

何月娘的臉色鐵青。她就知道，褚辛辛跟林翠娥這個時候鬧出走，不會有什麼好事，但萬沒想到，她們會抱走二樹，把自己的孩子撂在陳家，她們這是想幹麼？

陳大娃整個人被氣得發狂，他惱怒之下，指著李氏罵。「我們家留下妳娘家兒媳坐月子，還對不住你們李家嗎？你們李家的人拐走我的兒子，我……我跟你們李家沒完！」

李氏本來丟了孩子就心痛難過，這會兒再被失了方寸的丈夫一罵，剛擦乾淨的眼淚又不自禁地流出來，她哭著道：「對不起，孩子他爹，是我們李家對不起你，對不起……」

「陳大娃，你發什麼瘋？這事是她的錯嗎？你還不趕緊去找，在這裡耍什麼威風？」何月娘怒斥陳大娃。

這一番話把陳大娃從失控中驚醒，他看了滿臉淚水的妻子一眼，重重嘆息一聲，旋風似的帶著人出門去了。

這會兒，得了信的秦鶴慶他們也從山上急匆匆趕下來了。

何月娘跟他們簡單說明了一下情況後，眾人都四散開來，往四個方向出發去找。

何月娘把人都撤出去，她回到正屋，強迫自己靜下心來。

褚辛辛跟林翠娥為什麼會如此行徑？她們打的是什麼算盤？

何月娘銀牙緊咬，她似乎想到了褚辛辛的用意。

這兩個歹毒的婦人！

何月娘理順了這些之後，她顧不得痛罵這對母女，忙把陳二娃叫來。「駕車，我們去縣衙報官！」

岳縣令得知陳家丟了孩子，也是吃了一驚。

他眼見著下個月就可以離開這裡，去別處任職了，雖然不是高升，是平級調動，但他去的地方是個很富裕的小城，當地茶葉的產量是全大越國數得著的，這可是個肥缺，他正歡喜地等待著調令到的那一刻呢！

沒想到，這又出事了。

雖然孩子丟了，這在縣官的政績裡不算什麼大的污點。

但這孩子是被人刻意換走的，萬一她們真把孩子賣了，這等同於故意殺人，尤其事主還是陳家莊的何氏，這何氏是什麼底細，岳縣令可是很清楚的。

何氏跟京城裡裴大將軍府上是有關聯的，不然裴大將軍也不會讓副將兩次去陳家莊。

雖然岳縣令不知道裴家跟陳家之間到底是什麼關係，但若是陳家這孩子真出了事，何氏鬧到裴家那裡去，自己別說是調任富庶之地任職了，就是現在這個職位能不能做穩當了還得另說呢！

所以，岳縣令不敢耽擱，立刻發出海捕文書，命全縣衙的公差們出去找，並在何月娘的提醒下，先在出城的路上以及碼頭上設下了關卡，查找兩個婦人以及一個孩子的蹤跡。

另外，何氏還央求了岳縣令對全城曾經有過拐賣孩子行徑的人暗中監控，一旦發現有諸如褚氏娘兒倆這樣的人露面，馬上抓捕。

但找了整整一天一夜，全部派出去的人都回了信，說沒找到。

她們就跟人間蒸發了一樣，無論哪一個路口都沒發現她們的蹤跡。

這不對啊！她們難道能插上翅膀飛離了這座城市？

岳縣令的頭髮都給他自己抓禿了。

何月娘也萬分想不通。

按理說，褚辛辛跟林翠娥再怎麼惡毒，她們畢竟還是沒怎麼出過門的婦人，能想到把孩子調換抱走已經是極限了，她們兩個弱女子，尤其褚辛辛還在月子裡，身子骨兒也弱，見不得風，她那麼愛惜自己的人，會讓自己在月子裡受奔波勞累之苦？

難道說，她們根本沒如自己想像得那樣倉皇出逃奔走，而是找了什麼地方躲起來，只等事情平息之後再選擇離開？

正在這時，外頭有衙役進來稟報說，有一個乞丐說他有事要跟縣太爺稟告，不過他是朝著陳家許下的重金酬謝來的，若是沒有酬謝，他就什麼都不說。
岳縣令是最討厭這樣無理攪鬧的乞丐的，他正心煩呢，哪還有心情搭理什麼乞丐，當下揮揮手沒好氣地道：「這樣的乞丐明擺著就是來騙錢的，你不趕緊打發了他，還進來說些廢話，去去去，讓他走！」
「別，大人，讓他進來聽聽他怎麼說也沒什麼大礙。」所謂病急亂投醫，現在何月娘真的有些焦頭爛額了，她滿腦子都是二樹那稚嫩的小臉蛋，那孩子才剛剛降生十天啊！這就被歹人抱走，一旦有個什麼閃失，自己怎麼對得起陳大年的託付？
她這一刻，真的太想見到陳大年了。
要是他出現了，自己的心似乎就能定下來了。
但大白天的見鬼，這種情形是不會發生的。
況且，她也不確定陳大年這會兒到底是在下頭還是在陳家莊附近，如果他在陳家莊附近，他一定知道了這事，即便不能出現，也會用聲音給自己提示的，但他沒說話，那就證明他在下頭，並不在這裡。
死鬼啊，你哪兒去了啊？
她不禁在心裡焦急地喊。
一個老乞丐渾身髒兮兮地被人帶了進來，他一出現，岳縣令就微微皺皺鼻子，那股難聞的味道讓他更嫌棄了。

「說，你有什麼發現？」岳縣令沒客氣，態度豪橫地質問乞丐。

老乞丐眼皮子掀開，斜了他一眼，沒吭聲，但他的視線卻慢悠悠地轉到了何月娘身上。

「妳就是那個打死大蟲的女子？」

何月娘儘管心急如焚，沒心情在這裡跟誰擺龍門陣誇讚自己那段事蹟，但還是點了點頭。「老人家，您說您有事要跟我們說？您是發現了褚氏跟孩子的下落嗎？求您告知，我們陳家必有重謝！」

「就衝妳把大蟲那禍害除了，免了百姓們遭殃，我就告訴妳。」

老乞丐忽然站直了腰身，眼神銳利地看著何月娘。「我是個沒用的乞丐，一天到晚在街角旮旯裡蹲著曬太陽，昨天晌午，我正瞇著眼睛打盹，忽然聽到一陣急促的腳步聲，我人雖然老，但我耳朵尖，我沒睜開眼就能聽出來這是兩人的腳步聲，而且，不是男人的腳步聲，是女子。這兩個女人似乎走得很匆忙，有個女人踉踉蹌蹌的，似乎懷中抱著什麼重物。我抬頭斜睨了一眼，發現這是一老一少兩個女人，其中老女人的懷中抱著一個襁褓中的嬰孩，她嘴裡還埋怨著，『左右妳已經脹痛了，給他一些奶不好嗎？免得他哭鬧，再被人瞧見……』她話沒說完，就被那年輕女子說得閉了嘴，那女子說，『我就是脹死了，也不給這種鄉巴佬的娃兒奶，他哭妳就丟了他，左右不是……』她後頭的話我沒聽清，但接著她又咒罵了一些什麼都是她逼得、她是個賤人之類的話，我當時腦子裡閃過一個念頭，這女人不是孩子的親娘，不然哪有不願意奶自己親生娃兒的？後來就聽說陳家莊有人丟了孩子，還是個襁褓中的嬰孩，我就隱約覺得那孩子應該就是陳家莊丟的孩子。」

老乞丐話說到這裡，岳縣令就氣得拍桌子了。「你為什麼昨天不來稟報，你知道全城都在找那孩子嗎？」

「我又沒抓住那婦人，我來跟你胡說一通，你信我？與其被你訓斥一通，我還不如老實地在街角曬太陽呢！」乞丐絲毫沒有懼怕縣太爺的意思，反倒是眉宇間多是對岳縣令的鄙夷。

「那您為什麼現在要來告訴我？」何月娘沒理會岳縣令，問老乞丐。

「我聽說事主是那個打大蟲的女英雄，我琢磨著，能有正義之心，敢打老虎的女子，定然是個有腦子的，所以我來說，可能妳會信，也可能會因此找到那孩子，也算我積德行善了。」

乞丐說完，看都沒看岳縣令一眼，轉身就晃晃悠悠地往外走。

「大叔，這個給您，您在城裡待的時間久，認識的人也多，萬一再遇上那兩個婦人，求您一定馬上來告訴我，好嗎？」

何月娘從袖袋裡掏出五兩銀子，塞到老乞丐手裡。

老乞丐卻甩甩手，沒接那銀子。「女英雄的銀子我不能拿，真拿了我還不如那害人的大蟲呢！妳放心，我出去後會發動全城的乞丐幫著妳找孩子的。」

「多謝大叔！」何月娘對著老乞丐的背影鄭重地施禮道謝。

「陳夫人，妳何必跟一個乞丐較真？他不過就是說說而已，若是真的，為啥不肯拿妳的銀子？乞丐都是貪婪的，別說是五兩銀子，那就是一文錢，他們也會收……」

岳縣令的話還沒說完，就感受到何月娘看過來的犀利眼神，跟刀鋒似的，他識趣地閉了嘴。

派出去的人繼續在找，整個陳家莊的人，乃至縣城裡全部的公差衙役也都在找，碼頭、各個路口、街角胡同，幾乎都找遍了，但就是沒見著她們。

這使得事情變得有些詭異了。

有人甚至猜測著。「那褚氏會不會抱著孩子投河了啊？」

「可是，她那麼惜命的人會捨得死嗎？」

「就是，她如果想死那還不容易？需要抱著陳家的孩子出走？」

「要是她就是想把陳家的孩子害死呢？」

街頭巷尾，一時間，議論紛紛，說什麼的都有。

隨著時間的推移，找的人越來越心焦，在縣衙等著的何月娘也越發的煩躁了。她已經一天兩夜粒米未進了，但卻不覺得餓，就是覺得心痛，二樹那可憐的孩子，他到底在哪兒啊？老天爺啊，您這是懲罰陳家還是懲罰我？如果是懲罰我，那就直接衝我來，不要累及孩子。

第二天快到傍晚時，外頭的人匆匆進來稟報，還是昨天那個衙役，他說：「大人，那個老乞丐又來了，這回還帶來一個小乞丐。」

「讓他走，別來煩本大人！」

岳縣令也急躁不堪，他雖然沒有何月娘那樣焦急，但有這樣一件事橫在頭頂上，他也是坐臥不寧的。

他就想在這裡安安生生地熬到離任，這要求過分嗎？

「不，請他們進來！」何月娘攔住了那衙役。

衙役掉頭去看岳縣令。

岳縣令不耐煩地點了點頭。「隨便吧。」

衙役出去後，沒一會兒，老乞丐就牽著一個小乞丐進來，他神情還是如昨天那樣，根本連個眼神都懶得給岳縣令，倒是直看向何月娘。「小七看到過那娘兒倆抱著孩子從他跟前經過。小七，你把事情的經過說給這位女英雄聽。」

老乞丐對身邊小乞丐說道。

叫小七的小乞丐看了看何月娘，神情很是恭順。「嬸子，我真瞧見那兩個婦人了，一個老的抱著孩子，一個年輕的走在前頭，我還跟她們乞討來著，結果那個年輕的女子罵我說，『小崽子滾開，老娘現在沒錢，等把這災星給處理掉了就有錢了。』我當時剛要再繼續討錢，那個老婦人卻埋怨小婦人說，『妳跟旁人胡說什麼？小心隔牆有耳。』那年輕女子還回了老婦人一嘴說，『要妳管！我跟著妳就沒撈著享福，倒是連月子都坐不安穩。』隨後她就罵罵咧咧地走了，那上了年紀的婦人便急忙跟上。孀子，我瞧見她們往東北面去了。」

東北面？

何月娘腦子裡忽然靈光一閃，閃出一句話：最危險的地方就是最安全的。

褚家莊就在縣城的東北面，她們這是要回褚家！

「不，不可能！她們怎麼敢回褚家莊？她們就是用腳趾頭想也知道，褚家莊不能回去，萬一我派人去查找呢？那不一下子把她們逮個正著？」

岳縣令聽何月娘說她們可能會回褚家莊，當即晃動著腦袋表示不認同何月娘的說法。

「可是，您派人去褚家莊抓捕了嗎？」

何月娘這問話，讓岳縣令語塞了。

是啊，他沒派人去，就是認定褚氏去哪兒都不會回褚家莊，所以他才沒派人去。

如果褚氏也是這樣想的呢？

「那……那就派人去瞧瞧，但本官覺得啊，沒啥戲。」

岳縣令轉身指著兩人道：「你們去看看，沒有的話盡快回來，咱們還是得在路口跟碼頭著重尋找，她們應該會想法子離開此地。」

「多派幾個人過去，我跟他們一起去！」

何月娘說完，謝過了那個小乞丐，並且給了他五兩銀子，說：「這是孀子給你買糖吃的，一定要收下，不然孀子心裡更過意不去了。」

小乞丐看看老乞丐，老乞丐點點頭說：「嬸子給你的，你收下吧，出去跟他們說，都幫忙去找孩子。」

小七用力點頭後，攥著銀子跑走了。

何月娘出門上了馬車，陳二娃駕車一路直奔褚家莊。

後頭是岳縣令派出來的四個公差，岳縣令本來是不想跟著去的，他覺得這行為很愚蠢，但看何月娘篤定的神情，他又怕人真在褚家莊找到了，他卻沒出現，以後會被人詬病，說他的腦子還不如一個婦人。

所以，他也不情不願地跟來了。

他們趕到褚家莊時天已經完全黑透了。

褚家莊裡村民們都早早地趁天還亮著的時候吃了晚飯，那樣能省下一些油燈錢，這會兒，他們大多都把貪玩的孩子招呼回家去，準備洗洗睡了。

岳縣令他們先偷偷找到了褚家莊的里正，跟他打聽褚大家裡有沒有人，褚辛辛跟林翠娥回來沒有？

里正叫褚亮，他搖頭說：「有日子沒見著褚家有人出沒了，天剛黑時，我從山上回來，路過褚家，還瞧著他們家大門上鎖，一點動靜都沒有呢！」

「陳夫人妳瞧瞧，本官說對了吧，她們怎麼敢回褚家莊啊，這等同於自投羅網啊！」一聽這話岳縣令又來了精神，當即對何月娘表示了不屑。

但何月娘沒理他，反倒是問褚亮。「里正大叔，我想問一下，你們莊子裡的百姓家裡有挖地窖的嗎？」

「地窖？當然得有啊，我們冬天儲備白菜、蘿蔔、地瓜啥的，都得存在地窖裡頭，那裡頭冬暖夏涼的，放的東西不易壞啊！」褚亮說道。

「那就是說，褚大家裡也有地窖，是嗎？」何月娘繼續問。

「這個有吧！早些年褚大還沒有沾染賭博的時候，還是肯下地幹活的，他莊稼活幹得不錯，就是被壞人帶著參與賭博後，這才不務正業，荒了地裡的莊稼的。他那婆娘也是個好吃懶做的，根本不管褚大從外頭拿回來的錢是怎麼來的，只管享受。」

「里正大叔，我想麻煩您點事……」

何月娘小聲跟褚亮說出自己的打算。

褚亮猶豫了一下，還是點了點頭。「成，孩子事大，我去幫妳辦！」

小半個時辰後，從褚大鄰居家院牆那頭毫無聲息地跳下來幾個人，他們趁著夜色，悄悄在褚大家院子裡落了腳。

何月娘緊張無比地守在褚家大門外頭一側，偷偷往這邊觀察著。

大門的另一邊也有幾個人把守，這是她託里正褚亮從村裡找來的青壯年，跳進院子的則是縣衙裡的捕快。

「本官覺得這事懸，那褚氏不可能這樣笨……」

等了約莫一盞茶的時間，裡頭還沒有一丁點聲音發出來，岳縣令又沈不住氣了，他本來就不同意何月娘的計劃，勞師動眾地讓褚亮把褚家隔壁的鄰居找來，從他家的院牆跳進去，再下地窖找人。

岳縣令認為，這行徑就是婦人之心，是何月娘丟了孩子太過焦急，所以想多了。

但他話音未落，就聽到院子裡頭傳來一個女子驚惶的叫嚷。「別抓我，不是我的錯，都是我娘的主意，別抓我……爹、娘，救我啊……」

瞬間，何月娘渾身全部的血都直往頭頂上衝。

陳二娃也低低地咒罵了一句。「這個賤婦果然在這裡，娘，您在這裡等著，我進去救孩子！」

他說話間，人就已經往後退了幾步，然後飛奔而至的同時飛起一腳，砰一聲，褚家本就不是太結實的兩扇木門因為被鎖連在一起，所以同時朝裡倒去。

「快，進去按住褚氏，這女子太給咱們褚家莊丟臉了，怎麼能做出這種事？」

褚亮也惱了，當著縣太爺的面，他這個里正管轄範圍裡出了拐帶人口的邪惡婦人，這太丟面子了，他此刻真恨不能把林翠娥跟褚辛辛殺了才解恨！

他一聲號令，守在大門兩邊的褚家莊青壯年就都一股腦兒地衝了進去，他們都是帶著鋤頭、斧頭等農具來的，所以也沒什麼畏懼的，加上人多壯膽，他們更不顧一切，直接就衝進褚家正屋。

何月娘跟岳縣令隨後也趕到了，但他們還沒進正屋門，就發現剛衝進去的村民們又齊齊地退了出來，先是他們，而後就是幾個衙役，他們也是倒退著出來的。

直到他們都退到了院子裡，何月娘這才發現，原來有一個人抱著襁褓中的二樹，正一步步把眾人逼退。原來，把眾人逼退的並不是因為這個人，而是他手裡拿著一把刀子，刀刃正抵在昏睡的二樹的細嫩的小脖頸上。

「別，你別傷害孩子！」

何月娘當即駭得面無血色，她看清楚了那持刀的人竟是早就沒了任何消息的林新勇！

第五十一章

「賤人，咱們又見面了！」

林新勇忽然對著何月娘露出邪惡的冷笑，他一臉鄙夷地瞧著也被突然變故嚇得有點哆嗦的岳縣令。「縣官大人，讓你的人都撤走，不然我就殺了這小崽子，然後再殺你！左右也是殺人，殺一個夠本，殺一對賺一個。縣官大人，聽說你要升職了，你不會想在升職前丟了小命吧？」

林新勇的話更讓岳縣令哆嗦了，他努力穩了穩心態，想要恢復在大堂上時那浩然正氣的模樣，可是面對林新勇那肆無忌憚的肅殺神情，他真是怕了。

「你把孩子放了，我跟你走，要殺要剮，悉聽尊便！」

升職，賺錢，這兩樣哪一樣都是好事，可丟了小命，哪一樣也都跟他沒啥關係了。

就在岳縣令腦子裡急轉，想要找一個帶兵撤走的由頭時，何月娘說話了。她這會兒神情已經恢復如初，她跟林新勇對視，沒有絲毫的怯意。「你的目的不是這個襁褓中的小娃兒，你是為了報復，報復那個讓你家破人亡的仇人，我就是那個人！」

「哼，我要報復妳不假，但我也要殺了這個小崽子！」

林新勇聲音狠毒地說道。

「你殺了這小娃兒，對於陳家來說，雖然也十分的悲痛，但並不至於傷及陳家的根本，陳家並非只有他一個後代，而且陳家幾個兒媳，再生幾個娃兒想必不是難事，所以，你所謂的報復殺人，只殺一個小孩子對你一點好處都沒有，還會讓世人唾罵你不是東西！對於我，你就更加傷不到了！所以，你殺了孩子，這不是你報仇的上乘之選，而是下下乘的。但你如果放了孩子，殺了我，你想想，陳家之所以能逐漸地好過起來，因為什麼？因我！是我帶著他們逐步地過好日子的，沒了我，他們的日子不會好過，會逐漸地沒落，到那時候，你既殺了我、報了仇，又間接地毀了陳家，這算不算你報仇的最佳選擇？」

何月娘這一番話說完，場面頓時安靜了下來。

就連岳縣令都悄悄地看向何月娘，心裡對這個女子的勇敢暗暗豎起了大拇指。

他當縣官也有年頭了，還是頭一回見著一個眼見著就要丟了性命的女子說話如此坦然，如此冷靜。

「我若是不放呢？」林新勇這話問得有點沒底氣。

「你不放了孩子，你就抓不住我！你不殺了我，你的報仇有什麼意義？再拖下去，天亮了，來抓你的人只會更多，到時候，說不定孩子跟我，你一個也傷不了！」

何月娘這話像是一根刺，直刺入林新勇的心臟。

他面色頓時顯出猶豫。

「我勸你快做決定，出了褚家莊就是一片大山，到時候，我可以隨你進山，只要進了山，他們追不上你，救不了我，你就能得逞了！」

「妳是想指使我？」

何月娘沒理他，轉頭淡淡地看了一眼陳二娃。

「二娃，你把二樹接過去，回去跟大娃和李氏說，要他們好好把孩子養大，別辜負了我這條命！」

「娘，我不能……不能……」

陳二娃已經淚如雨下了。「陳家不能沒有您，娘，我去、我去給他當人質，您帶二樹走！」

「陳二娃，你若還是陳大年的種，就把眼淚給我憋回去！」何月娘厲聲斥責陳二娃。「你爹在天上看著你呢！陳家將來還靠你跟大娃把持，弟妹還小，你得多用心，用腦子，而不是用眼淚！快點，別惹老娘生氣，不然你們爹不會輕饒了你們的！」

這話說得頗讓人心驚膽戰。

誰都知道陳二娃他爹已經死了，死去的人回來找活著的兒子算帳，那豈不是鬧鬼？

岳縣令只覺得後脊梁颼颼冒冷風，他下意識地往兩個捕快身後避了避。

「娘，陳家不能沒有……」

陳二娃還要再說，卻聽林新勇大笑起來。「哈哈，你說得對，陳家不能沒有這個娘兒們，所以這個娘兒們更得死，她死了，陳家就完了，這個小崽子我就暫時讓他多活些日子，總歸等陳家完蛋那天，他就會跟你們一起玩完！」

說著，他甩手一丟，徑直把二樹往陳二娃手裡丟了過去，與此同時，他的刀子直接架在了何月娘的脖頸上。

陳二娃一見不好，忙上前一步，堪堪把二樹接在了手裡，此刻的二樹還在昏睡，沒有一點被驚醒的跡象。

何月娘皺眉，厲聲質問。「褚辛辛，妳給二樹餵了什麼？」

「哼，我還能給他餵什麼？他太聒噪，哭鬧個不停，我又不屑奶一個鄉巴佬的孩子，就扒開他的嘴給他灌下了一點迷藥水。這小東西太沒用，那麼一丁點迷藥水，他就昏睡了幾個時辰，哈哈，說不定這就一睡不醒了，那更省事了！」

褚辛辛喪心病狂般的尖笑起來。

何月娘大驚。「二娃，快帶二樹去找張老大夫！」

「娘，我……」陳二娃看看懷裡沈睡不醒的孩子，再看看何月娘，一臉的猶豫不決。

「你快去啊，你這個時候還分不清什麼該做，什麼不該做嗎？晚了孩子即便醒來了，也怕那藥會傷及他腦子，你、你不會是想讓你大哥有個傻兒子吧？」

何月娘都急得跺腳了。

「娘，我……我先送二樹去，等一下就回來，您……您……」

陳二娃深深看了何月娘一眼，一把擦乾淨了臉上的眼淚，怒斥林新勇。「姓林的，你若是敢傷及我娘分毫，我陳二娃發誓，這輩子與你不死不休，你就是逃到天涯海角，我們陳家的娃兒也要抓住手刃你，替我娘報仇！」

說完，他抱著孩子飛奔出去，隨後外頭響起一陣馬車急速駛去的聲音。

半個時辰後，何月娘已經被林新勇帶進了褚家莊後的一片大山中。

林新勇持刀要脅何月娘跟他走的時候，岳縣令還打著官腔跟林新勇吆喝。「你若投案自首，本官可以從輕發落，你若是執迷不悟，等本官的人抓住你，定然會將你重判！」

林新勇看都不看他一眼，只說：「有本事你跟過來，我大不了跟何氏一命抵一命。不過，如果我僥倖能抓住縣令大人，把你也給殺了，那我在大越國的歷史上可就要留名了。哈哈，縣令大人，你不怕死的話就跟來吧！」

直到他囂張猖狂的笑聲消失在夜空中好一陣子，岳縣令才恍如從大夢中驚醒一樣，對著他的手下喊道：「你們還愣著做什麼，快去追啊，追上了抓住他，給本官先重重打一頓，敢如此挑釁本官的尊嚴，本官大義凜然，豈是他那等宵小能比的？」

「是。」眾衙役應聲，隨後就追去了。

留在原地的褚亮等人都暗中鄙夷縣太爺的做法。

賊人剛逃之初，你不追，現在賊人大概都逃進山裡不知去向了，你才又想起追來了？還說什麼抓住替你打一頓，你這夢作得挺美啊！

林新勇挾持著何月娘一路往山裡走，走了一個多時辰後，天都快亮了。

何月娘本來為了找孩子就兩天兩夜沒睡好，沒吃什麼東西，這會兒又是一陣的奔波，她根本就沒力氣再繼續走了，在被一根橫出來的樹根絆了一下後，她踉蹌著摔倒了。

「賤人，妳給老子起來，快點，不然老子就地解決了妳！」

林新勇也累，他是又怕又累，在褚家躲了好幾天了，因為林翠娥她們沒回來就沒人給他和褚大送飯，所以，這幾日他跟褚大都是生啃地窖裡的地瓜才得以活下來。

他之所以會出現在褚家，就是因為褚大又賭輸了。

褚大在賭場被他抓到後，就是一通揍，直把褚大揍得毫無還手之力，褚大哭求他。「別打了，我閨女懷了李家的孩子，只要孩子生下來，李家一定會給她錢的，那時候我就能還你錢了。」

聽說褚辛辛嫁給了李江，這李家還是陳家的親家。

林新勇不打褚大了，而是仔細地問了陳家現在的情況，尤其是在聽說李氏跟褚辛辛孕期差不多時，他賊心飛起，想了一個歹毒的主意。

他讓褚大偷偷去李家把褚辛辛叫回來，然後把自己的主意跟他們和盤托出。他讓褚氏去陳家養胎生娃，理由是李家條件太差，她怕孩子營養不良。

但是等到兩人一起生了孩子後，褚氏就想個法子，把李氏的孩子抱出來。當然，那時候林新勇並不能預見李氏跟褚氏都會生男娃，他只是想讓褚氏把陳家的孩子偷出來賣掉，以解心頭之恨！他並沒有要褚氏把自己的兒子留在陳家。

但褚氏發現她跟李氏都生了男娃後，就橫生了一個主意，她要抱走李氏的兒子，但卻不抱走自己的兒子，她打量著自己兒子跟陳家的兒子長得很像，便跟林翠娥說：「陳家如果發現不了孩子被掉包了，那他們就會把家寶當成是親生的養，陳家比李家有錢，可能將來會更有錢，只要他們稀裡糊塗地養大了家寶，等家寶長大娶妻生子，得了不少陳家的好處時，我再出現，認回自己的兒子，那樣的話，就有錢了！」

這個主意得到林翠娥的贊同，於是兩人就真的做了。

他們沒料到的是，何月娘會在第一時間就發現孩子被掉包了，又第一時間報官，官差的全城抓捕，讓他們亂了陣腳，他們本來想著在褚家躲避幾天後就悄悄找人販子把二樹賣了，他們就可以拿錢遠走高飛了。

現在同樣累癱在地的林新勇不住地咒罵褚辛和林翠娥，罵她們成事不足、敗事有餘，是她們被人發現了行跡，這才導致官差圍堵上門，使他不得不如此狼狽地裹挾了何氏逃命！

何月娘沒理會他，因為她在一處草叢後頭發現了藜蒿。

藜蒿的葉子很少，根莖十分長，而且根莖可以吃，一口下去，清甜可口。前世何月娘進山打獵，有時候沒了乾糧，她常常會找這種藜蒿的根莖來吃，不但口感不錯，還有藥物作用，能清熱解毒，紓解疲勞。

她飛快地拔了幾根藜蒿，把它的根莖直接塞入嘴裡，快速地吃起來。

等林新勇罵累了的時候，何月娘已經吃了二十幾根藜蒿的根莖了，肚子裡有了東西做底，力氣也重新凝聚到她身上，何月娘暗暗地盤算著，不能坐著等死，得找個合適的機會跑掉。

即使有一把力氣，但她手無寸鐵，所以她沒打算硬碰硬。她經常打獵，在山中行動自如，只要能逃開幾步遠，避開林新勇的那把刀，她就能保住自己的命，迅速地沒入樹林中，讓林新勇找不到。

可是，即便是在咒罵褚氏時，林新勇也刀不離手，而且時刻盯著何月娘。

何月娘在吃藜蒿根莖時還被他罵是豬，他以為只有豬才會吃野草。

「我想要去方便一下。」何月娘提出來，她要小解。

「哼，妳少作夢了，想離開我的視線範圍，門兒都沒有。妳想小解？好啊，咱們一起啊！」林新勇眼中忽然迸發出邪惡的光來，他頭一低，湊近何月娘，藉著天上淡淡的月光，他冷笑。「這樣的姿色若是一刀結果了，還真是有點可惜，不如妳臨死前讓老子痛快痛快，老子也發發善心，給妳個痛快，不讓妳遭罪，如何啊？」

何月娘看著他湊過來的嘴臉，聞著他嘴裡發出的臭氣，真想一巴掌甩過去，打得他滿地找牙。但是她不能，她知道此刻那刀子就架在自己脖子上，只要她稍稍有點動作，對方一刀就能割斷她的脖子，那時候，就是大羅神仙也救不了她了，更何況，這裡沒有大羅神仙，所以，她得自救。

「好啊，我一個寡婦在陳家活得也苦悶，陳大年那死鬼死得早，老娘還沒嚐過做女人的滋味呢，倒不如臨死前跟你快活快活，也算了了我的心願！」

說著，她就對著林新勇拋了個媚眼。

這媚眼一拋，林新勇頓時覺得血往上湧，渾身都癢起來，雖然下面已經不能人事，也不妨礙他舒服，他當即就一手持刀，一手開始解自己的褲帶，嘴裡還嚷嚷。「妳還愣著做什麼？快點脫光，老子一定讓妳知道什麼是彪悍的男人，哈哈！」

說話間，他的褲子已經褪到大腿了。

「你把刀子拿開些，別我一動彈，你誤傷了我，跟一個死人做那種事，可沒啥樂趣！」

何月娘用手稍稍把刀子往外推了推，讓刀子跟自己的脖子保持了一點距離，這才伸手解釦子，邊解釦邊嬌嗔說：「我們家死鬼要是活著，一定不能讓你這樣對我的，你說對不對？」

「閉嘴，趕緊地！」林新勇已經急不可耐了，全身脫得只剩下褻褲了。

「別急啊，距離天亮還有一會兒工夫呢，足夠咱們樂呵了！」

何月娘這會兒正解開胸口處的一粒釦子，眼見著釦子就要解開，她忽然將身子往後一仰，緊跟著，整個人就骨碌骨碌地往旁邊一滾，她動作太快，林新勇的注意力又全都在她的胸口上，根本沒料到，她會突然仰倒，直往一邊滾去。

所以，等他發現，持刀刺來的時候，那刀尖擦著何月娘的臉頰劃過。

何月娘又滾了一圈，這才從地上跳起來，並且同時往後退，將身形隱到了一棵大樹的後頭。

「賤人，我要殺了妳！」

林新勇怒不可遏地叫罵著，一步一步逼近過來。

何月娘看了一眼身後，都是樹木，一旦她轉身跑，可能可以藉著樹木的遮擋讓她從林新勇的眼前逃掉。

她又暗暗地活動了一下手腳，有了剛才那些藜蒿墊胃，她的力氣又回來了一些。

這會兒如果弓弩在手裡就好了。唉！失算啊，她出來找二樹的時候就該想到這事不是那麼簡單，應該把弓弩帶在身上，可恨自己還是低估了，此人的身手不是她的力氣能對付的。只是，這會兒後悔已經沒什麼用了。

眼見著林新勇就快過來了，情勢逼人，她不能再繼續躲避下去了。

轉身她就往後跑。但她慌亂之中就忘記了看腳下的路，根本也沒想到，她身後有一根突出地面的樹根橫在那裡，她這猛一掉頭，腳正好就勾在樹根上，如此一拽，她整個人就失去了平衡，接著人就朝前撲倒，摔了個結結實實。

「哈哈，賤人，妳跑啊！妳怎麼不跑了？」

一把尖刀抵在她身上，林新勇那張猙獰可怖的臉又出現了。

何月娘心中驚呼：老天爺，這是您要亡我啊！唉，但願您發發慈悲，再次讓我重生，不過，我旁的地方不去，您還讓我重生回到陳家吧，陳家那幾個娃兒還都沒成器，我……陳大年，我做不到對你承諾的那些了，對不住了！

想罷，她緩緩閉上眼睛。

「賤人，我這就送妳去跟妳那死鬼男人相聚，敢欺騙老子，老子這回一定把妳大卸八塊，讓妳死無全屍！」

說著，林新勇忽地抬起手臂，手裡的尖刀朝著何月娘就刺了過去。

他對何月娘恨之入骨，夢裡不知道多少回要殺她，可他又不想讓她死得那麼痛快。他要一刀一刀將她折磨得遍體鱗傷，然後失血過多而死！不如此做，實在是難解他心頭之恨啊！

就在何月娘閉著眼都能感覺到一股犀利的刀鋒從她的面前，斜插著直往她身上刺時，忽然，她聽到一聲悶哼，緊跟著就是重物倒地的聲音。

而那種犀利的刀鋒襲來的感覺也隨之消失了。

她大為驚愕的睜開眼。

怎麼回事？難道是林新勇又想出了什麼折磨她的新招數，所以不想用刀子把她殺了？他若是還敢覬覦她的身體，她哪怕是跟他拚個你死我活，也絕不讓他得逞！

「你個混蛋林新勇我和你拚了！」

想到這裡，她大喊一聲，不知道從哪兒擠出來的一股力氣，她倏地就從地上跳了起來，緊跟著一個俐落的倒退，她身體往後撤，用意是要避開林新勇手裡那把尖刀的攻擊範圍。

等她穩住心神，看清楚眼前的情景時，不由得驚呼出聲。「你們是……」與她同時出聲的還有一個男人驚喜的聲音。「這不是陳家大嫂子嗎？怎麼？妳不認識我了？我是王武啊，裴將軍手下的副將王武！」

「還有我們，大嫂子，我是雲荒啊！」

「對，我是雲海，我們都曾經到您家裡去過呀！」雲海也說道。

「王大兄弟，真的是你們啊！」

何月娘喜極而泣。「我真沒想到能在這裡遇到你們，我還以為……」以為我自己活不成了呢！林新勇呢？

她驚訝地四下察看，這時才看到就在距離她不遠的地方，躺著一個男人，那男人的心口處扎著一根露出一截的箭身。

是林新勇，一動不動地躺在那裡。

「他死了！」王武不屑地道：「我們是打此經過，原本在距離不遠處的樹下休息，卻聽到了你們的談話，只知道這個混蛋想要對一個弱女子不利，我們並沒有想到這女子會是妳，只是覺得作為一名士兵，不能任由歹人橫行世上，所以才一箭要了他的命！對了，大嫂子，妳怎麼會和這種人在一起？」

何月娘聽了這話，苦笑道：「這個人，你們也曾經見過，就在上回知州城外的路上，是他帶著人搶劫我跟二娃的，後來被你們遇上救了。大兄弟，說起來，你們這是救了我兩回啊，我……真是無以為報，給你們磕個頭吧！」

說著，她就要跪下，但被王武搶先一步扶住了胳膊。

「大嫂子，妳說這什麼話？我們就是要匡扶正義，拯救百姓的，若遇到了這種事我們還不出手，那我們枉為裴將軍的手下啊！妳可千萬別這樣，我們對妳的為人也是極其佩服的，不是妳這樣的女子在後方維持一家穩定，我們在前方也不能安心應敵啊！」

說到這裡，有人過來，低聲在王武耳邊道：「王副將，我們不能再停留了，二公子他……他情勢不太好。」

王武聽了眉宇間凝重起來，他轉身對著何月娘抱拳施禮。「大嫂子，我們還有事要即刻奔赴京城，不過，我會留下雲荒和雲海，讓他倆護送妳回家，另外也去官府把這人的事說清楚，以後妳萬事小心，王武就此別過，咱們後會有期！」

說完，他也不容何月娘再多說什麼謝，就急匆匆地跟著那人往密林深處快步走去。

何月娘自然也不好多問，當下跟雲荒、雲海一起離開了那片林子。

第五十二章

走到山腳下，就遇到正磨磨蹭蹭地往山上走，說是要找何月娘跟林新勇的岳縣令以及眾差役。

雲荒和雲海把他們見到林新勇行凶，便當即殺了他、救了何月娘的事情說了一遍，也說明自己是裴將軍的手下，這會兒還有公務要辦，所以，請縣令大人安全地把陳家夫人護送回陳家，至於山上那個死人林新勇，則要岳縣令看著辦！

怎麼又是裴家的人救了何月娘？岳縣令一聽，不由得滿臉錯愕地看向何月娘，心道：這女子跟裴家的淵源還真是不一般啊！看來，以後自己可得多多跟她走動走動，萬一哪一天在官途上能得了裴家相助，那……

他眼前已經是金光四射的陽光大道了，不由得嘴角就露出一抹得意的笑來。

但等他回過神來，還沒跟雲荒、雲海說些討好的話，二人就已經跟何月娘話別完，飛身上馬，一路狂奔著追趕王武他們去了。

「哎呀，陳夫人，妳這運氣可真不是一般的好啊，在這裡遇險都能被裴家所救，裴家看起來還真是妳的及時雨啊。本官真是好奇，妳跟裴家……」

等兩人兩馬消失了在官道上後，岳縣令湊到何月娘跟前，滿臉堆笑地打聽。

何月娘目光一直跟隨著雲荒、雲海，直到他們的背影徹底消失不見，這才回過頭來看著岳縣令，聲音朗朗地道：「裴將軍是我們大越國護國大將軍，他帶領手下將士們為我們全國百姓們流血犧牲，不管在任何時刻，只要是百姓們有危險、有疾苦，他們都會如神兵神將般的趕到，比那些吃著皇上的俸祿卻只顧自己性命安危、棄百姓於不顧的人不知道要強上多少！」

說完，她懶得再搭理這個草包縣令，當下轉身往官道上走去。

剛走出去不遠，就看到一輛馬車疾駛而來，一陣黃沙漫天後，馬車到了跟前，車上駕車的人跳下來，看到滿身疲憊的何月娘，那人一聲哭喊。「娘，娘，您沒事吧？是二娃不孝，二娃……對不起您……」

是陳二娃。

「二娃，孩子呢？孩子怎樣了？」何月娘忙問。

「娘，二樹沒事，張老大夫已經給他解毒了，他已經醒過來了，還在醫館裡，秀兒也在那裡看著他呢！娘，娘！」

聽陳二娃說到了二樹沒事，一切都好時，何月娘緊張焦慮的心情一放鬆，忽然就覺得兩腿一軟，眼前一黑，整個人就什麼都不知道了。

何月娘再醒來人已經在張家醫館了。

張老大夫見她醒來，近前給她把脈，之後點點頭，笑著說：「陳夫人，妳這回又是死裡逃生啊，以後且得注意，冒險的事妳一個婦人家千千萬萬別再去做了，不然哪有這好運氣能回回化險為夷啊！」

何月娘苦笑。「老大夫，我……我也不願意這樣啊，這不是……」

她話沒說完，就瞥見陳家的幾個娃兒都齊齊地低下頭，渾身上下都透著沮喪，尤其是陳二娃，那頭都要低到褲襠裡去了，當下她又轉了話題。「二樹呢？快把我那乖孫抱來給我瞧瞧，哎喲喲，我可憐的娃兒啊，剛出生就遇上這事，大吉大利，必有後福啊！」

秀兒是個機靈的，明白何月娘這是不想陳二娃他們繼續垂頭喪氣，忙去小床那邊把二樹抱過來。二樹這會兒正蹬著兩條小短腿兒在忙著吃手指頭呢，一隻小手吃在嘴裡都咂出聲來了，看著就可樂！

「哈哈，乖孫兒啊，到底是小小子，聽聽這吃手指頭的勁兒，就不是小丫頭能比的，我這孫兒啊，將來一定是個力氣大的，跟他爹似的，一身蠻力，忙著為家裡賺錢養家呢！」

這話是誇讚陳大娃的，多少讓陳大娃覺得好受些，他抬起頭來，對著何月娘露出一個憨憨的笑來。「娘，我以後一定更努力賺錢。」

「說你胖你還喘上了！賺錢是重要，但親情更重要，你都是有兒有女的人了，以後更得對家裡、對媳婦、孩子多用用心，那錢一時半刻是賺不完的，一家子和和美美的才是最好的！」

何月娘說完後，自己先笑了，轉而跟張老大夫說：「張大夫，讓您見笑了，我這教訓兒子的話不應該在這裡說的。」

「沒事，當娘的教訓自個兒的孩子天經地義，在哪兒都放開了說，沒人敢說啥。那心裡有娃兒才會教他們做人，心裡沒有的，連看一眼都嫌棄，那不是親娘所為。」張老大夫也笑著說道。

「嗯，您說得也是。」

何月娘想起自己意識到要被林新勇殺死的時候，腦子裡還在央求老天讓自己再次重生到陳家，看來啊，自己跟陳家這幾個娃兒是真正的有緣分，他們離不開自己，自己也不能拋下他們了。

吃了湯藥，又觀察了一個多時辰，何月娘再沒了暈眩的症狀，張老大夫就允她回家休養了，臨走連連囑咐。「陳夫人，這人的身子骨兒那是骨頭肉做的，不是鋼鐵煉就的，所以得悠著點，不能再凡事蠻幹了。」

何月娘笑著謝過老大夫，就被大娃、二娃扶上馬車回了陳家莊。

很快地關於褚辛辛跟林翠娥的消息傳來，縣老爺判定他們偷陳家的娃兒有罪，又沒悔改之心，所以嚴判褚辛辛入獄五年；林翠娥年紀大些，屬於從犯，判了三年；至於褚大，是幫凶，且濫賭，被判入獄兩年；至於死了的林新勇，罪大惡極，死有餘辜！

事情平息後，陳家過了一陣安穩日子，一日，陳四娃回家看望家人。

「四娃，娘問你，你跟穆家小姐怎麼回事？」何月娘開門見山。

陳四娃的臉倏地就紅了。「娘，穆小姐就是去過鋪子裡找我做了幾回皮貨，這回、這回是穆夫人請我過去祝壽的，我也不好意思拒絕。」

「我沒問這個，我是說，你心裡對穆小姐就一點想法都沒有嗎？」

何月娘看著他的眼睛，問道。

「一、一開始是沒有的，後來……後來……穆小姐人很好，她知道我經常忙著做事，顧不得吃飯，就會派桃紅姑娘拿了點心過來，要桃紅姑娘看著我把點心吃了，還說，如果我不吃，就回去罰桃紅。桃紅挺無辜的，所以……」

「所以你就聽話地把點心都吃了？」

何月娘的嘴角揚起一抹笑來，這傻孩子是一步步進入了人家小姐的圈套裡，不過，這個圈套，是個溫柔的愛的圈套。

「嗯。我有時候吃不完，就分點給吳嬤嬤。」

陳四娃實話實說。「桃紅姑娘還不樂意，說這都是她們小姐親手做的，只有……」

「只有你能吃？」何月娘臉上的笑意更濃了。

陳四娃的臉色更紅了。「娘，我以後不再吃了，您別生氣。」

「你啊，真是個傻瓜，你們你情我願的，我生什麼氣？四娃，娘不是那種老古板，如果你跟馬英子也是這樣的情深義重，我也不會生氣的。但是馬英子沒有對你用真心，反倒是想要用禮義道德來綁架你，這是我絕對不允許的，而且，你心裡有誰，你自己不知道嗎？」

「娘……我、我就是拿馬英子當師姐，師父對我有恩，我該對師姐好一點的，但我……我對穆小姐……她挺好的，對我也好，我也想對她好……好一輩子！」

陳四娃說完，臉低得不能再低了。

「嗯，這才是一個有擔當的男子漢！」何月娘抿嘴笑著道：「看起來啊，我得早早地找媒婆去穆家提親了，省得那穆家老爺跟夫人焦急。」

「娘，穆夫人對我也挺好的，她說要我隔幾天就去穆家吃飯，說穆家的廚子比得月樓的廚子做飯還好吃。」陳四娃說道。

「你暫時先別去。」

何月娘想了想說，繼續說：「這幾天呢，若是穆小姐打發桃紅去給你送吃的，你迴避一下，讓吳嬤嬤去應付，就說……說你出門了。」

「娘，為啥？」陳四娃不解。

「傻子，娘自有道理，肯定是為了讓你跟穆小姐的事早一點定下來，你就聽娘的。」

「嗯，好，我全聽娘的。」陳四娃點頭應下了。

接下來幾天，桃紅帶了點心去何氏皮貨鋪都沒見著陳四娃，問吳嬤嬤他人去哪兒了，吳嬤嬤總是推說一句，出門辦事去了。

得了信的穆靜姝有點坐不住了。

陳四娃有個師姐，她不是不知道，而且更知道他這個師姐還是個和離在家的，師姐跟師弟在一起似乎天經地義？她越想越覺得必須跟陳四娃好好談談，別等著那頭師姐近水樓臺先得月，那就晚了！

可是，穆老爺早就有命令，不許她出門，怎麼辦？

悶頭想了一天，傍晚穆靜姝有了個主意。

她悄悄跟桃紅說：「我要出門去一趟，妳留在屋裡假扮我，萬一我娘派人來了，妳也好應付一二。」

「啊？小姐，我……我不行，我害怕！」

桃紅小臉都嚇白了。「小姐，您就別出去了，回頭求求老爺，老爺允了，您再出去不好嗎？」

「不成，再等下去，妳家小姐我一輩子的幸福就沒有了。」

桃紅越是阻攔，穆靜姝越想出去。

柳綠看著兩人拉拉扯扯的，勸這個不聽，勸那個也不聽，沒法子，只能乾焦急。

趁著夜色，穆靜姝悄悄去了後院，後花園西邊有一個小角門，平常都是留著給下人們使用的，有時候下人們來了親戚，不好走前門，怕被主家瞧見了不喜，所以就都安排在後門相見。

穆靜姝逼著桃紅去跟掌管後門鑰匙的園丁大叔要了鑰匙。

她捏著鑰匙，把角門打開，溜了出去。

夜色朦朧，她有點暈頭轉向，不過好在穆府距離何氏皮貨鋪不遠，穿過兩條街，再走到西盡頭，也就到了。

這時，皮貨鋪已經關門上鎖了。

穆靜姝摸到門邊，敲門。

敲了好一會兒，裡頭才傳來吳嬤嬤的聲音。「是誰啊？都關門了，有事明兒再來吧！」

「吳嬤嬤，我……是我，我要見你們老闆。」

穆靜姝這會兒也感覺自己有些衝動了，試想，這大晚上的一個未出閣的姑娘跑到未婚男子的門口來敲門，被旁人知道了，好說不好聽啊……

穆靜姝，妳真是瘋了！

她在心中鄙夷自己。

可她又著實不安，總覺得如果不抓緊時間跟陳四娃把兩人之間的那層薄薄的窗戶紙捅破的話，說不定他就給旁人搶了去。好吧，為了能跟自己喜歡的人在一起，她是豁出去不要臉面了！

她暗暗地在心裡給自己打氣。

吱呀一聲，門開了，吳嬤嬤端著油燈，看清楚門口站著的人是一個年輕的女子，頓時訝異。「妳、妳誰啊？怎麼大晚上的跑到我們鋪子裡來？」

「我……我姓穆，我……來找你們陳老闆有事。」

穆靜姝的臉都紅成一片了，好在是晚上，這臉色紅不紅的，也看不出來。

「吳嬤嬤，是誰啊？」

這時，何月娘從裡頭走了出來。「誰找四娃？」

「陳……陳夫人，我……是我……靜姝給夫人問安了。」

說著，穆靜姝尷尬無比地給何月娘施禮。

何月娘湊到油燈前，又仔細瞧了瞧，似乎這才瞧清楚似的。「哎呀，這不是穆小姐嗎？妳找四娃有事啊？四娃這幾天都不在鋪子裡，他去知州城進貨了，快進來吧，有事進來說。這大晚上的，妳瞅瞅妳一個人出來，也不帶個丫鬟，萬一在街上遇著什麼不好的人，那就不好了！」

這話說得穆靜姝覺得自己的臉要燃燒起來了。

她低下頭，訥訥道：「夫人，我……我也沒啥事，先回去了。」

「別啊，穆小姐，這大晚上的我怎麼能讓妳一個人走夜路呢！妳先在這裡等一等，吳嬤嬤，妳去穆家知會一聲，就說……」

「不、不用啦，夫人，我自己能回去，別去我家！」

穆靜姝緊張得都要實話實說了。

她是偷跑出來見情郎的，這事怎麼能讓她爹娘知道呢？

「吳嬤嬤，不然，妳送穆小姐回去吧，跟穆老爺說，我做了點心，請穆小姐過來喝茶吃點心，聊著聊著就晚了，現在才把小姐送回去，還請穆老爺見諒才是。」

何月娘這話說完，緊張的穆靜姝才暗暗地鬆了一口氣。

不過很快她那口氣又提到嗓子眼了，雖然何月娘這說辭足以護住她的清譽，不至於讓人對她大晚上出現在何氏皮貨鋪門口有什麼不好的猜忌，可她是被父親禁足的啊，旁人不知道怎麼回事，她爹娘一聽就明白，她是偷跑出去的，而陳夫人這是好心幫她遮掩呢！

哎呀！這回慘啦，陳四娃，你個壞東西，你出門為啥不告訴我啊？害得我傻乎乎地跑來，又被你娘撞個正著！

她正胡亂想著，那邊何月娘已經拿了一個小小的食盒塞在她手裡。「這是我白日裡做的杏仁酥，妳拿回去嚐嚐，味道還成，四娃平常最喜歡吃的。不過，他說了，還是穆小姐做的點心好吃，謝謝妳啊，幫我照顧四娃。」

「夫人，您……您言重了，靜姝……靜姝也是覺得……」

她又羞又窘，話都說不連貫了，也就在這時，門口又進來兩人。「陳夫人，妳也在啊？」

來人竟是穆老爺跟穆夫人。

「爹，娘……」穆靜姝怎麼都沒想到她爹娘會來，當下真是羞澀難當，跑到她娘身後，扯了穆夫人的袖子，訥訥道：「這是陳夫人做的杏仁酥，可好吃了。」

「哦，是穆老爺、穆夫人啊，我剛還想留靜姝在這裡住呢，左右四娃這幾天都不在鋪子裡，我跟穆小姐又投緣，想要留她在這裡，我們倆秉燭夜談呢！不過，穆小姐是個重禮儀的，覺得不好在這裡留宿，怕你們夫妻擔心，我打算讓吳嬤嬤送她回去呢！怎麼？你們二位這是吃飯後散步消食，路過這兒的？」

穆老爺一聽，何氏這是連他夫妻倆為啥出現在這裡的理由都給找好了，這份好心也是沒誰了。

當下跟夫人對視一眼，都感激地點頭道：「是啊，正散步呢，瞧見陳老闆的皮貨鋪還開著門，就想進來瞧瞧有沒有什麼新貨，不巧就碰上靜姝了。靜姝，天色不早了，妳趕緊謝謝陳夫人，咱們也該回去了。」

「哦，爹，我知道了。」

穆靜姝忙跟何月娘道謝告別，一家子三人這才踏著夜色離開了。

關上門，吳嬤嬤還滿腹疑惑地嘟囔，這有錢人都有怪癖啊，大晚上的不睡覺到處蹓躂，也不嫌累得慌！

何月娘笑了笑，徑直去了後院。

最東頭的小屋裡，陳四娃正在算帳。

見何月娘進去，他問：「娘，前頭有動靜，是不是有什麼人來了啊？」

何月娘早就跟他說好了，這幾日讓他在後院做事，忙活他自己的，前面自有她跟吳嬤嬤張羅，不管前面有什麼動靜，他都不許出去，更不許說話。

「嗯，是來人了。你就甭管了，好好算帳吧，算完了早些歇著，後天還有事要辦呢！」

「哦，好。」

陳四娃有心想問：娘，後天有啥事辦？您不是不讓我出後院嗎？

但他是打心眼裡信任何月娘的，知道他娘即便是要辦什麼事，那也是為了他好，索性就什麼都不問了。

第二天，何氏皮貨鋪這邊該怎麼開門營業還是怎麼開門營業，照舊是何月娘跟吳嬤嬤在前頭張羅著顧客，攬下了活，再送到後院讓陳四娃處理。

整整一天，生意好得離譜，三人有條不紊地忙到了掌燈時分。

晚飯何月娘沒在鋪子裡吃，她說自己請了個人吃飯，就把鋪子交給吳嬤嬤看著，她去了朱記灌湯包。

朱老闆早就等著，跟她一起等著的還有一個身量豐腴的婦人，這婦人被朱老闆稱作是王婆，王婆一見何月娘就笑嘻嘻地道：「陳夫人，您在我們這裡可是大大的有名啊！相信只要對方知道是您家的公子上門提親，那沒有不願意的！」

「王婆，您過獎了！」

何月娘給朱老闆使了個眼色，朱老闆會意，忙把特別準備好的幾樣小菜和兩屜包子都端了上來。

穆夫人一大早就起來了，她坐在梳妝鏡前唉聲嘆氣的，丫鬟、婆子在她旁邊伺候著給她梳頭，她一改往日的好脾氣，被丫鬟不小心扯了頭髮，她埋怨道：「妳不能小心點啊，妳想疼死我啊？」

「夫人，別氣惱了，氣壞了身子骨兒怎麼辦？」

穆老爺從外頭進來，他天不亮就醒了，翻來覆去地睡不著，又怕把妻子給驚醒了，就悄悄起來，去院子裡打了一套養生拳，直打得渾身熱呼呼的，似乎連日來的煩憂也少很多，這才邁步回屋。

正好就聽見夫人在責怪丫鬟，當下他給丫鬟使了個眼色，讓她們退了出去。他走到妻子背後，親手給她梳髮。「夫人，我琢磨了一晚上，覺得這事咱們不能過於主動，靜姝那裡已經給落人口實了，咱們再主動上門去提親，那靜姝還不得給人瞧不起嗎？咱們穆家的小姐不至於這樣吧？」

「可是，你不去提親，你等著陳家來啊？我瞧著陳家可沒那想法。我生辰宴那天我可瞧出來了，那小陳老闆就是個實誠人，他壓根兒都沒瞧靜姝幾眼，可咱們靜姝呢，又讓丫鬟給他送點心，又給他送荷包的，我聽桃紅那臭丫頭說，靜姝還給他縫製了一套新衣裳，還差兩袖子沒縫上呢，不然生辰宴那天，她就要顛顛地親手送給小陳老闆了。哎喲喲，我怎麼命這樣苦，攤上這樣一個傻閨女啊！」

穆夫人手捂著頭，哎呀哎呀地叫著頭疼。

穆老爺輕輕給她揉著額頭，語氣寵溺。「夫人，別這樣，咱們閨女看中這小陳老闆，我也看中了，那小夥子將來必然成就很大，是個會做生意的，可就是在感情這事上他不太開竅，跟個木頭似的。」

「老爺，你說，他不會真的是喜歡他那個和離的師姐吧？」

「夫人，妳別急，這事我處理。」

穆老爺轉身就往外走，他打定主意了，妻子、女兒最重要，什麼臉面算個屁啊？他馬上找媒婆去陳家提親，哪怕是被旁人恥笑他們穆家的閨女上趕著要嫁一個鄉下小子，他也認了。莫欺少年窮，他相信將來會有很多人羨慕他們穆家有眼光，選擇了一個有大出息的乘龍快婿。

哪知道，他剛邁出屋門，就見管家急急忙忙地跑來。「老爺，外頭來了一個叫王婆的媒婆，她說是替陳家來向我們家小姐提親求娶的！」

「這是真的？」

穆老爺大喜過望。

第五十三章

「穆老爺啊，陳夫人說了，她家四娃是個至情至性的好孩子，仰慕貴府小姐已久，所以才央求了他娘陳夫人請我來貴府提親，還請穆老爺能答應，成全這樁美事！」

這是王婆開口說的第一句話，也是何月娘囑咐她一定要如此開場白的。

穆雲開不由得點頭，心裡對這位陳夫人也是讚賞不已。

人家哪裡是察覺了陳四娃對他們家靜姝的心思，所以才請了媒婆來說親啊？分明是經過了昨天晚上靜姝半夜偷偷溜出去找陳四娃，陳夫人怕天長日久，自家閨女再做出什麼誇張的事情來，壞了她的清譽，所以才主動請媒婆前來提親的。

隨後趕來的穆夫人聽了王婆那一大通誇讚陳四娃的話，也不住地點頭，面帶著笑意說道：「那孩子是個好的，我跟老爺也都瞧著不錯呢！」

「那就是兩家都願意嘍？」

王婆一怔，但還是很快明白過來，女方家長這是表態同意了。

她頓時大喜。這次提親，她本來還有些擔心，生怕穆家因為門第的關係瞧不上陳四娃，萬萬沒想到，人家竟爽快地答應了，也沒費她啥嘴皮子。

哎喲喲，這年頭日子好過了，說媒的行當也越來越簡單快速了。

王婆很快就把消息傳回了何月娘這邊。

這結果在何月娘的預料之中。

穆家兩口子也是疼閨女的典範，瞭解閨女的情絲牽在四娃身上，自然是會大力促成的。更主要的還是四娃是個仁義的，他得到了穆老爺的認可。

說起來，這事還是得感激下大獄的馬二苟，不是他弄壞了穆家小姐的藍狐大衣，也就沒四娃跟穆家這番來往，如此竟陰差陽錯地成全了一段姻緣，何月娘想想就覺得應了那句福禍相依的話了。

穆家辦事也是爽利的。

隔了一日就把何月娘請去了府上，當然作陪的還有媒人王婆。

王婆在這回的說親事上，可算是賺足了好處，先是陳家給了她一份賞銀，再是穆家，也答謝了一番，弄得王婆見著誰都誇，這陳家跟穆家啊，那是兩好加一好，好上加好啊！

兩家父母商定了訂婚的日子，就在十一月初六。

穆靜姝是今年及笄的，跟陳四娃同歲，左右他們年紀還不大，穆家也是有點捨不得閨女早嫁，所以就跟何月娘商量，先把婚事定下來，然後再等上兩年，兩個孩子都滿十七歲了，再讓他們完婚。

何月娘自然沒什麼好反對的。

如今陳四娃一門心思都在皮貨鋪子上，成親這回事，他也不怎麼焦急。

於是，十一月初六那天，穆家跟陳家在得月樓大辦宴席，分別邀請了雙方的親朋好友，一起慶賀陳四娃跟穆靜姝訂婚。

穆靜姝跟陳四娃訂婚後，就把她爹穆老爺身邊最得力的小廝喜寶要了過來，派桃紅帶著去了何氏皮貨鋪。

她還悄悄地給陳四娃寫了一封信，她說：「我們訂婚了，我爹娘不讓我出門，我就更不易跟你見面了，但是，我得找人看著你，防著你背後跟你師姐親近。喜寶是我爹的手下，他做事麻溜，腿腳也快，而且還會功夫，我跟他說了，讓他看著你，萬一你有個對不起我的地方，他就會把你抓起來，送到聽荷苑來任我處罰！我雖然出不了門，但你可以進來，哼，你可小心，千萬別讓我罰你，我可是手段很厲害的！你怕不怕？」

看了這信，陳四娃沒忍住，甜滋滋地笑了。

年三十，陳家又添了一喜。

林春華生了，生了個兒子，取名三樹。

年初一，各方的賀禮就到了。

第一個到的就是穆家。

穆家夫人是親自帶著閨女穆靜姝上門來祝賀的，帶的賀禮幾乎裝了一馬車，多半都是用來給生育後的女子滋補的補品。

穆夫人說李氏生孩子的時候兩家的關係還沒定下來，她也沒得信過來祝賀，這回林春華生娃，她帶來的賀禮便補上了李氏的一份，願她們兩個妯娌都能把身體保養好了。

林春華還在坐月子，不能下地道謝，何月娘就讓李氏代表林春華，給穆夫人行了大禮，感謝她的心意。

因為過年，四娃的鋪子也關了，帶著吳嬤嬤回陳家莊過年。

喜寶本來是想回穆家的，但穆靜姝沒讓，要他跟著陳四娃一起到陳家莊過年。

小姑娘嘴上說，陳家莊過年有意思，讓喜寶把這裡過年都發生的趣事記住了，回去講給她聽。實際上，就是把這個小眼線留在陳四娃身邊，防火、防盜、防師姐，萬一過年四娃去給馬師父拜年，再跟師姐眉來眼去呢？

如今，湊巧，趕上林春華生了孩子，穆靜姝跟穆夫人來道賀，自然得找陳四娃說幾句悄悄話。

何月娘留了她們母女在家裡吃飯。

飯前，來來往往看孩子的、拜年的人絡繹不絕，穆靜姝也不好意思跟陳四娃說啥。

等吃完飯，何月娘陪著穆夫人說話，其他各房的都回自己屋裡去歇息，幾個小孩子則拿了糖果、小鞭炮出去街上玩了。而穆靜姝聽著她娘跟何月娘說的都是家長裡短的瑣碎事，無聊地絞著帕子，時不時地還把目光往四娃屋裡那邊瞅一眼。

「靜姝，妳也甭陪著我們在這兒乾坐著，跟六朵去說話吧，她早就盼著妳來！」何月娘接著又對膩在她身邊的六朵使眼色。

六朵是小人精，怎麼會不明白她娘這是讓她去當一條識趣的小尾巴呢？

於是，小丫頭俏皮地朝著穆靜姝眨巴眼睛，道：「姊姊，我帶妳去個好地方玩呀，那個地方啊，可好玩了，還能遇見一個帥氣的大哥哥呢！」

「啊？什麼……什麼地方啊？」穆靜姝的臉倏地就紅了。

何月娘笑罵。「臭小六，胡說什麼？」

「哎呀，我忘記了，不可說，心知肚明就好啦！」

小六這話倒是把穆夫人都逗笑了，誇道：「小六是跟著妳考中案首的五哥學的吧？小小年紀，懂的好詞可不少呢！」

「嗯，我五哥說了，出門不說幾個好詞好句，就不能說是他妹妹。唉，當案首的妹子也不易呀！」小丫頭竟搖頭晃腦地嘆息起來。

穆靜姝被她可愛俏皮的樣子逗樂了，連連往她手裡塞銀豆子，小六笑嘻嘻地接了說：「穆姊姊，我已經得了一份了，這個妳還是拿回去吧！」

她把銀豆子還給穆靜姝。

穆靜姝不解。「什麼叫已經得了一份了？」

「我四哥已經給了我好幾個銀豆子啦，他悄悄跟我說，等一下妳把穆姊姊帶出來，喏，這不都是？」小丫頭為了證明她沒說謊，還從口袋裡掏出來六個銀豆子。

眾人給逗得笑聲連連。
穆靜姝卻再度臉紅到了耳根，但眼角眉梢卻都是歡喜的。
看起來，四娃那個木頭疙瘩也不是一點不開竅啊，還知道想法子跟她私下裡見一見。

何月娘要準備三樹的洗三宴。
為了籌備這回的宴席，何月娘帶著大娃、二娃去了趟知州城。
此去知州城，無非就是採買一些辦宴席要用的食材，以及給來客們準備的回禮。
一般這樣為孩子辦的宴席回禮，富庶一些的主家多是送四到六個雞蛋和一把糖果，家境差一點的也就是幾個雞蛋、糖果也可以，當然這也看來客們所送的賀禮是什麼，有些走動比較親近的親戚，帶的賀禮若是價值比旁人貴重，那回禮便跟旁人不同，但所謂的不同無非就是四個雞蛋加到八個，或者是糖果的數目多一些。
比起婚宴，小兒們的洗三或者是百日宴，以及後來的周歲宴都要遜色一些，來客也不似婚宴來得那麼多，都是些平日走動頻繁的親戚。
這回何月娘準備的回禮是一包點心、六個雞蛋，外加六兩糖果。
雞蛋在村裡養雞多的村民家已經買好了，剩下的就是點心。
來知州城她先去了裕祥齋。
裕祥齋是遠近聞名的點心鋪子，她來知州城幾次都從這裡買了點心帶回去給幾個娃兒吃，娃兒們都喜歡得很。

何月娘不知道自己是不是真的老了，就喜歡看自家小娃兒們追著她奶腔奶調地叫她奶奶。別的女人最煩小孩子不分年齡的亂稱呼，她倒好，尚未二十卻是幾個娃兒的奶奶，還樂於被叫奶奶，這心態，是不是老得跟七老八十的老嫗一樣啊？

裕祥齋門口排隊的人不少。

「娘，您就在車裡等著吧，車裡不冷，我去排隊，等輪到我們了，您再下車買。」陳大娃最是貼心，沒啥大精明，但勝在心地善良。

「嗯，去吧。」何月娘點點頭。

雖然是年後了，但初春的天還是挺冷的，她出門的時候，李氏特意給她在外頭加了一件棉斗篷，這也不覺得暖和，秀兒把一個暖手爐塞到她手裡，她抱著暖手爐暖暖地貼著她的小腹，周身這才泛起一股暖意。

小半個時辰後，眼見著快輪到陳大娃了。

忽然有幾個人簇擁著一個身著管家服飾的男人到了裕祥齋門口，那管家模樣的人對鋪子裡正忙活著的夥計說道：「我是京城裴大將軍府上的，讓你們掌櫃的出來，我有話要說。」

裴大將軍府？

這幾個字，不單單驚著了何月娘，也讓周遭的人都跟著騷動了起來。

「裴大將軍啊，護國保家，是了不起的英雄啊！」有人感嘆道。

「是啊，是啊，上回咱們被鄰國侵犯，不是裴大將軍率兵力抵，咱們這好日子就到頭了啊！」又有人附和。

「就是，就是，裴大將軍愛民如子，可是大好人啊！」

「當然是好人啦，連皇上都對他讚不絕口呢！」

眾人一時議論紛紛，都是對裴將軍的讚譽之詞。

「知道我是裴家的人，還不給騰出個地方來，我們府上二公子病重，大將軍戍守邊疆不在京城，我們全府上下都焦急二公子的病，這回來知州城是來這裡尋一種給二公子治病的藥引子。二公子最喜歡吃這裕祥齋的點心……」

那管家模樣的人聽著眾人對裴家的讚美，態度更是得意。

他一揮手，就有兩個小廝走到隊伍最前頭，把馬上就要輪到買點心的顧客往旁邊一推，嘴裡還罵罵咧咧地道：「有機會能給我們裴家二公子排隊，那是你們的福氣！」

說完，那小廝就囂張跋扈地對著裕祥齋裡有些呆愣的夥計喊道：「把你們最好的點心包出二十斤來，我們二公子還等著吃呢，快點！晚了惹得二公子不悅，你們對得起裴大將軍在邊疆英勇殺敵嗎？」

這時，裕祥齋的老闆，一個胖胖的中年男人走了出來，他先是恭敬地給那管家模樣的人抱拳施禮道：「原來是裴管家到了，失敬失敬！」

「少客套些沒用的，趕緊把點心給我們打包好，我們二公子可急著吃呢！」管家模樣的人不耐煩地對著胖掌櫃揮揮手，神情十分的厭煩。

掌櫃的看了一眼排得很長的隊，不好意思地再度對管家抱拳施禮道：「裴管家，您看這樣好不好，鋪子裡這會兒也就剛出爐二十多斤點心，這些客人有的都排了一個多時辰的隊，實在是不好意思讓他們再等下一爐，所以，您報出個地址來，等一下我讓夥計把新鮮出爐的點心送到您府上去，您先取三斤，不，五斤點心回去給二公子解解饞，剩下的不出一個時辰就能送到，您看怎樣？」

「你好大的膽子！你可知道我們二公子是裴將軍最鍾愛的兒子，他如今身染重病，就想吃口你們鋪子裡的點心，你們本來該主動孝敬他一些點心的，你們不送，我們來取，你還推三阻四的。怎麼，你是不是想到官府裡吃幾年牢飯啊？我們裴將軍可是為國為家才不能守在二公子身邊，你還在這裡聒噪，你那良心都被狗吃了嗎？」

這一番話說的聲音很大，也很囂張，直把胖掌櫃說得滿頭大汗，臉脹得通紅，也不知道是被氣的還是被急的。

「我說你這個開破點心鋪子的，怎麼就那麼不長眼啊？我們裴家二公子在京城都是受人矚目的，誰見著不給三分薄面，怎麼你這小地方的渾貨，還敢不敬我們二公子？告訴你，我們二公子若是受了慢待給裴將軍知曉了，你這小命還想留下嗎？快點，包點心，二十斤，一兩都不能少，不然我們裴家饒不了你！」

一個小廝過來，揪住了胖掌櫃的衣領，狗仗人勢地叫嚷著。

「哎，你們怎麼能這樣啊？即便是裴大將軍府上的人，那也不能恃強凌弱吧？我們沒有說不感激裴大將軍啊！可是，這開鋪子做生意的講究的就是一個規矩，排隊買點心，就是做生意的規矩，你們不但想壞了人家做買賣的規矩，還想動手欺負人，這、這怎麼可以？」人群中有人憤憤不平地說道。

「就是，這也太不講理了，裴家不是英雄之家，是滿門忠良嗎？怎麼態度如此豪橫啊？」也有人小聲不滿地說著。

何月娘剛開始聽說是裴家的人，想要下車來跟他們打個招呼的，不然給他們付了點心的帳也好啊，但看這幾個人飛揚跋扈的樣子，她隱隱覺得這裡頭似乎有什麼不對，但具體是什麼，她也說不清楚，畢竟裴家遠在京城，她得見的也就裴將軍本人以及王武跟雲荒、雲海幾個，到底裴家在京城是個什麼狀態，她也不知道。

難道他們就是如此仗著裴將軍的勢力，在京城橫著走？

她眉心緊蹙。

這會兒排在隊伍最前頭的一位老者說話了。

「曹掌櫃，就給他們把點心包齊了吧，我們再等下一爐。裴將軍於咱們有恩，咱們讓讓他們，雖說不足以報答裴將軍為國為民的恩情，但總算是能為裴將軍做點事情。給他們，都給他們，大家說好不好？」

「好，都給他們吧，我們只當裴將軍以及眾位將士們吃了這點心，我們心甘情願。」有人附和。
於是，全體都表示贊同，隊伍齊齊地往後退了幾步，距離那裴家的囂張小廝有五、六步遠，不知道大家是都不喜歡這小廝的蠻橫，還是敬重裴大將軍，所以對裴家人也是敬而遠之。
「娘，我怎麼瞧著這幾個人跟王副將他們完全不一樣啊！」
陳二娃是見過王武他們的，王武他們做事俐落，處處為百姓著想，讓他很是敬佩。可這幾個人，今日表現得跟市井流氓有什麼區別？
「大將軍遠在邊疆，裴家人在京城如何，他也是鞭長莫及。」
何月娘想起那句話：一人得道，雞犬升天！
裴將軍是好人，是了不起的，但裴家人就未必了。
她記得這個裴家二公子，似乎是那日在山中，王武射殺林新勇時，有手下催促他說過，二公子情況不太好，要他趕緊上路，這個裴二公子應當是真病了。
但一個病人可以一次吃二十斤點心？裴家人給他吃這樣多的點心，是想讓他好，還是想直接用點心噎死他？
她正琢磨著，那邊裴管家跟幾個小廝已經拿了幾包點心揚長而去了。
「娘，他們沒給銀子。」
一直不錯眼盯著那邊的陳二娃更不解了。「裴將軍在外頭豁出性命殺敵，難道就是為了讓他的家人在百姓中耀武揚威？這……我可真想不通。」

「想不通就別想了，這都跟咱們沒關係，若是還有機會能見著王大哥，或許能要他跟裴將軍提個醒，別讓這些個無恥的宵小壞了大將軍的名聲。」她說道。

「嗯。」陳二娃點點頭。「娘，我瞧著那邊有賣熱呼呼的包子，我去給您買幾個，您先吃點墊墊，看樣子下一爐的點心還得一會兒才能出爐呢！」

說話間，陳二娃就往旁邊的包子鋪走去了。

陳二娃不說何月娘還沒覺得，這一說，她還真餓了，不由得嘴角上翹，心裡美滋滋的。兒子孝順，那是為娘的福氣，何況她還是一後娘呢！好吧，啥都不想，只專心等著吃二兒子孝順的包子吧！

「哎，你們都不知道吧，就這回裴家到咱們知州城裡來尋給二公子治病的藥引子，據說啊，是……」

這會兒排隊的人裡忽然有人壓低了嗓音說了一句話，說到最後，他聲音壓得更低，任是馬車裡的何月娘豎起耳朵聽，也沒聽清楚他說的是什麼，只是看見那人旁邊聽到他話的人都驚訝地張大了眼睛，難以置信地道：「啥？要用二十個剛生娃兒的母親的乳汁給二公子做藥引？」

「對啊，選中的婦人再也不許給自家娃兒餵奶，就等著去京城擠奶給二公子做藥引呢！」

那人繼續神秘兮兮地說道。

「會嗎？裴大將軍怎麼會允許他的兒子這樣做？要是當娘的不給娃兒餵奶了，那剛生下的小娃兒夭折了怎麼辦？」

「就是，裴大將軍那麼了不起，他不會讓兒子這樣禍害百姓的！」有人贊同。

「你們剛才也都瞧見了，這就是裴家的人，買個點心尚且如此霸道，就更不用說為二公子找藥引了。唉，老百姓到哪兒也是被欺凌的。」最先說出這驚天隱秘的人直搖頭。

「你說的是真的嗎？不會是道聽塗說吧？」有人表示懷疑。

「怎麼不真？唉，實話跟你們說吧，我買點心就是想看望我親舅娘的，我表弟媳剛生孩子才三天，就被他們以為二公子治病為由帶走了，可憐那小娃兒才出生三天啊！水米不進的，我舅娘都急病了，這不，我得去探望嗎？」

那人嘆息，搖頭，一臉無奈。

眾人見他說的非是假話，也都無奈地搖頭，嘆息。

陳大娃買了點心回來，臉色不好看，低著頭不說話。

陳二娃見他大哥不高興，忙遞包子過去，卻被陳大娃推開，他悶悶地說道：「裴將軍這回做得不對，真不對，那小娃兒若是沒了娘親的餵養，怎麼活啊？」

「大哥，給你包子吃。」

陳二娃去買包子了，所以沒聽到那人的話，等陳大娃氣呼呼地把事說出來，他也氣得夠嗆，忿忿地道：「他們這排場都趕得上皇親國戚了，裴將軍殺敵立功為的就是讓家裡人在咱們眼前耀武揚威嗎？真是氣人，下回王副將再來咱們家，我一定得跟他好好說道說道！」

「老二，你跟他說道有什麼用？恐怕就是跟大將軍說了也沒用，我覺得大將軍也沒有想到他兒子會這樣壞！」這回陳大娃難得地聰明了一回，說出了問題的根本。

「好了，咱們去市場採買吧，別人家的事，咱們聽聽也就罷了，別亂說，真相是什麼，咱們又不知道。」

何月娘不信裴將軍會支持他家人這樣做，這些無非是些狗仗人勢的下人罷了。

不過，那個裴家二公子他知道，他喝的藥裡有剛降生小兒母親的乳汁嗎？他這哪裡是喝藥啊，分明是喝小兒們的血！

第五十四章

買完了所有要用的食材，何月娘也想馬上回去，但還有些事要做，於是她讓陳二娃駕車，娘仨去了趟木材市場。

木材市場旁邊緊挨著的就是買賣白灰的鋪子，還有一些建房用的材料，這一帶也都應有盡有。她帶著兩個兒子在周邊逛了一圈，打聽了下價格。

如今白灰以及其他材料都還好，就是木材價格比往年貴了一倍，木材鋪子的老闆說，北方去年發了大水，木材被泡壞了大半，能用的木材都是往年的存貨，他鋪子裡也不多了，所以價格還得漲。

陳二娃跟陳大娃聽得直抽氣。「娘，這也太貴了，咱們前年建山上院子時，那木材比現在便宜了三分之二呢！」

「嗯，是貴！」可貴又怎樣？貴也得置辦啊！

何月娘看著兩個娃兒，再想想家裡那大大小小的一家子，還有四娃後年春上就得成親了，雖說穆靜姝下嫁陳家，他們穆家沒啥意見，對於將來他們的千金小姐住什麼屋子，過什麼日子，他們都沒提要求，但作為婆婆，何月娘總得考慮妥當。

穆靜姝千金貴體，身子骨兒又弱，她娶兒媳婦，可不是盼著她受苦的，她是想讓兒子、媳婦都康健，好好地跟兒子攜手到老的。

此外，也不全是因為家裡要娶一個有錢人家的大小姐，著實是住的地方不夠了。

陳家就是一個鄉下常見的小院子，雖然也有後院，但後院只能種菜，又不能住人，能住人的就是四間正屋，兩邊廂房，這回大房跟二房都添了一子，住的地方就更擠了。

委屈大人沒事，可委屈小娃兒，何月娘就心疼了。

蓋大屋，必須蓋！這是她心裡下定的決心。

但木材這價格，實在是貴得讓她心疼、肉疼。

看著天色將晚，娘仨忙駕車往城外走。

路過知州府時，遠遠地就看到一幫人正圍在那裡議論什麼。

「娘，我去看看。」

陳二娃說了一聲後，跳下車就跑過去，不一會兒，他再回來，臉上就見了喜色。「娘，府裡發通報了，四月要府試，五弟一直在家裡做準備呢，這回總算可以大展身手了！」

「瞧把你能耐的，有能讀書的五弟，你說話都用上好詞好句了，還大展身手，你當咱五弟是個耍把式賣藝的啊？」

陳大娃也高興，不過，還是不忘刺二弟一句。

「還說我呢？你不也高興得嘴都咧到耳後了，若不是有耳根子攔著，估計都能咧到後腦勺！」陳二娃也不甘示弱，跟大娃你一言、我一語的逗趣。

何月娘也高興，五娃在讀書上的確有天分，不用家裡人督促，他自己就很發憤了，如今縣試得了案首，希望府試也能順利取得第一。

不過，府試的範圍大，參加的人數也多，五娃又年紀小，讀書不過才兩、三年，真能拿第一嗎？

她正想著，忽然看到一個她認識的人被一個穿著官服的人帶領著往府衙裡走去，邊走還邊跟那人說道：「王大人儘管放心，我們劉家辦事敞亮，只要炳成能在府試裡取得好成績，您跟知府大人的好，我們劉家以及京城陸家那都是忘不了的。」

「劉鄉紳言重了，劉炳成是個人才，他縣試的卷子我都看了，文采斐然，不錯，實在是可造之材！」

姓王的官員滿臉堆笑，繼續道：「我聽聞這回陸家又從皇家手裡接了北方災區重建的活，這可是好活啊，不是陸家沒人能拿得下這活。也不知道，咱們知州城有沒有希望搭上陸家這條順風船啊！」

「這個好說，等我回去給我們家姑奶奶去一封信，跟她提一下就好，我表弟世峻可是最孝敬、最聽我們劉家姑奶奶的話的。」

「那敢情好，哈哈，快請，我們大人在裡頭恭候多時了呢！」

姓王的官員一臉狗腿笑，往衙門裡迎請劉豐年。

不錯，那個被姓王的當官的稱呼是劉鄉紳的人就是縣裡劉家的當家人，也是陸世峻的表哥劉豐年。

許是劉豐年根本沒想到在這裡會遇上何月娘他們，加上又被那個姓王的官員吹捧得厲害，所以說話聲音也就沒了避諱，這才讓何月娘把他們的談話聽了個清清楚楚。

她心猛地往下一沈，替即將參加府試的五娃擔心起來。

回去的路上，她一路沈默不語，腦子裡一直在琢磨這事要怎麼辦？科舉考場最怕的就是這種背後的操作，學子們費心費力，幾乎把全部的時間都用在發憤讀書上，沒承想到頭來，卻被這些陰私作為給打擊得體無完膚。

按理五娃還小，這次如果考不中，下回還可以再參加。可是，何月娘就是覺得氣憤，不單單是為五娃，還有其他懷著美好希望也要參加府試的莘莘學子們感到不平。

陳家兩個小娃兒的喜宴很順利熱鬧地辦完了。

李氏的家人這回來，可是帶了重禮的。

陳大娃因為在碼頭拉腳，時間長了就跟碼頭管事相熟，他又是個極其老實誠懇的，管事交給他的事他都辦得妥妥當當的，十分得管事的認同，對他也頗多照顧。

李氏一直掛念著娘家幾個哥哥如今都二十好幾了還沒個媳婦，三哥李江好不容易娶了褚氏，卻又被褚氏鬧出了那麼丟人的么蛾子，現在褚氏被抓入獄，李江不知去向，家裡也顧不上管他，只想照顧好家寶，然後多賺點錢，給老二他們兄弟五個也能說上個媳婦，這才能了了李家老倆口的心願。

見自家娘子為娘家的兄弟娶妻傷心，疼媳婦的陳大娃就求了碼頭管事，安排了李家兄弟幾個去碼頭扛活。

這活是個出大力的活，但卻比種地賺錢。

有時候遇上財大氣粗的貨主，活幹得他們滿意了，還會給每人打賞。

李家幾個兄弟都是青壯年，也是不知惜力的，得到了一些經常走貨的老闆們的賞識，所以，他們的活也多，每日裡不閒著，這一日日下來，賺頭不少。

李大老倆口常跟他們幾個念叨。「這都是託了你們妹夫的福氣，不是他從中幫忙，你們哪能去碼頭做營生，你們以後可不許忘了你妹子、妹夫的好處。」

幾兄弟也都是心思端正的，當下都表示，這回小外甥百日宴，他們這幾個舅舅都要出點心意，讓自家妹子在婆婆家裡有臉面。

他們兄弟幾個合夥出銀子給小外甥二樹買了一對銀手鐲，還特意用紅緞子面的錦盒包著，打開的時候，小鐲子銀光閃閃的，表面還雕刻著長命百歲的圖案，一看做工就很精美，這禮物頓時把在場的人都鎮住了。

鄉下人給孩子過百日宴，也就是請親戚朋友來吃個飯，大家一起看看孩子抓周能抓個啥，一起說說吉祥話，這就算是完美了。

孩子們的舅舅、姨姨們也多是要送禮物的，但一般都是當舅母、當姨姨的給小兒縫製一套衣裳、一雙小鞋子，也算是周全了。

如李家幾個舅舅用銀鐲子做賀禮的，別的地方不知道，陳家莊這算是頭一回了。

當下李氏就歡喜得落淚了，可又不禁埋怨她的幾個哥哥不知道攢錢。「小娃兒送這樣貴重的禮物幹啥？」

李壯幾個人都笑呵呵地道：「我們的外甥自然要用最好的！」

何月娘也沒想到李家兄弟幾個會出手這樣大方，想想，他們此舉大概也是為了李氏，女子果然有個好娘家是一種幸福，娘家人會時時刻刻為她們著想，生怕她們會在婆婆家被人看不起。

宴席散了，李家人要走的時候，何月娘拿出一件做工很精緻的小皮襖給了他們，這皮襖是她讓四娃用做大人皮襖裁下的皮料拼接起來做成的，雖然是拼接的，但四娃手工細緻，不仔細看根本瞧不出來。

李江跟褚辛辛的孩子李家寶在陳家滿月後就被接了回去，今日也是李家寶的百日宴，不過，李家沒有辦宴席，李大嘴上說現在多賺錢，等家寶周歲的時候好好辦一辦，但其實只是李家的藉口。

家寶的娘親入獄，親爹又不知去向，真大肆操辦他的百日宴，客人們來了，問及褚氏跟李江，李大老倆口實在不知道該怎麼說，想想怎麼說都丟人，不如不辦！

李壯看著手裡那皮毛順滑柔軟的皮襖，驚喜不已。「這也太貴重了，家寶還小，穿這皮襖太奢侈了吧？嬸子，您還是留下給二樹吧！」

「二樹也有，他四叔會給他做的，這個就是特地給家寶做的，那孩子早產了些日子，身體底子虛，冬天太冷，穿了這個就能護著孩子的小身板了。」

何月娘笑著將皮襖放在李壯手裡。「咱們都是一家人，不說兩家話，回去跟親家說，有啥難處就來告訴我，能幫的我們陳家絕不會袖手旁觀。」

「嗯，嬸子，謝謝，你們一家已經幫我們太多了，這回我們能撈著個好活幹，還是妹夫的功勞，我們一家真是攤上了好親家了！」李壯說著，虎目中有些閃爍。

何月娘笑著拍了拍他的肩膀。「好啦，快天黑了，回吧，回去歇歇，明日還得去碼頭做活呢！」

「嗯，嬸子，我們走了！」

李家幾兄弟眼圈都紅紅地走了。

何月娘回到正屋，一進門跟前就跪著一個人，把她嚇了一跳，等看清楚跪著的人是李氏時，她斥責道：「妳又弄什麼么蛾子，平白無故地跪在這裡幹麼？嚇老娘一跳！」

「娘，謝謝您，不是您陳家過不上好日子，不是您我也生不下二樹，還有李家，不是您幫忙，他們過日子哪有盼頭啊？娘，您不但是我的婆婆，還是我的親娘！」

說著，她就不顧何月娘嗔責，砰砰砰給她磕了頭。

何月娘佯怒。「老娘還活得好好的，妳平白無故地給老娘磕啥頭？妳這不是感謝老娘，是見老娘不死，妳不樂意啊！」

「哎呀，娘，我沒那意思啊，我願意娘長命百歲，我們一家子和和美美的。您別生氣，我真的是太感激娘了，娘，我真不是咒您啊！」李氏見何月娘生氣了，嚇得臉都白了，忙一把扯了陳大娃過來。「他爹，你快幫我說說啊，我沒想惹娘生氣的！」

「好啦，妳別緊張了，娘就是不想妳給她磕頭，這才嚇唬妳的。娘那麼大度，不會跟我們小輩生氣的，是不是娘？」陳大娃拿了帕子給媳婦擦掉眼淚，笑嘻嘻地哄何月娘。

何月娘沒好氣，甩給他一個眼刀子。

「臭小子，你少給老娘戴高帽，誰說老娘不會生氣？你們做了錯事，老娘一定會生氣，而且老娘一生氣就要打人，你們皮肉都給老娘仔細繃著，別被老娘抓著短處，揍你們個皮開肉綻的！」

「哎呀，嚇死我了，娘，您這比八大酷刑都要駭人啊！」

陳大娃摸著心口，裝作害怕的樣子，把何月娘跟李氏都逗笑了。

這日子過得好，憨厚的人也懂得湊趣了。

當晚，二房屋裡。

林春華正在燈底下給二寶縫衣裳，她低著頭，針線在手中翻飛，也不說話。

「他娘，妳真好看。」陳二娃洗了腳，爬上炕，摸摸兒子的小臉蛋，再瞅瞅一旁睡著的二寶跟大樹、三樹，咧嘴笑得很滿足。

「淨渾說！」林春華臉上一紅，嗔了他一句，又低頭飛針走線。

「娘子，給妳透露個好消息。」

陳二娃拉過林春華的手，把她手裡的針線放到一旁，笑望著她。

「什麼消息？」

林春華想要把手抽回來，但試了試，沒成，也就由著他握著，再看陳二娃的目光裡就多了幾分溫柔似水。

「娘說要蓋大屋了，將來咱們每一房都會有一個單獨的小院，就跟……就跟城裡那些有錢人的宅子一樣，那時候，咱們就不用跟幾個娃兒一個炕了。」

「跟娃兒們一個炕有啥不好？」林春華白了他一眼。

「就是不好啊，比方說現在，我想……想妳了……」

陳二娃說著，眼中已經熠熠閃亮了。

「想什麼想？我就在眼前，成天看著，還想……」林春華的臉紅成一片。

「那也想，我恨不能把妳拴褲腰上，走哪兒、帶到哪兒，想的時候就拿出來親幾口，我現在就要親。」他說著，手臂一伸，就攬著林春華的腰肢，把人抱了個滿懷。

「哎呀！孩子……小聲點，孩子……」

林春華嬌嗔一聲，忙扭頭看幾個娃兒，見他們都睡得好好的，這才放開了自己，任由男人在自己身上馳騁。

「娘……娘子，我娘說了……等、等大屋蓋好了，就……就接妳兩個妹子過來……過來一起住，省得妳來回跑……到時候咱們都住一個院……好……不好……」

陳二娃邊肆意發揮，邊喘著粗氣說了這番話。

「真的？」

林春華雙手緊緊攬住他的脖子，歡喜之餘，猛抬起身子，在他的唇上狠狠親了一口。

「當……當然是真的，娘說的，娘疼妳呢……」陳二娃氣喘吁吁地回道。

「他爹……」

林春華嬌呼一聲，旋即放開自我，更加主動地配合陳二娃，直讓陳二娃痛快得魂兒都要飛上雲端了。

隔天，何月娘去了趟山上私塾。

近來天很冷，伸手都覺得凍手指頭，她給五娃縫製了一副手套，露著五個手指頭的，讓娃兒讀書寫字的時候戴著，可千萬別凍傷了手。

她去的時候，正是晌午，學生們剛吃完飯，正三三兩兩在院子裡玩耍。

她找了一圈也沒見著五娃，正好則無先生出來倒熱水，碰見了她，知道她是瞧五娃來的，就朝著隔壁一個屋子指了指，那意思是：五娃在裡頭呢。

何月娘點點頭，推開門，果然瞧見一個瘦削的身影背對著她，小身板挺得很直，正在認真地寫些什麼。

她站在門口好一會兒，想要等五娃把手頭的字寫完了，她再叫他，沒想到，五娃就保持這一個姿勢寫字，一板一眼，足足快一個時辰都沒走神，身板也沒有歪歪扭扭的樣子，始終是身正筆直，一筆一劃透著努力與堅持。

屋裡沒有生火，何月娘站在那裡一會兒就凍得手腳發麻，她看看五娃的手，早就凍紅得跟個小紅蘿蔔似的，她的心驀然就疼了。

這樣努力的娃兒，憑啥要被那些陰私之事傷害了？不，她絕不允許因為那些小人行徑，而讓努力的五娃跟其他學子們承受不公平的待遇！

她轉身出了屋子，輕輕把屋門帶上，然後將手套託給秦先生，要他幫忙轉交給五娃，接著她就匆匆下山了。

吃了午飯，她進了趟城，去了縣衙，找到縣丞王中海。

王中海看到她，微微一驚。「陳夫人，這是有事？」

「縣丞大人，我來是想跟你打聽一下一個人的住址。」

何月娘笑著把一罈十年杏花釀遞了過去。

王中海是個好酒的，尤其對杏花釀很是喜歡，這十年的杏花釀在得月樓可是要賣到三兩銀子一罈了。

一盞茶的時間後，何月娘從縣衙出來，就在縣衙大門口雇了一輛馬車，直奔城外。

邱家在城外三十里的一個小山溝裡，是個不大的村子，村裡的房子多半都是茅草覆頂，這樣的房子隔幾年都要重新雇工匠把房頂再用茅草加固一下，不然陰雨天房子就會漏雨。

這樣的村子裡的人多半都是務農的，看天吃飯，而且村裡的地太貧瘠，往往不管種地的人使出多少勁兒，種出來的莊稼收成也不好，莊稼收成不好，就沒餘糧可賣，村民手頭空空，日子便過得艱難，尤其是家裡老幼弱小太多的，幾張嘴全靠著兩口子做活，地裡、家裡都忙，還忙不出個希望來。

果然，何月娘在村頭遇著的幾個人，都是愁眉不展的。

許是常年都這樣心事沈重，所以，他們臉上的皺紋格外深刻，有幾個老嫗那臉上就跟深鑿溝渠似的遍布，看起來挺讓人同情的。

她跟一個老嫗打聽了下邱正平家的所在，那老嫗給她指了方向，她就直奔村西頭。

出現在她眼前的是一個破敗的小院，這個小院比起村裡其他的房子更顯得荒涼，甚至連院牆都倒塌了一些，似乎很久都沒人修整，就那麼任憑野草在倒塌的牆縫裡瘋長。

剛要推開虛掩著的木門進去，就聽到院子裡傳來幾個人說話的聲音，其中一個男人聲音傲慢。

「炳成啊，你考慮考慮，過繼到我家，由我安排你去知州城參加府試，保你能高中頭名，以後再參加院試、鄉試、會試，乃至殿試，一旦在殿試取得好名次，那你這輩子就官運亨通了！這一切我都能幫你，你好好想想，即便不為自己，那也要為你的母親和外祖母想想，她們年紀大了，身子骨兒不好，都需要銀子過好的生活，你空讀書，不當官，哪來的銀子奉養她們？」

這個聲音何月娘一下子就聽出來了，是劉豐年。

「炳成，這可是你的好機會，不是你堂叔心眼好，同情你們母子，誰會給你提供這樣好的條件？你還猶豫什麼，快點答應吧！」一個上了年紀的老者也幫著勸。

「族長爺爺，我、我得考慮考慮……」劉炳成的聲音不大，明顯是真的在猶豫。

「哼！你瞧著辦吧，我能這樣為你打算，也是看在同族的分上，你若是不知好歹，我也沒法子，族長，我們走！」劉豐年不耐煩了，語氣帶著十分的威嚇。

「炳、炳成……咳咳咳，送送族長跟你堂叔……」屋裡傳出來一個老嫗顫巍巍的聲音，夾雜著無法遏制的咳嗽。

「是。」劉炳成乖順地應了一聲，將院門拉開。「族長爺爺，堂叔您們慢走。」

「哼！」劉豐年惱怒地冷哼一聲，率先走了。

他後頭一個上了年紀的老頭兒，狠狠戳了戳劉炳成的額頭，低低地道：「等一下我會想法子把你堂叔留在家裡吃午食，你一會兒趕緊來我家，跟你堂叔道個歉，快快應承下來。炳成啊！瞧瞧你家的這房子，眼見著都要住不得人了，你如果在府試中拿了名次，那你就是秀才，就能從縣裡領月俸了，有了月俸你就能供養外祖母，還能把房子修繕修繕，不然等房子真塌了，你外祖母跟你娘要露宿街頭嗎？好好想想吧！」

劉炳成低著頭，不發一言，目送老人快步追著劉豐年而去。

「炳成？你不在屋子裡讀書怎麼出來了？」

這時有一個包著頭巾的婦人端著空盆子從另外一條巷子走過來，見到劉炳成滿臉的溫和。「炳成，餓了吧，娘回來晚了，這就進去給你做飯。」

「娘，剛才族長跟堂叔又來了。」

劉炳成從母親手裡接過了盆子，又掏出一條帕子，輕輕把母親額頭上沁出的細細密密的汗珠子都擦拭掉。

「您是不是又多攬了一家洗衣裳的活？娘，您這樣勞累，早晚身子會出問題的。」

「淨說傻話！娘告訴你，這世上多幹點活那是累不死人的，之所以生病，那都是因為生氣，氣大傷身，這才會害人性命！炳成啊，娘不多說，你讀了那麼多書，什麼道理不懂得？我知道你是個好孩子，你跟你父親一樣都是心正的人，事情該怎麼做，你們有自己的主張，娘不想管太多，也不需要管，因為娘相信你。」

說著，那婦人抬起手，輕輕摸摸個子早就高出她一頭的兒子的臉。

「娘，我只是擔心……」

劉炳成的臉上顯出複雜的痛苦神情來，少年老成可能就是用來形容他的，他的眉心緊皺著，雙眼裡都是隱隱的擔憂。

「乖孩子，我跟你外祖母不需要你擔心。但如果你真的為了我們，做了不該做的，那才是真正要我們娘兒倆性命的懂嗎？娘把你養大，不需要你多有出息，更不需要你光宗耀祖，只要你能多讀書，做自己該做的，娘就知足了。」婦人說著，從劉炳成手裡接了盆子。「快進屋讀書吧，娘去做飯。」

看著娘兒倆進去，何月娘從倒塌牆壁的後面走了出來。

她是真的被感動了。被這一對貧窮的母子感動，他們的一言一行，都透著一種叫做骨氣的東西，這種東西存在於人心深處，會給人強大的支撐，令人能坦坦蕩蕩存活於世。

這樣的人，即便是死了，那也死得其所。

在旁人眼中，這種人死也死得有風骨，活更活得硬氣！

站在邱正平家的門口，看著那扇矮小破舊的木門，何月娘忽然覺得這扇門沈重得需要她鼓足勇氣才能推開進去。

來之前，她從王中海那裡得知劉炳成母子是回了邱家，劉炳成的外祖叫邱正平，是邱家人。

她當時心裡是十分惱怒的，覺得這個劉炳成小小年紀就不學好，又被劉豐年教唆著要用非正常手段來取得府試的案首，這種人即便是讀盡天下書又能怎樣？不過是一個攀附權貴的小人罷了！

她來就是準備警告劉炳成的，要是他執意跟劉豐年同流合污，科舉舞弊，剝奪了五娃以及其他學子們府試的公正，她就是告到天子腳下的京城，也要把他們告倒！

她是個當娘的，絕不能任由不公道的事欺凌了她的娃兒。

可是，在她聽到這母子倆的談話，她真的為自己之前的狹隘覺得羞愧！

她深吸一口氣，緩緩地推開了那扇柴門。

第五十五章

隔了兩天，陳家私塾裡多了一個學生，他叫劉炳成。

與此同時，邱家村西頭邱正平家裡去了一幫工匠，工匠們忙了五、六天，把他們家的房頂重新修繕過，又把倒塌的院牆壘了起來，院門也被換成平整堅固的新門。

房子修繕過程時，一輛馬車來往城裡跟邱家之間，把張老大夫載來給劉炳成的外祖母看病，服了老大夫熬的湯藥後，老太太的咳嗽症狀得到緩解，胃口也好了些，能頓頓吃大半碗的白粥，這把劉炳成的母親邱氏歡喜得抹眼淚，直說：「感謝陳家，感謝陳夫人！」

那日，何月娘進屋後，先是跟邱氏談了一個多時辰，把自己聽到劉豐年跟府衙那個當官的話說了一遍，又言明了其中厲害，問邱氏，是想讓劉炳成憑藉著不光彩的手段飛黃騰達，還是要他腳踏實地，一步步靠著自己的能力闖出一片天地來？

「邱姊姊，妳要知道，真走了那樣不光彩的路子，到頭來害得是炳成一輩子！」何月娘語重心長地說道。

邱氏點頭。「何妹妹，我壓根兒就沒想讓炳成去做那種人，他是個懂事的孩子，也是明事理的，他不會那麼做的。」

果然，劉炳成聽到何月娘的話後，當即也表示，他一定要憑自己的實力去參加府試，絕不任由劉豐年擺布。

就連纏綿病榻的老太太都堅決反對外孫跟惡人同流合污，老太太說：「多行不義必自斃，這是你外祖臨終留給你的遺言，你要恪守啊！」

何月娘同情他們家的遭遇，沒個掌事的男人，劉炳成又只會讀書，不會賺錢，一家子全靠著邱氏給旁人洗衣裳維持生計。府試考試，劉炳成可以早起走著去，幾十里山路他是不懼的，可是府試之後的院試以及後來的鄉試、會試呢？乃至更高一層的殿試，那都是需要長途跋涉離開家去參加的，以邱氏的能力完全幫不了劉炳成。

劉豐年也是瞅準了這一點，所以才以此要脅劉炳成，要他過繼到劉家，然後高考得中，為他所用。

何月娘提出來讓劉炳成去陳家私塾跟著則無先生讀書，一應的束脩與生活費全免，將來陳家還可以出錢讓劉炳成跟五娃一起去參加考試，希望兩個小兒能結伴同行，一起為自己闖出一片天地來。

有這樣的好事，邱氏自然求之不得，可她還是很猶豫，覺得這樣欠了陳家太大的人情。

「邱姊姊，只當一切都是我借給你們的，等以後炳成有了出息，再還給我。」

何月娘知道這娘兒倆都是有骨氣的人，他們寧可餓死，也不會接受旁人的施捨的，所以乾脆如此說。

「那……那就太好了，炳成，快，謝謝你嬸子！」

邱氏這才笑著接受了何月娘的好意，特意讓劉炳成給何月娘施了大禮，感謝她的相助。

他們並不知道，何月娘心裡還有旁的打算。

把劉炳成接到山上後，何月娘讓陳大娃裝了一馬車的米麵以及其他一些生活上的必需品，再去了趟邱家。

當看到這些東西時，邱氏母女都流淚了。

她們直說：「這是遇著觀世音菩薩了，不然哪會有人管她們這窮苦人家的死活啊？」

何月娘笑說：「是妳們的骨氣，讓我感動，人活一世，必須活出自己的風骨來，不然都跟著壞人學壞，跟著惡人走邪路，那這世上還會有好人嗎？」

所以隔天，才發生了那些讓邱家莊全村人都驚嘆的事情。城裡難得請到的張老大夫親自來給邱家老太太看病了，隨著他們一起來的還有一支工匠隊。工匠們個個幹活麻利，不到三天就把邱家前前後後修繕了一遍，院牆重建了、大門也換了。

此刻再看邱家，那簡直就是煥然一新，連久病的邱家老太太都精神抖擻了起來。

這可真是人逢喜事精神爽，邱家是遇著好心人了，不然怎麼會有這樣好的境遇呢？

村民們紛紛感嘆。

安置好邱家的一個月後，府試的日子到了。

一大早，陳家的馬車就備好了。

這次陳家私塾參加府試的有四個人，除了五娃跟劉炳成，還有兩個學生，一個叫張永志，一個叫羅進。

則無先生也決定讓他們參與一下，雖然他們的學問暫時可能在府試中取得不了好成績，但讓他們去體會一下府試的過程，對他們也是累積經驗。

陳家又雇了一輛馬車，是陳大娃在碼頭上一起拉腳的朋友，叫耿常，也是個實誠人，聽說大娃雇車是為了送五弟去參加府試，他分文的拉腳錢都不要，還十分高興地說：「你家五弟在縣試就得了案首，這回如果再拿個府案首回來，那我這輛馬車可就跟著一起榮耀了。」

兩輛馬車一輛載著則無先生和四名參加府試的學生，一輛則載著何月娘跟六朵。

六朵央求了一整天，非要跟著來送五哥參加考試。

沒法子，何月娘只好答應了。

她是打心眼裡對這個最小的閨女沒輒啊！這女娃太纏人了，以後一定得給她嫁個有耐心的男人，不然她可捨不得小丫頭過去受委屈。

馬車到了府衙門口，已經來了不少參加府試的學生了。

有幾個是跟五娃他們一起參加過縣試的，見著五娃，他們都很熱情地過來打招呼，連連說：「五娃老弟，你這回可一定要為咱們縣上掙一分榮光，考個府案首回去啊！」

「哼，他一個鄉下土包子考個縣案首已經是祖墳冒青煙了，考府案首？作夢吧！」這時，忽然有人不屑地啐了一口說道。

眾人回頭看，也認識，是在縣試取得第三名的江東。

「江東，你怎麼這樣說話？咱們都是一個縣上來的，你即便是胸有成竹，那也不能貶低旁人啊！再說了，這府試還沒開始，你怎麼就知道五娃老弟不能得府案首？」

有人不忿地替五娃駁斥江東。

「劉公子，咱們走，不跟這幫土包子浪費時間！」

劉府管家劉貴邊說，邊拉著江東往旁邊走去。

「劉公子？他不是叫江東嗎？這怎麼……連姓氏都改了啊？」有人訝異道。

陳五娃跟劉炳成交換了一下眼神，兩人心知肚明，劉豐年在劉炳成的身上沒得手，這是又去找了江東，把江東過繼到劉家了。

「唉！這年頭還真有為所謂的權勢不顧顏面的。」劉炳成輕嘆道。

「炳成，人各有志，旁人怎麼做是他們的事，咱們做好自己的就成。」

劉炳成比陳五娃還小一歲，對五娃這個學長很尊重，果然就不再去理會江東和劉管家的竊竊私語，全神貫注地等著府衙大門一開，進去應試。

這時，從府衙旁邊的小門走出來兩個人，那兩人五娃跟劉炳成都不認識，但何月娘和則無先生卻都認識，是劉豐年和那個姓王的官員。

他們兩人表情都很得意，尤其是劉豐年，走到江東跟前，很是讚許地拍拍他的肩膀，對他說了句話。

江東一聽也是喜上眉梢，對著他連連施大禮，還口中稱呼。「父親，孩兒如若能一路高中，將來必然會用盡全力來報答父親的扶持之恩！」

「哈哈，好，很好，是個知進退的好孩子，不像某些人，渾身都是酸腐氣，窮得叮噹響，還不知好歹！」劉豐年邊說，邊冷冷地朝著劉炳成看過來。

不過劉炳成真是個好的，一點都沒有懼意，而是坦然面對他的目光，甚至在氣勢上，他一個少年學子眉宇間的昂揚與意氣風發，把劉豐年那種小人得志的炫耀直接給滅殺了。

則無先生見了這一幕，很是欣慰地點了點頭。

何月娘也覺得劉炳成這孩子是個人物，將來的成就一定不會小了。

她甚至內心裡有些慶幸，如果不是她為了五娃去邱莊一趟，認識了炳成母子，可能她就不能把這樣一個志氣的少年給拽到五娃身邊，這孩子將來不管怎樣都是五娃的助力；不，或許可以說，他們將來相互是助力！

「吉時已到，學子們現在可以往裡進了，不許夾帶小抄，一旦發現，絕不姑息，立刻取消府試資格！」

那個姓王的官員此刻站在府衙的臺階上，朗聲說著，一副道貌岸然的樣子。

「先生，他會不會是主考官啊？」

目睹了他跟劉豐年之間的交易，何月娘真為五娃和炳成這兩個孩子擔心。

「陳夫人不用擔心，大越國一直對科舉考試選拔人才非常重視，容不下任何玷污科舉考試的行徑，這就是個跳梁小丑，翻不出什麼大浪來！」

則無先生的話音剛落，就見遠遠的一片塵土飛揚，再靠近點，十幾匹馬急速而至。

「哈哈，世峻這傢伙別的優點沒有，就是辦事麻利，想必他這一番也是頗費了些氣力，不然這些監考的官員不可能趕在學子們進考場之前到。」

則無先生這一番話，讓何月娘驚訝了。

她看向則無先生，則無先生明白她的意思，馬上小聲給她解惑道：「我聽妳說了劉豐年幹的勾當後，就給世峻去了快信，把劉豐年以陸家名義在府衙把持府試的事說了，我就知道他是不會容劉家如此狗仗人勢的。而且，世峻也是進士出身，他深知學子們為了科舉考試所付出的努力與艱辛，所以他最憎惡的就是科舉作弊，這回為了能迅速讓上頭派下來監考官，他定是走了郡主的路子吧？不知道他是用什麼法子哄了郡主替他去宮裡把這事給辦成了。」

說到這裡，則無先生很意味深長地看了何月娘一眼。

他心裡頭自然是懂自己那位摯友的心思，只要牽扯到了這位陳家莊的陳夫人，摯友就亂了陣腳，為了她，連枕邊風他都吹了，唉唉，還真是……

何月娘心裡驀地顫抖了一下。

她對陸世峻的確是沒有什麼旁的心思，可陸世峻數次這樣默不作聲地幫她，又讓她每每想及，都覺得欠了他的情分，也不知道，這欠的情分什麼時候能還？萬一還不了，那下一世，她是不是還要跟他糾葛？

她不喜歡一個人，就真心不想跟那人有過多的接觸，不然給了他希望，又無情地吊著人家的胃口，這種占著茅坑不拉屎的行徑，何月娘是做不出來的。

但真的事與願違。

唉！她在心中輕嘆一聲，還是壓低了嗓音跟則無先生道：「先生若是再給陸大爺去信，麻煩替我道一聲謝。我也知道，簡單的一句謝謝不能報答他為這事的奔波忙碌，可我真的只能說句謝謝了，也真心祝願他跟郡主和和美美的一生一世！」

妳這樣要我給他寫信，倒不如不寫！那癡心狂如果聽了妳這話，還不得傷心至死啊？則無先生在心裡直搖頭感嘆，真真就是多情總被無情惱啊！

聽說來了監考官，而且還是帶著皇上的旨意到的，知府馬汝全哪敢耽擱，緊忙召集了人出來迎接。

「馬大人，聖上有旨，此次府試將由我等全權負責，你以及你的手下都迴避，任何人這一刻起不許留在府衙，不然以殺頭治罪！」

帶頭的是副左都御史唐珂鳴，這人為官一向清正，在百官之中頗有威名，當然，他也是那些貪腐官員們的剋星，他們對他恨之入骨。

馬汝全見來的竟是官員們見之都哆嗦的唐珂鳴，頓時氣勢矮了半截，他忙跪下接了聖旨後，即刻招呼他的手下從府衙撤離。

從這一刻起，唐珂鳴帶著他的人正式掌控府衙，府試也在一片安寧中開始了。

按照大越國的科舉考試制度，縣試、府試、院試都是童試的環節，因為參加府試的都統稱為童生。

府試考試一般只有一場考試，考試內容是要高於縣試的，也就是說，儘管府試只有一場，但難度比縣試要高很多，所以，這一場考試時間緊、任務重，對學子們來說，也是一個艱難的考驗。

府試考試結束後，凡選中者，由府造清冊申送學政，參加院試。

因為只有一場考試，所以何月娘等人都沒有回去，晌午大家都在府衙旁邊的飯館簡單吃了點東西，就又到府衙門外等著了。

未時中，府衙大門打開，學子們絡繹從裡頭走了出來。

陳五娃他們幾個是一起走出來的，幾個人面上的表情都比較輕鬆，他們圍著則無先生把這次考試的內容複述了一遍。則無先生聽著頻頻點頭，覺得這次的考試題目，對於他的兩個得意門生陳五娃跟劉炳成還是沒什麼太大的難度，只是羅進跟張永志就差一點，尤其是張永志，在聽見五娃的答案後，頓覺失落，他可能是扭曲了題意，答非所問了。

則無先生安慰了他幾句。「左右這次你是來歷練的，也沒打算一次就過，所以即便考得不好，那也沒什麼，下回一定能成！」

「嗯，弟子記住了！」張永志點點頭。

則無先生跟唐坷鳴是相識的，但礙於這會兒則無先生是為自己學生來送考的，所以，兩人只是隔遠了點點頭，算是打了招呼，並沒有過多的接觸。

考試結束，幾個學生都鬆了一口氣，則無和何月娘覺得該帶著他們去吃頓好的，算是獎勵他們這些天的努力，於是一行人去了迎賓樓。

這是知州城裡數一數二的一家酒樓，據說後廚做菜的都是女子，因為女子性情溫柔，做事細膩，所以經過她們的手做出來的飯菜都很鮮香可口，尤其是麵食，她們會製作各式各樣的麵點，還會將麵點做成小動物的樣子，令人瞧著都不忍心下嘴。

「炳成哥哥，這個小兔子好好看啊，我送給你哦，你可不許吃它，不然它會很疼的！」陳六朵手裡捏著麵做的白色長耳朵兔子，送到劉炳成面前。

劉炳成一直跟著陳五娃喊六朵六妹妹，而陳六朵對這個長得清秀，說話斯斯文文的炳成哥哥也很喜歡，跟著何月娘去山上私塾時，總愛黏在五娃跟炳成身邊，說些幼稚天真的話，惹得炳成跟五娃歡笑，這也許是他們在枯燥的學習過程裡唯一能感受到快樂的時刻了。

「好，我不吃小兔子，我會好好保護它的。」

劉炳成說著不自禁地捏捏小六兒的鼻子，小六兒馬上嘟著嘴。「炳成哥哥，不許捏人家的鼻子，我娘說，鼻子捏得塌塌了，就不美了呢！我要一直做炳成哥哥美美的六妹妹！」

「好，是哥哥不對了，不過，妳一直都是哥哥心中最美的六妹妹呢！」

劉炳成說著，很小心地把那隻白兔子揣入懷中。

看著這一對娃兒的互動，何月娘神情有點恍惚。

她不會是幫了一個小子，卻反倒是引狼入室，把自己最疼愛的小閨女給搭進去了吧？嗯？不會吧，小六兒還只是個小姑娘，她懂啥？

如此一想，她又心安了。

府試在兩天後就放榜了。

主要是唐珂鳴帶來的人都是動作麻利，做事不拖泥帶水的，加上他們京城裡又有各種未完的事由，所以他們熬了兩個通宵，把全部考生的卷子都審閱了。

放榜那日，何月娘他們也早早就到了。

照樣是兩輛馬車，其中一輛還是耿常駕車，他高興地說：「我兒子聽說了府試的情景，也說要好好讀書，將來爭取參加府試考試，為祖宗爭光呢！」

遠遠地，就看到榜單前圍著一幫人，不時地有人加入進去，同樣也不時地有人從裡頭擠出來，擠進去的人多半臉上是帶著希望的，但擠出來的，就是有人歡喜、有人愁了。

「你可真是沒用，不是你自吹自擂，全縣就你學問最好，陳五娃能得了縣案首是走了狗屎運嗎？看看你現在考的，這叫好嗎？府試都通不過，你還想院試？我也是瞎了眼，過繼了你這樣一個廢物，你等著我馬上去縣衙，取消跟你的過繼契約！」

人群外頭，劉豐年氣得七竅生煙，指著江東的鼻子破口大罵。

管家劉貴也萬分鄙夷地啐道：「江東，你還覥著臉在我們劉府白吃白喝這些日子，真不知道你哪來的大臉？吃我們府上的東西是要花錢的，趕緊把飯錢拿出來！」

「我……我哪有那麼多錢啊？我要是有錢，也不會顏面都不顧地認旁姓人做父了。明明你們說好的，我隨便考就行了，其他的都由你們來操控，不費吹灰之力，我就能高中府案首。結果呢？你們什麼都沒做，還害得我沒認真考試，明明我若是好好備考，許是能府試合格的，畢竟我在縣試考了第三名啊！嗚嗚，我、我太後悔了，就不該信了你們的話，走這倒楣的捷徑，結果，嗚嗚，是我倒楣了！」

江東說著，不顧眾人看他，當場哭了起來。

則無先生直搖頭。「他說得挺對的，他資質上佳，如果他認真備考，考個府試合格還是沒什麼大問題的，只可惜他太貪心了，想要不勞而獲，這才弄巧成拙，可悲可嘆啊！」

劉炳成轉身對著何月娘重重施禮，道：「孀子，不是您，江東的今日之境遇可能就是我的。我那天其實也動搖過，我想給外祖母治病，更不想累壞了母親，所以……謝謝您，是您的一番話打醒了我，我這時才覺得腳踏實地是多麼重要！」

「好啦，這都是你心志堅定，不然我想幫也幫不了你。咱們別的不說了，快去看榜吧！」

何月娘說完，幾個娃兒就一齊擠了進去。而何月娘跟則無先生被擋在了外面，踮著腳尖，也瞧不清榜單上的名字，只能等他們出來自己說了。

不一會兒，幾個孩子都出來了。

除了張永志神情有些懨懨的，陳五娃跟劉炳成以及羅進都是喜上眉梢。

「先生，嬸子，五娃又中了府案首啦，我可太佩服他了，怎麼那麼厲害啊！」

劉炳成真心實意地誇讚陳五娃，陳五娃靦覥地笑著說：「你也不錯啊，第三名！」

「真是太好了，給，這是給你們的獎勵！」何月娘已經笑得見眉不見眼了，從口袋裡掏出兩個紅包，一人塞了一個。

「嬸子，這太多了。我已經受您的恩情太多，不能再……」劉炳成說著眼圈都紅了。

「你這孩子，讓你拿著就拿著，嬸子高興，早知道你們考得這樣好，我就該再多裝點，太高興了，趕緊回去告訴你娘和你祖母，她們也會為你高興的！」何月娘說道。

「嗯，好，謝謝嬸子！」

劉炳成暗暗在心裡發誓，他將來學業有成，一定要重重報答陳家跟嬸子！

馬車先去了邱家莊，把劉炳成院試合格的消息告訴了邱氏母女，兩個女人都歡喜得落了淚。

何月娘讓劉炳成留在家裡跟母親好好聚一聚，她明日會讓大娃駕車來接他回私塾，然後眾人就直奔陳家莊。

剛到村頭就聽到鞭炮聲，原來縣上早就得了陳五娃考中府案首的消息，也派人來知會了里正陳賢彬，陳賢彬馬上命人去買了鞭炮，又親自在村頭迎接，遠遠地見他們回來，就命人放起了鞭炮，一時間鞭炮齊鳴，全陳家莊的人都聽說陳家出了個府案首，個個都覺得與有榮焉。

緊跟著，道賀的人就都來了。

岳縣令派王中海來送了一套文房四寶給陳五娃，鼓勵他再接再厲，不日在院試上也能取得好成績。

穆家也來人了，還是穆雲開親自過來。他早些年就喜好讀書，若不是家族生意需要他繼承打理，說不定他現在也在官場上有一番成就，可惜的是，命運不由人，他不得不為了家人，為了老父親的囑託放棄他的讀書志向。

聽說陳家五娃這回又得了府案首，他連連誇讚。「這是文曲星降世啊！」

所以，他跟夫人都感覺跟陳家聯姻，簡直是太對了，陳家幾個娃兒都是很有出息的。

他帶了一份重禮，包了一個二百兩銀子的紅包。

何月娘自然是不肯接受的，這禮也太重了。

但穆雲開說，五娃這圓得不是他自己的夢，還有他的，他年輕的時候也曾努力想要在考場上一展鴻圖，但事不由人，他放棄了，可五娃不能放棄，接下來他要走的路還長，需要的銀子更多，這算是他彌補自己缺憾的一種方式，希望親家母能理解他。

話都說到這分上了，何月娘還怎麼拒絕？於是，就只好承了這番好意。

陳四娃是跟穆雲開一起回來的。

他悄悄拽了何月娘到旁邊，把一張五十兩的銀票塞給她。「娘，這是我這段時間賺的，交給五弟，祝他能再接再厲，鵬程萬里！」

何月娘笑著接了。「好，我四娃長大了，知道疼弟弟了，你放心，娘不會說的。」

她知道，陳四娃之所以悄悄把銀子給她，就是不想給幾個哥哥、嫂子壓力，他一直覺得陳家為他開這個鋪子付出太多，所以他對家人做再多的事那都是應該的。

送走了穆雲開跟陳四娃，何月娘心裡真別提多開懷了。

她回頭看著陳家簡單的小院，還有小院裡那些鬧騰的小兒，忙活的幾個兒媳婦，她暗暗想：老天爺，您還是待我不錯的，雖然讓我重生為一個乞丐，但好在，您沒絕了我的生路，我以後啊，就靠著這幾個娃兒享清福了！

不過，她的好心情也就維持到了子時。

第五十六章

子時，陳大年來了，她剛要把家裡最近發生的喜事都一一跟他說一說，卻見他渾身上下都是血糊糊的，臉上也像是被什麼尖銳的東西給劃過似的，留下幾個血痕。

「你這是怎麼了？是哪個不長眼的把你打了啊？你……你倒是說啊，活著的時候是個蠢笨的老好人，到了下頭也不改性子，居然能被人打成這樣。陳大年，你出去別說是我何月娘的男人，我丟不起那人……」

她一通數落還沒說完，就見陳大年的身影一晃，到了她跟前，接著他伸出雙手，做了一個將她攬入懷中的動作，儘管他這動作是虛幻的，根本也抱不到她，但她還是在那一刻感受到他的無助跟悲涼，不由得將身體往他懷中靠了靠，語氣也放緩。「告訴我，是誰幹的？」

「我沒事。」陳大年面容灰敗，連表情都是沮喪的。

莫名地，何月娘覺得很驚惶，她跟陳大年雖然是在他臨死前成為一家人的，但之後陳大年的魂魄時不時地出現在她生活中，他給何月娘帶來的是一種莫名詭異的安全感，讓何月娘每每在遇到困境時，總會覺得：我不怕，我有個鬼丈夫，他會幫我的。

事實也證明，陳大年數次出手救了她跟幾個娃兒。

可現如今，他頹廢至此，她怎麼能不心焦？

「你什麼都不肯說，是想讓我以後再也什麼都不對你說嗎？」

何月娘生氣，一把推開了他，她是無法推到他的，但她的惱怒就在動作中表現了出來。

「唉！」

陳大年是瞭解何月娘脾氣的。

其實，他今晚原本是不想來的，來了就知道何氏會追問。但他必須來，因為他的鬼路太危險了，以後還能不能再見著她跟幾個娃兒都不一定。

「太爺爺被人誣陷關進鬼牢，還有人向監察鬼域的大神報告了我如今的狀況，大神在到處找我，一旦被他找到，如果他不辨是非就要懲罰我，那等著我的可能就是魂飛魄散。娘子，我自己的結果是怎樣，我已然想通，妳年輕貌美，即便沒有我，妳也能找到如意的依靠，可是太爺爺可憐，偌大年紀的老鬼了，為了我這個不成器的子孫還要忍受油煎刀割之苦，我……對不起他！」

他聲音悲苦，懊悔難當。

「你、你是不是去劫獄了？」何月娘震驚地說出這猜測。

活著就老實得跟個木頭似的陳大年，成了鬼了，敢劫鬼獄？

陳大年點了點頭。「我不能任由他們凌辱太爺爺，太爺爺都是為了我跟幾個娃兒，他何罪之有？」

「你劫獄失敗，現在被神仙和鬼差同時追殺？」

何月娘探出手去，想要握住他的，但陳大年卻一下子閃避，飄到了一旁，他低低地道：「我此來是向妳告別的，幾個娃兒那裡我也會託夢告知，要他們好生孝順妳，若敢不從的，我就是到了混沌一界，也不會輕饒了他們！」

何月娘苦笑。「你都到了混沌世界了，沒了任何前世的記憶，你還想著懲戒幾個娃兒？你這個無情無義的父親，怎麼有臉說出這話來？」

「我……」陳大年眼底閃爍，似有淚光，但很快，他別過頭去，不跟何月娘對視。

「就沒其他法子了？」何月娘問他，其實腦子裡也是在問自己。

難道真沒有什麼人能管得了神仙？若可以把陳大年的事情跟神仙說明，大羅神仙肯定會體恤人間疾苦，百姓們的痛楚無奈，他們雖高高在上，那也該在意吧？陳大年的一魂二魄殘存與世，是不對，但情有可原啊！

陳大年搖頭。「沒有法子了，我如今只有等……」

等著被神仙罰，或者是被鬼凌！

想了想，何月娘道：「你得先躲避起來，等我想想法子，看能不能化解這局。」

陳大年苦笑。「娘子，我知道妳心志堅強，非一般女子可比，但我這事……」

「你少廢話，你只管照做，我自有主張！」何月娘狠狠白了他一眼。「你若是真想魂飛魄散，那就當我沒說，你若對……對幾個娃兒還有那麼一點點父親的責任，你就聽我的，左右你現在也沒別的法子，不聽我的，難道晃蕩出去，等他們抓啊？」

正是夤夜，陳家的大門被悄悄打開。

何月娘撐著一把黑傘出門，傘下的她穿著一身極其寬大的黑斗篷，在夜風吹拂下飛揚開來，顯出她嬌柔的身軀，在黑斗篷揚起的一角落下的時候，依稀能看見，斗篷內，她身體一側隱約有個虛幻的影子。但很快地，她的嬌軀乃至那個模糊的黑影子就被黑斗篷給裹得嚴嚴實實，不露一絲痕跡。

村東的破廟在夜色中很幽靜，這種幽靜透著一股詭異跟冷清，令人不敢靠近。

何月娘也害怕，雖然她在沒成為陳夫人之前曾在這破廟裡住過幾天，但這大晚上的，她的斗篷裡又藏著一個死鬼陳大年，萬一被神仙或者是鬼差遇上，她要怎麼辦？

好在，她順利地裹著陳大年的魂魄進了破廟。

這是她冥思苦想出來的法子。

記得前世那位會接生的婆婆，曾經跟她講過個故事，說是有一個人，他的父親被人跟鬼差聯手算計，陽壽未盡就被鬼差抓去了陰間，這個人是個孝子，他想要救父親，可是卻去不了陰間，因為他身上有陽氣，根本過不了鬼門關。後來有個姓魏的算命先生出了主意，讓他揹著一個剛死不久的女人屍體，用其陰氣遮蔽他身上的陽氣。

後來，那個人真的如法炮製進了鬼門關，找到閻羅王伸冤，救回了他父親。

若用女人屍體可以遮蔽男人的陽氣，那麼自己身上的陽氣可不可以削弱陳大年這一魂二魄的死氣呢？沒了死氣外洩，無論是神仙或者是鬼差都是不能找到他的。

也不知道是不是真如她所想的，她的陽氣遮蔽了陳大年身上的死氣，無人發現他在陳家莊，反正何月娘順利地將他帶進了破廟。

破廟很破敗，就連正殿當中擺放的觀世音菩薩的塑像也是殘破的，但菩薩法相莊嚴，即便於如此破廟之中，也讓人不由得敬仰、跪拜，這可能就是佛法無邊的緣故吧？

何月娘跪在菩薩塑像前，把陳大年的所作所為、所想所念都一一陳述，她懇求菩薩能護佑他幾日，等她找到了可以救他的人，解除他這場危機，她再來接他離開。

「菩薩，小婦人知道您佛法無邊，普度眾生，可是這芸芸眾生的疾苦，您真的能一一解決嗎？我跟我夫君眼下就遇到了困境，我們拜您、求您，期望您相助，如果您真的不能管、不想管，那我……我就會帶著陳家的幾個娃兒到您這裡，以死明志，我們死後去了陰間就去找那個害我夫君的鬼，跟他同歸於盡，哪怕是從此魂飛魄散，也在所不惜！菩薩，小婦人這絕不是要脅，真的是沒了法子，我不能眼看著我夫君這樣被人打散了魂魄，您仁慈心腸，也不能瞧著好人受冤屈，被禍害吧？求您護佑我夫君，求您了……」

她很鄭重地給菩薩磕了三個頭，而後站起來，往在菩薩身後藏匿著的陳大年深深一望，頭也不回地離開了破廟。

第二天，她又去找了縣丞王中海。

看到她，王中海笑容滿面。「陳夫人大駕光臨，有事啊？」

「縣丞大人，小婦人還想麻煩您幫忙查一個人。」

她說她要查的那個人姓魏，應該是個算命先生，或者是個風水先生，總之他的姓氏一定是魏。

這把王中海說得丈二金剛摸不著頭腦，他狐疑地問：「怎麼，陳夫人這是遇到什麼難事，想要算命化解？不用，妳現在可是咱們縣令大人心目中的貴人，他說本縣之所以能出個府案首，被人稱讚，那都是妳教子有方，所以妳若是有難事，我盡可以帶妳去面見縣令陳述……」

「不，王大人，我真的有別的事要找這位姓魏的先生，還麻煩您幫忙！」

她說著，把手裡拎著的杏花釀遞了過去。

「哎呀，這個……陳夫人，妳想查啥，我就給妳查啥，這個不需要的。」

王中海眼珠子都亮了。

他好酒不假，但家中母老虎太厲害，不許他飲酒，這就造成了他只能偷偷摸摸地在衙署喝，喝了之後，回家之前還得漱口，弄得旁人都笑話他是本縣第一懼內男。

何月娘拿著從王中海那裡查到的地址，去了西城桃花街。這條街就是一個不深的小胡同，而且胡同還是個死胡同，只有一戶人家。

看著門楣上掛著的牌子上寫著模模糊糊的魏府兩字。

何月娘的心似乎被什麼狠狠抓了一把似的，她再想往門口走，近前去敲門，已經不能了，她的雙腳像是被釘在了原地，任她怎麼用力都不能移動半步。

她知道，她找著真正的人曹官的後人了。

前世那位接生婆婆曾經跟她說過，這天地間，神仙也是有怕的人的，神仙最怕的人之一就是人曹官。

人曹官是主管人世間事務的人官，同時也是天庭在人世間的使者，主要負責傳達上天的旨意與人世間的情況。若有神仙不分是非地在人世間禍害老百姓，人曹官知道了，便會據實向上天稟報。

誰都知道人曹官是誰，但都沒資格管他，只有上天最大的主子才能管他，天庭只是在需要的時候，讓他作夢，在夢裡對惡神仙或者是鬼行刑。

也就是說，人曹官只有在夢裡，才能替天庭斬首在凡間犯錯的仙佛。

這位人曹官姓魏，叫魏征。

大越國只是一個小國，不存在於正史裡，所以，何月娘並不知道是不是真的有魏征這個人曹官的存在，但是現在她已經走投無路了，只能試一試。

如今她被困在這裡，不能行走，已經明白她是真的找到了魏征的後人，也就是人曹官的後人，而他的後人有可能還是承擔著人曹官一職。

不然，他居於屋內，怎麼可能會知道巷子裡來人了？

何月娘就地跪倒，把陳大年的事情陳述了一遍，然後她哭訴。「魏先生，我也是沒法子，家中的娃兒還有沒成家的，最小的閨女也不到十歲，她離不了我這個當娘的，我是後娘，可我從來沒有苛待他們，我只求能對得起他們父親臨死前的囑託。我夫君也是放心不下他的娃兒，這才於世逗留的，他做法不對，可原因可憫啊！世上做父母的，誰能放棄投胎獲得新生的機會去照顧前世的兒女？我被夫君感動，所以才全心全意地拉拔他的娃兒，還請您能體恤我們夫妻倆的苦楚，向上蒼道明他違背天意的緣由，並非是貪戀世間的繁華，只是盡一份父親的責任啊！」

說完，她砰砰砰地磕頭，幾個頭磕下來，她的額頭已經是血糊糊一片了。

「罷了，妳起來吧！」院子裡忽然傳出一個男人低沈的聲音。「哼！妳這婦人也著實大膽，連菩薩都敢威嚇。」

「我……我沒有，我只是說了說話，夫君遭受了無妄之災，我作為妻子不能袖手旁觀，哪怕他只是我名義上的夫君，我也不能眼看著他遭難。我跟菩薩說，要帶著娃兒們死後去陰間尋他，也並非謊言，我是真打定主意了，若您不管，菩薩管不了，那我就真的要那麼做，我相信我的娃兒們也是願意為父伸冤的！」

何月娘不好意思地解釋了一番。

「哼，若非菩薩為妳說情，我是不會管的，畢竟這事是陳家做錯在先。已經死去，就該奔赴奈何橋，飲了忘情水，獲取新生，他雖有疼愛娃兒之心，但天意不能違背，這也是神仙抓他的理由。你們要謹記，我幫你們向上天說明情況緣由，並不代表上天就會寬恕你們的過錯，到底上蒼會怎麼對陳牧原與陳大年做出處理，那是上蒼的事，我管不了！」
院子裡的人腳步漸行漸遠，聲音也逐漸虛無縹緲。
何月娘在那裡跪了一會兒，又要磕頭拜謝，卻發現，她的頭不能再低下，人倒是可以站起來走動了。
她知道，這是人曹官不願受她的跪拜了，當下只能深鞠一躬，施禮道謝。
接下來的三日裡，何月娘嚴令陳家全家必須吃素，連在城裡的四娃，她也著大娃去告知了。而她自己則夜夜去破廟，跪在菩薩跟前，燒香膜拜。
第四日的夜裡，她又悄悄穿起黑斗篷，拎著裝著香蠟紙馬的籃子，開門欲去破廟。
門一開，直覺得一股冷風撲面而來。
她不覺一怔，馬上驚喜地道：「夫君，是你嗎？」
那股冷風，她再熟悉不過了，那分明就是陳大年的氣息。
冷風輕輕地圍繞著她，先是輕輕撫過她的額角、身體，而後一下子托起了她。
何月娘只覺得雙腳離地，身子置身於棉花一般綿軟的物體之上，她驚呼一聲，剛要說話，耳邊吹來一絲絲熟悉的氣息。
「娘子，是我！別怕，我帶妳飛……」
何月娘懸著的心，終於放下了。
她沒有再說話，只是任憑這股綿軟的冷風裹挾著她，飄過了陳家的屋頂，一直在半空中盤桓。

後來，何月娘從陳大年那裡知道了上蒼對他和太爺爺陳牧原的處理結果。罰陳牧原給下界大老看門萬年，這也就判定了太爺爺以後的身分了，那就是大老的門房了。

對此，陳牧原是一腔苦水，他罵陳大年。「你這個臭小子，老子都是為了你，你以後可得給老子多弄點銀子來，老子也好在這門房後頭弄個小灶房，閒著無聊時，弄幾個小菜下酒啊！我可真是冤死了，憑啥你沒事，老子就要被罰看門啊！」

至於陳大年，上蒼感念他的慈父之心，免除了對他的責罰，不過他必須在三日內離開陰間，奔赴奈何橋投胎轉世。

「這樣也好。」何月娘回到屋裡，看著飄在眼前的陳大年。「你去吧，家裡的情況你也看見了，幾個娃兒都挺好的，我不會讓旁人欺負他們，只等小六兒及笄，我也會給她選一門好夫婿，保證不讓她受苦。」

說完，她低下頭。

良久，她感覺到那股冰冷的氣息又縈繞了過來，她抬頭，映入陳大年眼底的是女人滿面的淚水。

「娘子！」陳大年淒然一聲，而後也是淚如泉湧。

這一夜，終將會來。

這一夜，一別即是永別。

第二天何月娘醒來得很晚，幾乎都是晌午了。

幾個兒媳都湊在炕前，看著她。「娘，您是不是哪裡不舒服啊？」

往常後娘都是準時起來的，那精神，誰能比得上？

可是，今日的後娘看起來神情懨懨的，眼圈紅腫，看上去像是哭了一夜，李氏不安地道：「娘啊，是不是我做錯了啥，惹您不高興了？您可別悶在心裡，您罵我啊，罵得痛快了，您就好了！」

「嗯，娘，您這樣我們好害怕！」林春華也說。

秀兒沒說話，卻已經在悄悄地抹眼淚了。

唉，還是得活啊！只是自此不再有陳大年，哪怕是死鬼一枚！

原本太爺爺陳牧原是打算走走後門，讓陳大年投胎後還能保留前世記憶，那樣他不管轉世到哪裡，都能憑著記憶找到陳家跟何月娘。

但鬼算不如天算。

如今上蒼要陳大年投胎轉世，那就意味著，不可能允許他保留前世記憶，一旦他沒有了前世記憶，那投胎後的他跟她，哪怕是面對面擦身而過，也只是陌路人。

「行啦，我沒事，去讓二娃備車，我去趟知州城把蓋房用的木材先訂下來。」

何月娘嘆息一聲，陡然心生滄桑，似乎她真的已然是老邁婦人了。

「二弟，你跟娘去，一定得多加小心，別出一點岔子。」

院子裡一直守在窗外的幾個娃兒這會兒心稍稍放下，陳大娃轉頭對陳二娃叮囑。

「大哥，你啥意思啊？你是覺得我不能保護娘？」陳二娃不滿地咕噥。

「你辦事雖然仔細，但你力氣沒我大啊！真遇著什麼歹人，還是得力氣大才能行！」陳大娃說道。

「大哥，你……」

陳二娃再度不滿，還想要辯駁，屋子裡傳出來何月娘的聲音。

「不許再吵了，吵得老娘頭疼，想去就一起去吧。」

隨後，娘仨駕車離開了陳家莊。

他們先去了黃家莊，接了工匠師傅黃文虎，陳家這幾回建房子、修大屋都是僱傭黃文虎，事實也證明黃文虎的確是個好工匠，不單單幹活實實在在，就是在處理材料上，也是能用的儘量用上，不給主家浪費。不像有些沒良心的工匠，明明能用的材料也會丟棄不用，要主家另外花銀子去購買。

這種事，黃文虎是做不出來的。

這也是何月娘一直挺敬重他的原因。

第五十七章

到了知州城，黃文虎帶著他們去了他認識的木材鋪子，這家木材鋪子的老闆姓韓，是個北方的糙漢子，個子高大，說話辦事也爽利，見是黃文虎帶來的顧客，馬上就按照低於市價兩成的價格報給何月娘。

「是黃哥帶來的，我不能不給黃哥面子，現如今，木材就是這個價格，您瞧著成咱們就訂，不成您各家再轉轉？」韓老闆嗓門也高，一口的北方粗獷調調。

何月娘看看黃文虎，黃文虎對著她點點頭。

來韓老闆鋪子之前，他們已經逛了幾家木材鋪子，價格普遍比這裡高，有一家甚至高出了四成。由此可見，韓老闆的確是給足了黃文虎面子的。

雙方簽訂了木材購買合同，韓老闆也痛快地答應了送貨上門，免了運費。

這當然也是看黃文虎的面子，不然木材生意通常是不給送貨的，尤其是這個價格還便宜了不少。

交了訂金，定好了送貨的日子，幾個人就從韓老闆的鋪子裡出來。

黃文虎悄悄跟何月娘說，韓老闆之所以肯這樣給他面子，是因為有一回一個看似有錢鄉紳的男人，帶著一幫家奴去韓老闆的鋪子裡訂購了一批木材，交了訂金後，那鄉紳就離開了。

之後韓老闆就開始從北方調貨過來，因為這鄉紳財大氣粗，壓根兒沒有砍價，他需要的木材數量又大，所以韓老闆暗暗算過了，這一筆買賣下來，他能賺近千兩。

這可是往常兩、三個月的賺頭，自然是歡喜了。

貨調回來後，他就安排人給送貨。那鄉紳豪氣地說了，送貨的運費他出。

可韓老闆在鋪子裡一直等到了傍晚，送貨的夥計才回來，而且貨也都一起給拉回來了。

夥計氣呼呼地說：「老闆，咱們上當了，那個地方根本就沒有那個叫某某某的鄉紳，我們只好又把貨給拉回來了。」

對此韓老闆也是疑惑不解。

怎麼說也不應該啊？地址是那個鄉紳親手寫下來的，訂金也是他給的真金白銀，難道說，這是那個人跟自己開了一個玩笑？可這樣的玩笑對他有什麼好處？

韓老闆琢磨了很久也沒琢磨出個道理來，只好跟夥計說：「既然沒有，那就算了，卸車入庫吧！」

夥計們應聲去了，但稍後又驚慌地跑回來了。「老闆，不好啦，咱們的貨被人調換了，這些都是假木材啊！」

「什麼？假木材？」

韓老闆後脊梁頓時冒冷風了，這一筆買賣所需的本錢就是幾千兩，他可是下了血本的，真的丟了這批貨，他這個鋪子就該關門了。

他跑出去檢查後，果然發現木材都是假的。那夥計仔細回憶起來，這天到了那地址後發生的事情，他們去了之後，一開始問及鄉紳，那些人並沒有說此地無那人，他們只是很熱情地把送貨的所有夥計都請到了屋子裡，好茶、好點心地伺候，要他們等著。

但等了快一個時辰，那人再回來，卻說打聽過了，沒鄉紳這個人，讓夥計把貨都拉回來。

韓老闆一聽就明白了，夥計這是中了旁人的調虎離山之計了，那些歹人趁著夥計吃點心喝茶這一個時辰，用事先做好的假木材替換了他們的真木材。

韓老闆馬上報了官。

官差也按照地址去查了，但去了一看，那裡根本就是個廢棄的宅子，一個人都沒有。

這結果也在韓老闆的預料之中，那些人既然陰謀得逞，怎麼可能還會在原地等著公差去抓他們？為此韓老闆急得都要上吊了。

這時候，黃文虎帶著一個蓋房子的主家到韓老闆鋪子裡訂購木材，見韓老闆愁眉不展的，就問了一句。

韓老闆把事情的經過都跟他說了，說完他垂頭喪氣說：「老黃啊，這回我算是栽了，買賣幹不下去了，我打算賣鋪子還債。」

黃文虎不忍心看韓老闆這樣慘，就給了他一個提示。也就是這個提示，讓韓老闆跟官府的人聯手順藤摸瓜，抓住了那些掉包木材的人，挽回了損失。

所以，打那時起，韓老闆就將黃文虎當成大哥，只要是他帶著客人來，他必然給出比旁人低得多的價格。

黃文虎知他想要報恩，總會如此行事，所以一般不再帶人到韓老闆鋪子裡來，這回是感念何月娘是個不易的後娘，這才帶她來了。

「黃大叔，你是怎麼知道那些人的落腳點的？」陳二娃不解地問。

「唉！」黃文虎重重嘆息一聲，面色變得凝重。「說起來也是家門不幸，出了孽障！我父親死得早，娘把我們兄弟倆拉拔大，我被送去學工匠，我弟小，從小身子骨兒弱，我娘捨不得他受苦，就一直留在身邊養，結果就把他養成好吃懶做的性子。二十歲時，他去了城裡跟著一幫混混，等我學成回來，他就已經在外頭瞎混了！他跟一幫江湖騙子，專門做騙人的勾當，我把他抓回家，不到一日，他就又跑了。後來我到處打聽，打聽到他們在一座山裡結夥，照舊做坑人的營生，我報官了，但官府的人說了，沒有證據他們也不能隨便抓人。正好韓老闆的鋪子出事，韓老闆的夥計跟我說了那個請他們進屋喝茶吃點心的人的相貌，我一聽就是我家兄弟。我恨他不學好，也恨自己沒法子讓他改邪歸正，乾脆給韓老闆指了條路，他們果然把那些人一網打盡，我弟弟被判入獄十年，現在還在牢裡關著呢！唉！」

娘仨聽了黃文虎的話後，也是無奈地嘆息。

老話說，慣子如殺子，一點不假啊！

勸慰了黃文虎幾句，他們又去看了其他建房用得到的材料，有些材料在縣城裡就能買到，價格雖比知州城貴一點，但加上運費也就差不多了，因此黃文虎還是建議何月娘回去在縣城訂。

晌午，他們在迎賓樓吃了飯。

黃文虎也是好酒的，但他是個有原則的人，幹活的時候絕不喝酒。

這會兒也沒啥事，何月娘就給他買了一壺酒，大娃駕車，二娃就陪著黃文虎喝了點。

他們是在大廳裡吃喝的，坐在靠門口的位置。

何月娘閒著沒事，邊吃邊往街上看，忽然就看到一幫人，個個勁裝打扮，騎馬從迎賓樓門口快速奔過去。

他們後頭緊跟著兩輛馬車，駕車的人也一樣一身勁裝。

他們穿街而過，行動整齊劃一，明顯是受過訓練的，雖然是江湖人士模樣，但何月娘覺得他們絕不是江湖人，江湖人性子散漫，做事不會像這些人一樣規矩。

而且，帶頭的那個人怎麼看著那麼熟悉？

何月娘奔出門去，看到那人端坐馬上，背影挺拔，狀如青松，是王武！

她馬上去把大娃、二娃他們叫出來，幾個人上了馬車，追隨著那些人就往西城趕去。

追到半途，是一個四面通達的街心，那些人在這裡消失了蹤跡，不知道他們到底往那個方向去了。

「娘，怎麼辦？咱們大概是追不上了。」駕車的大娃有些懊惱，早知道，就不去迎賓樓吃飯了，在街上包子攤吃包子喝粥，更容易被王副將瞧見。

「算了，追不上就不追了。」

何月娘放棄了，王武他們是訓練有素的將士，大娃駕車技術再好，也跟這些人的行動力無法比擬。

他們調轉了車頭，往南城門趕，出了南城門就是回家的官道。

走著走著，陳大娃忽然喊起來。「娘，娘，我瞧見他們了。咦？怎麼馬車裡下來的都是女人啊？」

聽大娃一說，何月娘撩開簾子一看，果然不遠處的一個胡同裡，那兩輛馬車停在那裡，依次有十幾個年輕婦人從馬車裡下來，早就有不少人等在那裡，見著那些婦人，有人忙跑過去，有喊娘子的，有叫兒媳婦的，看得何月娘不解。

「舅母，舅母，您看，那是我弟妹！」這時，有一個男人扶著一個老嫗從他們馬車旁急地經過，那男人邊走還邊興奮地喊著。「弟妹，弟妹，妳可算回來了啊！」

其中一個女人聽到這喊聲，馬上就哭著跑過來，老嫗抱住她。「兒媳啊，妳回來就好，回來就好。」

「娘，小寶呢？小寶怎樣了？」那年輕婦人問道。

「孩子還好，幸虧妳姑母家有一隻羊，天天擠了羊奶給孩子喝，孩子這才活下來啊。唉，這都多少日子了，我這老婆子去官府告狀他們不理，說裴將軍是怎樣了不得的人物，怎麼會做出拐走年輕乳母的勾當，他們不接我的狀子，還把我趕出來，嗚嗚，我……我是告狀無門，成天哭，哭得眼睛都看不清了……」

老嫗說著，又哀哀地哭了起來。

「娘，別哭了，咱們回家。」那年輕婦人安慰老嫗。

「弟妹，妳……妳們怎麼回來了？是逃回來的嗎？」男子問。

「不是，是裴大將軍知道了這事，就派了副將把我們送回來。裴大將軍還給我們每人發了三十兩銀子，說是一定會嚴懲那個抓我們的人，給我們報仇，也還二公子一個清白！」

年輕婦人的話讓男子不解，他問：「怎麼？這事不是二公子主張的？」

「不是啊，二公子根本不知道，他都病得很重了，粒米不進的，啥湯藥也不好使了。唉，大將軍不幸啊，要白髮人送黑髮人了。」

年輕婦人說著，就跟那男子一起扶著老嫗離開了。

「娘，那個男人您有印象嗎？就上回咱們在裕祥齋買點心，那個說要買點心探望舅母的……」陳大娃一下子想起那個男人是誰了。

「嗯，我記得。」

何月娘也想起來了，這個來接年輕婦人的男子就是那日說舅母家中剛生孩子三天的弟妹被裴家人給抓走。

現在，事情明瞭了，所謂的要剛生孩子的母親乳汁做藥引的，完全是有人故意在敗壞大將軍以及二公子的名聲。

馬車裡下來的婦人都先後被自家親人接走了。

何月娘下了馬車，準備過去跟王武見一面，卻發現自家馬車的四周分別站著一個兵士。原來，王武他們早就發現這邊停著一輛馬車，他們忙著把婦人們交還給各家，所以並沒有過來問詢，但何月娘他們想走，那也是不可能的。

「陳家大嫂子？怎麼是妳？」王武轉身往這邊走，一眼就瞧見了何月娘，頓時面露驚喜，一招手，把那幾個圍著陳家馬車的兵士撤走了。

「我是進城來辦點事，在吃飯的時候瞧見你，就一路追來，結果追丟了，打算回家呢，又在這裡瞧見了你們，見你們在辦正事，就沒過去打擾。」

何月娘把他們出現的緣由解釋了，接著問道：「二公子的病怎樣了？」

「唉，恐怕就這兩、三日了。大將軍聽聞消息後，人都蒼老了許多，還有人背地裡糟踐二公子的名聲，大將軍惱怒異常，命我等快馬加鞭趕回來，把這事解決好，這不，我就把她們送回來了，還替裴家向她們以及她們的家人道歉。好在咱們大越國的百姓都是善良的，壓根兒不相信這事是裴將軍的主意，所以他們都沒怨言。」

王武聽她問二公子的病情，就知她也聽說了關於二公子需要藥引的事，也沒瞞著，把事情的始末緣由說了。

「抓住造謠中傷二公子的人了？」何月娘問道。

「哼，這事除了他，誰能這樣卑鄙？二公子一直纏綿病榻，也一直生活在邊疆，根本對他造不成威脅，若不是這次二公子病情加重，大將軍也不會命我等把他送回京城養病，誰知道，那混蛋就是這麼的無恥，他竟想出這樣下作的法子對付二公子，二公子得知消息後，氣得吐了血，病情更重了。」

王武的臉上顯現出無比悲戚的神情。「大將軍……已經為了邊疆戰事耗盡心血，如今裴家竟出了這等無恥之徒，真不知道我把事情真相告知大將軍，他會不會被那混蛋氣死！」

王武沒有點出那壞人的名字，只用那人來代替，何月娘已經猜著了，這一定是裴家內部的矛盾，也就是說，毀壞二公子名聲的那人定然是跟他同氣連枝的兄弟！

但她沒多問。

這種事問了，無非是多一個人知道裴大將軍的家醜。王武是極其忠誠於大將軍的，他今天能對何月娘說這些已經是極限了，或者是說，他極其信任何月娘的為人，知道她不是那種背後亂嚼舌根的。

「大嫂子，天不早了，要不我派人把你們護送回去吧？」

王武理智回歸，察覺自己說多了，馬上轉了話題。

「王副將，不用麻煩了，我們有好幾個人呢！」陳大娃憨厚地朝著王武笑。

上回在裕祥齋門口聽見旁人議論裴家，他還生氣地要找王武理論呢，這回知道了事出有因，老實的大娃覺得自己竟對裴大將軍以及二公子的人品產生懷疑，他不好意思了。

「二公子還在危急中，他的身邊不能沒人，你們還是趕緊回去吧！」何月娘說道。

「嗯，那我們就先走了，大嫂子，你們也趕緊回吧！」

提及了二公子，王武也不敢逗留，馬上召集人急速往京城方向奔去。

回村第二天，何月娘一早就拎著四樣裕祥齋的點心去了里正陳賢彬家裡。

看到她來，尤其是看到她手裡拎著的點心，點心盒子上寫著裕祥齋三個字，里正娘子臉上就笑開了花。家裡小孫子這幾日正鬧著要吃點心，她心疼手裡那點銀子，還要打點桂花出嫁的諸多事宜，所以還沒答應小孫子呢！

「嬸子，這點吃的給小胖墩。」何月娘笑著把點心遞了過去。

「瞧瞧妳，大年家的，妳來就來，拿什麼東西啊？」

話是如此說，但動作不慢，里正娘子接了點心。

「有事啊？」陳賢彬剛吃完飯，正坐在那裡抽煙，抬頭瞧了何月娘，問道。

「叔，您也瞧見了，家裡人越來越多，四娃不久後也要娶妻，我是撓破腦袋也想不出來給他們安排住在哪兒。想來想去，還是琢磨著把家裡的房子翻新翻新，只是……」

她說到這裡，眼神瞧著陳賢彬，想從陳賢彬的表情裡瞧出來，他是贊成還是反對。

陳賢彬還沒表態，里正娘子卻第一個道：「成啊，翻新的大房子住著敞亮，我哥都跟我說了，這事大年家裡的想得對，自從妳來陳家，陳家這日子好了，人丁也旺了呢！」

「嬸子，我還想謝謝您呢，黃師傅真是個做工匠的好手，我這幾回搗騰山上的小院都找了他，他辦事我放心呢！」何月娘順勢就把一頂高帽子給里正娘子戴上了。「嬸子家的親戚，那就是不一般，可見嬸子娘家也是出人才的！」

「那是，我們娘家在方圓百里可是出名的，不說別的，就說我這大哥，他在咱們這一塊的工匠裡頭，那活不能說首屈一指，也是前三名的。」

「瞧把妳能耐的，人家大年家的是讚大哥，又不是讚妳！」

陳賢彬說著，自己也笑了，這娘兒們就知道順竿爬。

「我們娘家怎麼啦？同氣連枝，大哥好，我們娘家也好，怎麼啦？不好，你娶我？」里正娘子這話裡就多了幾分的撒嬌了。

陳賢彬乾笑幾聲，瞪了娘子一眼，那意思是：還有人在呢，妳老太婆一個，發什麼嗲？

里正娘子可能也覺得自己有點過了，對著何月娘笑笑說：「大年家的，妳有事儘管跟妳叔說，他能辦到的絕對辦。喂，你聽到沒有？我給孫子餵點心去啦！」

她說著，對陳賢彬指了指手裡的點心，那意思是：吃人家手短了，你悠著點！

這娘兒們！陳賢彬無奈地笑了笑，問：「是覺得家裡的地不寬敞？」

「叔，您可真是了不得，我這還沒說，您就猜到了！」

何月娘這回是心悅誠服地拍里正馬屁，果然是一村之長，對人心那是摸得透透的。

「陳家旁邊是張老倔，他那幾間房子雖說是破敗，但勝在地大，不少人可是盯著呢！尤其是張興，他早就找過張老倔，要他把房子賣給他，讓他給小兒子蓋房子，但張老倔都拒絕了。這把張興氣的，拿著族長的架勢對他好一通數落，說他一個孤老頭子，占著這樣大一塊的地，有啥意思？等死了還不是落入別人手裡？張老倔也不是個慫的，直接拿鞋子把張興給打出去了。連族長都敢打，誰還敢再往前湊？妳若是瞧上他的房子，這事恐怕難辦。」

陳賢彬也沒囉嗦，直接就把何月娘心裡的小盤算給細細地分析了一番。

「叔，這事事在人為，您覺得若是價格上我多給點，在咱們村買一座如張老倔那樣的院子，了不起也就五十兩銀子，主要是房子太破敗了，拿到手裡必須要翻蓋，不然根本沒啥用。我可以給到六十兩銀子，您覺得有沒有可能買下？」

何月娘心裡也沒底，陳家左邊的鄰居是張老倔，右邊是安大娘，安大娘的房子不可能賣，她有兒子、孫子，一大家子要住，只有張老倔是個孤寡，已經過了七旬，他就是現在不賣房子，等他幾年後過世，他的房子也會被張家族人給占去了，照陳賢彬這意思，大抵是會落入張興手裡。

「我琢磨著張老倔想要的不是銀子。」陳賢彬看著院子裡正樂呵呵吃著點心的小孫子，心頭突生一個想法，張老倔這老東西連張家族長的面子都不賣，他是不是……

「那他想要什麼？」

何月娘仔細從腦子裡搜索，她見過張老倔幾回，一個後背佝僂的老人，拄著柺杖，步履蹣跚，時常會一個人呆坐在院子外頭牆根底下曬太陽。日光耀眼，他半低著頭，眼睛微瞇，身子一側落下一個黑色的影子，被日光拉得很長，樣子很落寞。

陳賢彬把視線從小孫子身上收回來，語重心長地說起張老倔家的事。

第五十八章

張老倔年輕的時候長得可是一表人才，他家裡兄弟四個還有姊妹倆，父母又健在，一家子八口人，成日裡熱熱鬧鬧的。

很快地，張老倔他們兄弟幾個就到了說親的時候了，張家不太富裕，但也不是村裡最窮的，從他們家裡地十分寬敞就能看出來。過去那年代，除了祖上傳下來的地，那就是靠買，張老倔家是搬來陳家莊的，在村裡買地蓋房子，加上張家娘子肚皮爭氣，生了四男兩女，這家口在陳家莊也不算小了。

但很不幸，有一年，張家兩口子帶著孩子們去山上挖藥草賣，本來張老倔也是要跟去的，結果他不知道吃什麼吃壞了肚子，還沒出村肚子就絞著勁兒地疼，他娘就讓他回家，他也實在是憋不住，就又跑回家去茅房了。

這一上午他幾乎就沒從茅房裡出來，拉得人都虛脫了。

所以，張老倔就沒去山上。

不料，下午傳來消息說，半山腰溝渠裡的閘口年久失修，破了一個洞，積了一夏天的大水從山頂狂洩而下，張家七口人就在那溝渠一旁的山邊挖藥草。

張老倔跟瘋了似的沿著溝渠找他爹娘跟幾個兄弟姊妹，但找了一天一夜，也沒發現他們的蹤影。

倒是三天後，在灌滿了大水的溝渠下游，浮上來了他們的屍體，可憐張家最小的閨女才五歲，小女娃緊緊被她娘護在懷裡。

「唉！」說到這裡，陳賢彬的臉色凝重，眼神也透著傷感。

「就那麼幾個時辰，這一家子八口人就天人永隔了，張老倔那時已經十六歲了，是個半大小夥子，若非家裡出了橫禍，他娘已經在跟鄰村的一戶人家商量相親的事了，想不到……這天災人禍，誰能算得準？張老倔也就從那個時候起再沒了生氣，他雖然也日日去田裡，但總是坐在院牆外頭一個人發呆。村裡有些可憐他的婆子，倒是起過給他說親的心思，但他說什麼都不看，就那麼一年一年獨自過日子，一眨眼，這也七十多了，張家出事的時候，還沒有我，這些我都是聽我爹說的。」

何月娘聽了這個悲慘淒涼的故事，竟一時語塞，不知道說什麼好了。

良久，陳賢彬才又說：「所以我說，張老倔要的不是銀子，他手裡應該是有些錢的，這些年他種田打糧，也是肯下苦力的，不是個懶人。」

「真是挺可憐的。」

何月娘倒是有些想把買張老倔房子的心思放下了。總覺得在知道了張老倔經歷的這些後，她還惦記人家的祖宅有些……嗯，不厚道。

「我倒是覺得這事還是有可能的，只是我不能給妳出什麼主意，得妳自己回去好好琢磨琢磨，妳是個聰明人，相信能想明白。回吧，若是想明白了就來找我，咱們再說。」

陳賢彬下了逐客令了，何月娘也不好再追問他，只是心情複雜地從陳家出來。

說來也巧，走進胡同，剛到張老倔家門口就聽吱呀一聲，門開了，張老倔佝僂著背，從裡頭出來，有日子沒見著他了，何月娘覺得他似乎又蒼老了幾分。

「大爺，您吃了嗎？」快晌午了，她笑著問。

張老倔抬起頭，一雙渾濁的眼睛朝她這邊看了一眼，點了點頭，卻沒說話。

何月娘在心裡輕嘆一聲，這個男人的魂大概在他的親人死去的那年就丟了，剩下的就是他這副軀殼淒涼落寞地行走於世間。沒準兒在張老倔心裡一輩子都在埋怨老天，埋怨為啥那天要讓他拉肚子，不讓他跟著一家親人一起赴死？

真死了，或許也就一了百了，也不用在這世上荒涼寂寞地活這些年了。

「奶奶，奶奶，我要抱抱！」

正在這時，大樹跟二寶從另一邊跑過來，兩個小傢伙也不知道去哪兒玩了，出了一腦門的汗，老遠瞧見何月娘，就歡快地喊著往這邊跑，邊跑邊張開兩隻手臂，要抱抱。

「慢點，別摔著了！」

何月娘全部的心思都回來了，聚集到正奔跑過來的兩個小人身上，她滿臉滿眼都是寵溺的笑，半蹲著身子，也同樣朝著跑在前頭的大樹張開雙臂。

「奶奶……」

大樹奶聲奶氣地喊著，衝進何月娘的懷裡，兩隻小手也順勢抱住她的脖子。「奶奶，您去哪兒了啊？大樹找您好久了呢！」

說著，小嘴就嘟著，那意思是：我不高興了，奶奶出門耍都不帶大樹。

何月娘被他這小表情一下子逗得噗哧笑了，捏捏他的小鼻子。「我出門的時候，你還在你娘屋子裡睡懶覺呢！」

「那奶奶您下回再出去玩喊我一聲，我保證一喊就起來。」

大樹小手捧著何月娘的臉，很響地親了一口。

「奶奶，我也要親……」抱了大樹，就不能抱二寶，二寶有點不開心，她已經仰著頭看著弟弟跟奶奶撒嬌好一會兒了，好不容易才趁著大樹親何月娘的時候開了口。

「奶奶親一下二寶，好不好啊？」

何月娘對重男輕女一說，一向都是鄙夷的。

娃兒都是自己家的，男女都可人疼！

她說著，低頭在二寶的臉頰上親了一下，小姑娘當即就笑成一朵花，對著她那弟弟得意地道：「奶奶親我了！」

「那……那我親奶奶兩下，不，三下……」大樹小小年紀也聽出來他姊這是在向他炫耀呢，當即小嘴就貼在何月娘的臉上，吧唧吧唧親了好幾口。

親完了還扭頭對著地上的二寶齜牙。

哼，壞弟弟！二寶氣得扭頭不看他。

這姊弟倆的小官司，把何月娘逗得心情大好，但她還是做出一副腰疼的樣子，蹙起眉頭，果然，大樹瞧出她的痛苦表情了。「奶奶，您怎麼啦？」

「奶奶腰痛，哎呀，疼……」

「那……奶奶，大樹不要奶奶抱了，大樹要下來……」

說著，大樹就掙扎著要從何月娘的懷裡溜下去。

何月娘把他放下後，一隻手牽著他，另外一隻手牽著二寶，娘仨歡歡喜喜地往家走，從張家到陳家，也不過幾十步的距離，她在轉身邁步的一剎那，無意中回頭，就瞧見坐在牆根底下的張老倔的臉上沒了剛才落寞的表情，反倒頗多笑意，尤其是那雙老眼，眼底竟亮亮的都是笑！

她心一怔，隱隱像是想到了什麼，但是那點念頭又瞬即消失了，她沒抓著。

吃過午飯，日光正好，李氏她們幾個就在院子裡摘薺菜，一籃子薺菜是上午秦鶴慶送下來的，說是他媳婦李玉蓮閒著沒事在山上挖的。

李氏也沒讓秦鶴慶空手回去，把昨天何月娘他們從知州城裡帶回來的幾樣吃食撿了一些要秦鶴慶帶回去。

秦鶴慶不好意思拿，說他就是來送點薺菜的，都是不值錢的野菜。

李氏笑著拍了他一下。「臭小子，這是娶了媳婦跟我們生分了？本來就打算讓你下來拿的，你正好就來了，也省了託人捎信了！快拿上回去吧，知道你忙。」

「哎，大嫂子，那我走啦！」秦鶴慶也是個懂事爽利的，聽李氏這樣跟他親近的話，心情也很愉悅，當即接了籃子就跑了。

「這小子都成親了，還跑跑顛顛的，等來年玉蓮給他生個娃，他跟娃兒也不知道誰大？」李氏看著堂妹夫的背影，笑了。

「大嫂，當年妳嫁給大哥的時候，大哥就是個穩重的？」林春華抿嘴笑，打趣李氏。

李氏是個實在的，聽二弟妹一問，還真就悶頭想了想，然後不自禁地笑道：「妳還別說，大娃當年就跟現在差不多，自覺是家裡的老大，所以一臉的老氣橫秋，成親當日，我說腳踝疼，要他給捏捏，他倒好，四下裡瞧瞧，見沒人，忙忙地就給我胡亂揉了兩下，那神情跟作賊似的，我嗔他，你捏自己媳婦的腳踝，怕啥？他一本正經地道，我是家裡老大，得有個老大的樣子，不能太過瞎胡鬧，弟妹們會跟著學的！」

「哈哈！」林春華跟秀兒都齊齊地笑了起來。

李氏也笑，不過笑得一眼的柔情。「大娃是憨厚老成些，但他心也是真的好，凡事都想著弟弟、妹妹，我就喜歡他這樣護著弟妹的樣子，我從小就是被哥哥們呵護著長大的，那感覺真的很幸福。」

「哎喲，哎喲，大嫂臉紅了。二嫂，咱們要不要現在就去把大哥叫回來，讓大哥疼疼大嫂啊？」秀兒偶爾也會歡脫一下，妯娌幾個她最小，但也是最機靈的一個。

「對，對，去找大哥回來疼疼大嫂……看把大嫂美得……」林春華也跟著起鬨。

「妳們倆就喜歡捉弄我，看我不打妳們。」

李氏這時才後知後覺地發現兩個妯娌就是在逗她，當下揚起手來，在兩個弟妹身上做樣子似的拍了幾下。

「就知道說我，我還不知道妳們啊，回自己屋裡跟自己男人膩歪的啊，嘖嘖……」

「大嫂，妳不膩歪，二樹怎麼來的啊？」秀兒笑道。

李氏臉更紅了，作勢又要去打秀兒，卻見大樹跟大寶幾個一前一後地從外頭跑了進來，幾個娃兒手裡一人舉著一個紙質的風車，小風車被塗得五顏六色，隨著風吹動時，就像是個彩色的大蝴蝶在扇動翅膀，飛啊飛。

「呀，大樹，你這風車哪兒來的？」李氏幾個把注意力都集中到孩子身上了。

正屋窗口正歪著身子靠在軟枕上的何月娘本來心情悶悶的，她一直想不出什麼好主意，能勸說張老倔把房子賣給自己，兩家的地湊在一起翻新，那得寬敞成什麼樣子？

聽著幾個兒媳婦在院子裡湊趣，她的心情好了很多，這會兒見著幾個小娃兒手裡的風車好看，她也有些訝異。

「這是張太爺爺給我們的，張太爺爺說，要我們去他家裡玩，他會做好多好玩的呢！」幾個娃兒裡大寶最大，聽她娘問，就把事情說了。

她嘴裡的張太爺爺就是隔壁張老倔。

李氏跟幾個妯娌交換了一下眼神，小聲哄著大寶他們幾個。「張太爺爺年紀大了，你們不要老去驚擾他老人家，知道嗎？」

林春華也囑咐二寶跟大樹。「聽大伯娘的話，張太爺爺……」

「大寶她娘，妳進來！」

沒等林春華說完，何月娘就把李氏叫進了正屋。

不一會兒工夫，李氏出來，手裡拎著一個點心盒子，她在大寶耳邊悄悄說了幾句，大寶眼睛亮晶晶地點頭。「嗯，娘，我知道啦！」

她接過李氏的盒子，蹦蹦跳跳地跑了出去。

「大姊，妳去哪兒啊？」大樹幾個追著問。

「哎，大樹，你回來！」

林春華要去追，被何月娘隔著窗子攔住。「讓他們去玩吧，妳們幹妳們的。」

「嗯。」

林春華站住了身形，妯娌幾個相互看了一眼，就低頭忙摘菜了。

薺菜很快摘好了，丁嬤嬤燒了半鍋熱水，把摘好的薺菜倒入鍋裡，燙了一下，就又趕緊撈出來，再剁肉、剁薺菜，幾個女人忙了半個時辰，薺菜餃子餡就弄好了，早就和好的麵也醒好了，於是，幾個人齊動手包起了餃子。

薺菜餃子包好了後，何月娘就讓李氏煮了一些，先給山上私塾的則無先生他們送了些去，又讓二娃駕車去了趟城裡，送些給四娃。

那孩子最喜歡吃餃子，只是一天到晚光顧著忙買賣了，被派到四娃身邊的吳嬤嬤幾回回來幾回說：「夫人，您快說說四公子吧，太忙了，也不顧著點身子骨兒……」

何月娘去訓了四娃幾次，但每回都是當面答應得好好的，只要她一走，四娃就又照舊忙得腳不沾地的。

這娃兒拿他怎麼辦好？旁人都因為自家娃兒太懶，愁得吃不下飯，她何月娘倒好，兒子太勤快，她更愁，娃兒累壞了當娘的心疼啊！

都送完了，天也就傍晚了。

大娃他們也都回來了。進門聞著薺菜餃子味，大娃幾個都笑得見牙不見眼的。「哎呀，是薺菜餃子，真鮮啊！」

「饞貓鼻子尖，還不快去洗手啊？」李氏見自家男人回來，笑嗔了一句。

餃子端上桌，香醋、小鹹菜也裝了幾小碟，都齊齊地擺好了。

兒子、兒媳們，小孫兒、孫女們也都齊齊地圍坐一團，就連剛出生幾個月的二樹和三樹都在各自娘親的懷裡邊咂著小嘴，邊對著桌子上的飯菜瞧啊瞧，恨不能他們也能吃餃子似的。

誰都沒動筷子，都在等何月娘發話呢。

何月娘卻愣愣地瞧著餃子出神。

一家子人先是相互看了一眼，而後又都齊齊地把目光落在何月娘身上。

好一會兒見後娘沒要說話的意思，三娃悄悄扯了一下秀兒的衣角，往常這樣的時候，都是機靈的秀兒先說話的。

秀兒看一眼自家男人，又見大嫂、二嫂她們也都對她投以期待的目光，她只好暗暗鼓足勇氣，儘量輕聲道：「娘？是飯不合口嗎？」

這話問的，一口沒吃呢，怎麼能斷定不合口？

何月娘猛地回過神來，看著一窩娃兒都滿眼疑惑地看著她，她忙笑道：「瞧瞧我，想了點事，這就出神了。吃，吃吧……啊，等一下，要不……」

她話猶未盡，似乎在猶豫。

「娘，怎麼了？」陳二娃也問。

「二娃，要不你端一盤餃子給隔壁張大爺送過去吧，就說謝謝他給娃兒們做的紙風車。」

何月娘之所以猶豫，就是覺得自己這樣做，似乎太功利了，以前沒怎麼對張老倔表達善意，現在有了買人家房子的打算，就上趕著去討好人家，傳揚出去，不用別人說，她自己都覺得臊得慌。

不過，她這腦海裡老是浮現出在張家牆根底下，那個滿面滄桑的老人的樣子，那畫面就像是一根刺，隨著里正說的張家的故事，深深地刺進了她的心裡。

陳二娃還是捉摸不透後娘的奇怪的樣子，但沒猶豫，端了餃子就往外去了。

「哦，好，我這就去！」

「行啦，都吃吧，餓了吧？大樹、大寶，快吃，多吃點，薺菜餃子可好吃了！」

何月娘笑著給兩個小娃兒一人碗裡挾了一個餃子。

兩個小傢伙瘋了一下午，也著實是餓了，都忙不迭地說了一句「謝謝奶奶」，就巴巴地吃起來。

「都看我幹麼？吃飯啊？」

何月娘一瞪眼，大娃他們就都拿了筷子，準備開動。

卻在這時，簾子被挑開，陳二娃進來，手裡還端著那盤餃子，何月娘一怔。「怎麼了？張大爺不肯要？」

「不是的，娘，張爺爺說，他……他來了。」

陳二娃往旁邊一閃，果然就見張老倔一臉尷尬地出現在門口。「大年……家的，我想……我能不能來你們家吃這餃子？我可以少吃，不……不吃也成，我就是想看看娃兒們吃飯。」

看娃兒們吃飯？

陳家一家子人除了何月娘都不解地看向這個平日裡誰也不理，離群索居的老人，大惑不解。

「行啊，怎麼不行！秀兒，快去給張大爺拿碗筷來，張大爺，您坐這裡。」

何月娘先是一愣，而後就滿臉笑著親自過去把老人扶到自己旁邊坐下。

「這薺菜餃子可是最鮮美的，您可不能少吃，一定得多吃。」

張老倔卻一下子又站起來。「我……我不用坐在這裡，我坐後面就成。」

他是不好意思占了大娃的座。

「大爺，您就坐吧，我們夫人為人可好了，您瞧我吧，我是他們家買來的下人，可夫人從來不拿我當下人，吃飯都讓我跟他們一起呢！更何況您是陳家的老鄰居，這遠親還不如近鄰呢！」

丁嬤嬤也幫著勸老人坐下。

「那……好吧。」張老倔上了年紀，但也能看出來別人是不是真心待他。

一頓飯，張老倔吃得並不多。

何月娘也不硬勸，有時候太過熱情反倒不美，所以，她就只是偷偷地觀察老人，見老人打從坐下，視線就一直在大寶幾個小娃兒身上轉，時不時也瞧著大娃他們，看他們吃得歡暢，老人的嘴角浮出溫和的笑意。

何月娘忽然就明白，老人為什麼要來陳家吃飯，他是太孤單了。

吃完飯，二娃跟大娃一左一右扶著老人往家走，何月娘也送到門口，笑著說：「張大爺，以後您再想吃餃子了說一聲，我讓李氏她們包給您吃。哪天您不想做飯了，就過來，我們家人多，頓頓都得做，您來了也就是多副碗筷的事，娃兒們都喜歡您呢！」

像是回應她的話，大樹踮起腳尖，扯扯張老倔的衣角。「張太爺爺，您明天來跟大樹玩啊！大樹要跟太爺爺玩紙風車。」

「哎，好。」

張老倔不是個善言辭的，也可能是這些年他太久不跟旁人說話，已經忘記了有些話怎麼說，但他看著大樹的眼底分明是一種滿足跟欣喜。

何月娘的心微微地痛，不為別的，只為這世上真的有那麼多的苦命的人！

想想自己，若不是陳大年執意要娶，說不定她這個時候還滿世界要飯，是旁人眼中的可憐人呢！

陳大年，你去了哪兒了？

思及此，她鼻子一酸，險些落淚。

第五十九章

經過那頓薺菜餃子，張老倔跟陳家的走動多了些，有時候他會給幾個小娃兒用木頭雕刻個小猴兒、小兔子什麼的，幾個小娃兒也時常會在何月娘的暗示下，給老人帶去兩粒肉包子啊，一碗打滷麵啊，甚至是一顆娃兒們都喜歡吃的糖。

天氣好的時候，張老倔依舊會在牆根底下坐著。

不過這時他不會再雙眼無神地耷拉著頭，而是看著陳家幾個娃兒在他跟前跑來跑去，不是吹風車，就是玩跳房子，孩子們的歡笑聲在張老倔的耳邊迴響，像是最好聽的戲曲，張老倔真是覺得聽都聽不夠。

那天下午，何月娘跟黃文虎約好了，去城外的一家磚窯場訂購磚瓦，回來在村頭遇著里正陳賢彬了。

陳賢彬看著她笑說：「我說妳是個聰慧的女人，還真是，妳啊，把張老倔哄高興了，他那房子說不定就能賣給妳呢！」

何月娘一頓，想要辯駁自己對張大爺好，並不是為了他的房子。

可這事一開始，她的確是想買張家的房子啊……似乎也怪不得陳賢彬多想。

這一夜，何月娘都沒睡好，總覺得做了虧心事似的，第二天一早起來她就去了陳賢彬家裡。

一見她，里正娘子就誇。「大年家的，妳叔可是跟我說了，妳這法子好！那倔老頭吃軟不吃硬，張興想逼著他賣房子，他不買帳，但妳哄著他，哄高興了，房子就能到手。唉唉，這大年啊太沒福氣了，怎麼就早死了呢？他若在，見自己娘子如此能幹，一定也歡喜呢！」

聽她提及陳大年，何月娘神情有些哀哀。

「妳快瞧瞧孫子去，淨說些沒用的！」

陳賢彬瞪了自家娘子一眼，心道：妳怎麼哪壺不開提哪壺啊？

「哎呀，瞧瞧我這張嘴！大年家的，妳坐啊，我出去看孩子了。」

她面色尷尬，匆匆忙忙地出去了。

「大年家的，其實上回我就想到了用這種法子把房子從張老倔手裡哄出來，只是我一個里正，不能出這種點子，得妳自己琢磨。妳啊，還真是不出我所料，是個能耐的，短短時間內就想到了這一層，妳先跟張老倔這樣來往著，等過兩日我就去跟他商量，相信他即便不能馬上答應，也不會如對張興那樣一點迴旋餘地都沒有的。」

「不，叔，我來是跟您說，我不想買張大爺的房子了，我就在陳家的地上翻新，後院我打算不要了，在原地蓋一排房子，算是個小兩進的院子，擠一擠，也能住下了。」

何月娘說道。

「啊？不買了？妳家那地前後的寬度不夠，真蓋兩進的院子，那根本就沒院子了，前後的房子間隙會很窄的。」陳賢彬不解地看著她。「妳不買張老倔的房子，為啥還給他吃的喝的？」

「也沒什麼，鄰居之間相互關照也是應該的，叔，讓您跟著操心了，謝謝了！」何月娘說著，就把手裡拎著的一罈杏花釀放在跟前的小桌子上。

「這個拿回去，我什麼忙也沒幫上妳，怎好吃妳的酒？」

陳賢彬真有點被她搞糊塗了。明明前幾天還是她急吼吼地想要買張老倔的房子，這回有了希望，她卻放棄了，這女人腦子有問題吧？

在知州城裡訂購的木材在三天後終於送到了。

緊跟著就是各種建房子的材料也先後都送來了，陳家要翻新房子的消息在莊子裡不脛而走。

村民們茶餘飯後又開始議論陳家了，有說何氏能耐的。「她來後陳家日子過好了，還要蓋大房子了，怎麼人家賺錢那麼容易呢？」

也有人不屑，道：「她算什麼能耐，不過就是有那麼一點點運氣，啥了不起？」

「她沒啥了不起，妳了不起，妳也翻新大房子啊？」有人嘲笑著。

「哼，你們以為她是個好的啊？我告訴你們吧，這女人心機深著呢，你們沒見這段時間，她指使幾個娃兒老往張老倔家裡跑嗎？吃的喝的，也往張老倔家裡送，有時候還去請張老倔吃飯，你們以為她這時候做好事，關心孤寡老人呢？我呸！她就是瞧上張老倔那房子了，只要張老倔給她哄好了，腦子一熱，把房子賣給她，兩家就併成一家了，她再一翻新，那可就成了咱們莊子裡最大、最闊綽的房子了。到時候，她還會管張老倔的死活？」

對這人的話，有人不信。「何氏不至於心腸那麼歹毒吧？她可沒把陳家幾個娃兒丟下不管。」

「就是，我覺得她不會坑張老倔的，張老倔那命已經夠苦了，她再算計他，那就是喪良心啊！」

「呵呵，人心隔肚皮，你們哪知道她那心是黑是白？等著瞧吧，張老倔那房子早晚被她算計去了。」

這些閒話很快就在村裡傳播。

張興又去了一趟張老倔家裡，把外頭人說的話都告訴了他，他道：「老倔叔，您可別大意了，何氏那女人不是個好的，她對您好還不是瞧上您的房子了？您若是把房子賣給她了，她還會給您吃餃子嗎？怎麼說咱們才是同族，一筆也寫不出兩個張字來，倔叔，您就把房子賣給我……」

他話都沒說完，一物就砸向了他。

他猝不及防被砸中了臉，拿下那東西一看，又是張老倔的臭鞋，這可把他氣壞了，邊往外走，邊指著張老倔的鼻子罵。「你個老不死的，沒幾天活頭了，還霸著這樣一處宅子幹麼？你現在不賣給我，將來你死了，這房子就是張家族人的，我是族長，房子最後還得歸我手裡……」

啪一聲，又一只鞋子飛過來，正砸在他後腦勺上，疼得張興哎呀一聲，捂著腦袋跑了。

張興鬧了那麼一齣後，連著三天張家的院門都緊閉著，張老倔也再沒出來過。

「奶奶，奶奶，張太爺爺是不是不喜歡我了，怎麼都不出來跟樹兒玩了啊？」大樹每回去張家門口推門，推不開，娃兒的臉上表情就快快的。

「娘，張爺爺是不是病了啊？咱們要不要去他家瞧瞧？」

陳二娃也很狐疑，昨天還好好的，大嫂她們妯娌幾個包了包子，他給張爺爺送過去幾個，他還樂呵呵地接了。

「再等一天看看吧，實在不行，你就去找里正，讓他敲門進去看看，咱們……就別去了。」何月娘知道，老人這是聽了張興的話，以為陳家對他好，目的不純。

但願老人別被氣著了。

隔天，黃文虎就帶著十幾個人來幹活了，因為房子要整體推倒重建，所以陳家人就要暫時搬走，正好河邊給四娃蓋的那個用來晾曬皮貨的大屋，四娃暫時沒用，何月娘就張羅著把東西先搬過去，人也過去先暫住。

一大早，山上秦鶴慶父子也都來了，陳賢彬也帶了村裡的幾個青壯年過來幫忙搬家。

破家值萬貫，本來覺得家裡沒啥東西，想不到，這一搬家啥啥都出來了，二、三十個人硬是整整搬了一天，才大體上搬好了。

晚上，陳家開了三桌席面，本來何月娘是去城裡市場買了食材回來，打算讓李氏她們做的。

但傍晚時分，城裡得月樓送來了整整三桌席面的飯菜，一個一個的大食盒，連帶著酒，裝了一馬車，跟車來的是得月樓掌櫃穆貴，他說：「穆老爺交代了，陳家蓋大屋這段時間，一應的飯菜得月樓都包了，親家母別太累了。」

「這怎麼可以？」何月娘真是沒想到，這穆家辦事如此大方，忙推辭。「我們家裡有準備，人手也夠，你們酒樓裡也忙，別來回跑了。」

「親家母，我們老爺知道您會推辭，所以他說了，您是為了兒女才翻新這房子的，您為兒女受苦受累的，他也想做點什麼，若是您堅持不讓他那麼做，那就是瞧不上穆家！」

穆貴這話一說，直接就把何月娘推辭的話給堵嗓子裡了。

最後，她只好說：「那好吧，就麻煩你們了，不過，你們只送晌午的飯菜，其他時候，我們家裡自己做，這事就這樣定了，若你們還不肯，那我就真不能接受了！」

穆貴猶豫了一下，還是點頭。「那好吧，親家母的話我會如實稟明我們老爺的。」

「大嫂，咱們這位四弟妹家裡可真是有錢啊！有錢人家的千金小姐真嫁到咱們家，咱們怎麼跟她相處啊？」林春華小聲跟李氏說道。

「我連娘家都沒有，什麼也幫不上。」秀兒的神情悲戚。

「我娘家不但幫不上陳家，還直給陳家添麻煩，唉，人比人真是……羞愧啊！」

李氏也懨懨的，看著穆家遠去的馬車，妯娌幾個都打不起精神來。

吃完飯，幹活的人都各自回家了，何月娘站在門口，喊了一嗓子。「李氏，妳們幾個進來，我有事。」

「哦。」李氏懨懨的一聲，招呼林春華跟秀兒進了屋。

「妳們幾個都給老娘抬起頭來，怎麼啦，被有錢人嚇傻了？」

何月娘一拍桌子，把李氏幾個都嚇了一跳，紛紛抬起頭，看向她。

「擔心四娃媳婦嫁過來，不好相與？還是在妳們心裡有錢人就是高人一等，沒錢的窮人就該死？」

「娘，四弟妹家裡那麼有錢，我們啥都幫不了陳家，心裡……心裡真覺得對不起您。」

林春華不是個願意搶在前面說話的，但今兒著實被穆家這舉動給驚著了，越發覺得穆靜姝那個千金小姐真嫁過來，大家一個屋簷下，能處到一塊兒嗎？

「秀兒妳也是這樣想的？」何月娘問。

「娘，我……我連娘家姓啥都不知道，四弟妹不會嫌我吧？」秀兒小心翼翼地說道。

「春華，我讓二娃娶妳的時候，我嫌妳了嗎？還有秀兒，妳可是我花了十兩銀子娶回來的，那時候陳家全部的家當也沒十兩銀子，妳們說說，我為啥不盤算著給娃兒們娶個有錢人家的閨女，非要娶春華妳這樣拖著兩個妹妹的，還有秀兒妳這樣連個娘家幫襯都沒有的？」

「是娘可憐我們。」秀兒聲音細如蚊蚋。

「屁話！」何月娘氣得爆粗口了。

「老娘若真是那種勢利眼，也不會在陳家待著了。成天為了幾個娃兒東奔西走的，我撈著什麼好了？妳們都給老娘聽好了，在老娘心目中，陳家娶回來的媳婦，不管娘家怎樣，那都是老娘的閨女，老娘一樣的疼。妳們進了陳家門，那都是一樣的身分，陳家的媳婦，之前怎樣都跟陳家沒關係，我不會因為她娘家怎樣就厚此薄彼，妳們呢，也不能因為穆家有錢，就另眼相待四娃媳婦。她是妳們的弟妹，從此幾十年的要跟妳們在一個鍋裡吃飯，妳們要跟她好好處，不管是誰犯錯了，被老娘知道了，老娘一樣罵她，惹火了老娘還會讓兒子休了她！所以，今兒老娘就把話撂這兒，陳家不能是一團散沙，不管是誰，只要敢做對不起陳家的事，攪和陳家不得安寧，別說是有錢人的閨女，那就是王爺府的郡主，老娘也照揍不客氣！」

「娘，我們知道了。」

李氏跟林春華她們都面露愧色。「娘，您別生氣，是我們想多了，我們保證四弟妹來家後，我們一定好好對她，就像疼小妹妹那樣疼她！」

「嗯，這就對了，這世上都是人心換人心的，誰的心也不是木頭做的，總能被焐熱的，四娃媳婦家裡條件是好，但那閨女我見了，也能看出來不是個嫌貧愛富的，不然也瞧不上咱們四娃不是？妳們啊，閒著好好管管孩子，疼疼男人，別瞎嘀咕，這個家只要有老娘在，老娘就不容它亂。」

何月娘語重心長地說了這番話，也算是給幾個兒媳婦吃了定心丸。

畢竟這即將嫁來的穆靜姝家裡著實太有錢了，擔心不好相與，那也在情理之中。

睡覺時，李氏把何月娘跟她們妯娌幾個說的話學給陳大娃聽了。

陳大娃聽了良久沒說話。

「你怎麼不說話啊？」李氏用身子蹭蹭他。

「以後咱們要更孝敬娘，娘真是個了不起的女人！咱爹也了不起，不然給咱們娶不到這樣好的後娘。」陳大娃悠悠地說道。

第二天，陳家院子裡擺下了香案，在黃文虎的引領下，何月娘帶著陳家一窩娃兒齊齊地跪下，拜了天地後，又拜祖宗，接著又放了鞭炮，黃文虎就正式帶著十幾個人進了陳家，動手拆房。

何月娘他們就站在院子裡看著他們的老房子被一點點拆了，李氏她們幾個眼圈都泛紅了，住了那麼久，住出感情來了，眼見著拆了，她們心裡不捨。

「都樂著，舊的不去、新的不來，拆了這裡將來咱們住更好的，都苦著一張臉幹啥？」

何月娘白了她們一眼，正要繼續訓幾句，就見大樹蹬著兩條小短腿跑來。「奶奶，奶奶，張太爺爺找您呢。」

「張大爺爺找我？」

何月娘很詫異地往張家那邊看去，果然見院門虛掩著，像是給她留的門。

「娘，都說張爺爺是個倔老頭兒，惹惱了他他誰都敢打。要不，還是先讓他爹去看看？」李氏抱著二樹就在何月娘身畔，大樹的話她都聽到了。

之前村裡傳的，說自家後娘瞧上了張家的宅子，想要買過來一併翻蓋，她私下裡不是沒問過陳大娃，但陳大娃當即就朝著她瞪眼了，還頭一回用很是嚴厲的聲音斥責她。

「旁人說什麼我不管，但是咱們家裡，咱們不能懷疑娘的人品，娘是怎樣的人妳不清楚？這話就此打住，妳若是敢在弟妹她們跟前叨叨，別說我陳大娃不念夫妻情分！」

李氏是個老實的，打進了陳家門，就抱著嫁夫從夫的老道理過活，陳大娃對她不說是情深意長，那也是體恤關心，這還是第一回對她斥責，李氏嚇得當即就落了淚，連連說：「再也不說了……」

見她委屈落淚，陳大娃這才小聲勸慰。「咱娘若如旁人說的那樣見財起意，早就拿著咱們陳家幾兩銀跑了，咱爹臨死前也不是沒說過，她可以那麼做的，但娘沒有撂下咱們，就證明她不是旁人嘴裡說的那種惡人。旁人背後亂嚼舌根，咱們掩不住他們的嘴，但是如果真有人敢說在咱們面前，咱們不但要怒斥，還要打他耳光，哪怕就是把他打死了，那也是他自找的！」

「嗯，我知道了。」李氏抽泣著應了。

所以，這會兒聽大樹說張老倔要見何月娘，李氏本能地就警覺了。她思忖是不是那個倔老頭兒聽了旁人的誣衊，想要對他們後娘怎樣？

「沒事，老鄰居的，我去瞧瞧。走，大樹，跟奶奶去看看張太爺爺。」

何月娘給了她一個安慰的眼神，就牽著大樹的手，朝著張家走去。

李氏哪兒能夠放心，她看向四周，希望能找著陳大娃，但陳家這會兒正在拆房子，院子裡早就弄得灰塵漫天，一個個拆房子的男人都灰頭土臉的一個模樣，哪還能看出來誰是誰？

她一個婦人又不好意思當街大喊陳大娃的名字，只好急得在原地跺腳。

等了一會兒，張家那扇虛掩著的門還如何月娘進去時那樣沒一絲動靜，她終於等不下去了，吸口氣，咬咬牙，抱著二樹就往張家門口去了。

她進了院子，就聽到裡頭傳來張老倔的聲音，幾天沒見，老人的聲音似乎又增了幾分的蒼老。「大年家的，我命不久矣，這也是我盼望已久的，能早一點跟爹娘、兄弟姊妹相逢，總好過我一個人在這世上淒涼孤寂地熬著……咳咳……」

他不停地咳嗽，似乎是受寒了。

「張大爺，您別這樣說，這世上雖然千不好、萬不好，但有陽光、有花草，還有這些小娃兒，該好好過日子還是得好好過，您身子骨兒硬朗，一點小病找大夫來瞧瞧，抓幾副藥吃了就好了，別想太多。有什麼需要的您儘管喊一聲，咱們是鄰居，之前可能我忙著陳家一團亂麻的事，也沒顧得上照顧您，以後您有啥事，不用客氣，就當自己兒孫般招呼我們就成了，我們莫敢不從的。」

何月娘的話也是淡淡而出，並沒有一點什麼潸然淚下，跟張老倔感同身受之類的情緒表露。

倒是外頭院子裡的李氏，聽了張老倔那番雖活著，卻心生死志的話惹得心酸，沒忍住落了淚。

「妳這個女娃是個不同尋常的，也難怪陳大年臨死非要娶妳這樣一個繼室。唉！說起來，我也是作繭自縛，總覺得那天如果我非拖著娘親、爹爹不讓他們去，他們也就不會……」

老人話說到這裡，說不下去了，渾濁的眼底有淚光。

「大爺，您也說了，這些年您是自個兒把自個兒困住了，那您就很狠心，從這繭子裡掙脫出來，雖已遲暮，但若能得輕鬆地度過晚年，也不枉來這世上一遭。您想想，就是您的親人知道您為他們的死耿耿於懷這些年，他們願意嗎？他們定是寧願您能過得有聲有色才好呢！」

何月娘侃侃而談，就像是在跟一個老人話家常，一點沒有聆聽一個存了死心的老人臨終遺言的意思。

「如果能早一點聽到妳這番話，或許……」老人又咳嗽起來，但轉而語氣清晰了許多，他說：「行啦，不說我這個老頑固了，叫妳來，是想託付妳一件事。」

「張大爺，您說。」

「我想把這房子託付給妳，妳先不要說話，且聽我說。」

張老倔聲音有些沙啞。

第六十章

何月娘起身想要倒杯熱茶給他，但看看周遭冷鍋冷灶的，別說茶水了，連熱水都沒一口，當下心裡輕嘆一聲，只好低低地對大樹說：「大樹，你回去跟你大伯娘說，要她燒壺熱水來。」

大樹還沒應聲，外頭就傳來李氏的回應。「娘，我馬上就去！」

何月娘往窗外瞥一眼，果然見李氏急匆匆轉身往外走的背影，嘴角輕輕浮出一抹笑來。她知道她這大兒媳是擔心她被張老倔打罵，才偷偷跟來的。

「這房子是我爹娘當年買的地，親手蓋的房子，後來，有了我們兄妹六個，一家人生活在這房子裡，那時候是熱熱鬧鬧的……」

他忽然轉頭，視線在屋子裡四下裡轉悠，看著看著就潸然了。「都是我不好，這些年光自責了，卻沒想到要把爹娘、兄妹們最珍視的房子好好修繕，任憑它破敗成這樣！」

何月娘張了張嘴，想要勸幾句，但老人抬抬手，示意她不要說話。

這時，李氏又急匆匆地進來了，懷中的二樹不見了，她一隻手拎著壺，一隻手端著茶盤，茶盤一角還有小半包的茶葉，想是怕老人屋裡根本沒茶葉。

老人喝了小半杯的茶水，乾澀的嗓子好受了些，他對著李氏點點頭，表示謝意。

李氏小心地說：「張爺爺，我就在外頭候著，您有啥需要的儘管喊我！」說完，她刻意地看了何月娘一眼，這才走了出去。

「妳這個婆婆當得好啊！」

張老倔雖不是合群的人，但總歸是個老人了，他怎麼會看不出、聽不出陳家這個大兒媳，是擔心他倚老賣老地欺負人家的好婆婆呢？

何月娘笑笑。「孩子都是好孩子，不然我也不會留下。」

這是實話，熱臉貼冷屁股的事，誰都幹過，但要持續一輩子幹，那是不可能的。

「房子留給妳，我也放心，哪一天我爹娘他們真有靈驗回來看看，看到你們一家人丁興旺，家運亨通，也能安心了。不過，我有個要求，這個要求可能有點讓妳為難，妳聽了願意就願意，不願意我也不勉強。」

張老倔說到這裡，眼神之間竟有些閃爍，像是接下來的話，讓他羞於出口似的。

「張大爺，拋開房子的事，咱們先不說，您有啥難處，儘管跟我說，我能做到的絕不推辭！」何月娘說道。

「我……我見著大樹、大寶這幾個小娃兒特別喜歡，看著他們，不吃不睡都覺得美，可能是人老了，受不住一個人孤單了，妳……能不能答應我在妳家住，哪怕就幾天，只要能天天看著這幾個娃兒就成。」

他說到這裡，很小心地看看何月娘的臉色，又緊張地補充了一句。「我也知道妳不易，要不就給我在妳家旁邊搭個棚子，只要能日日見著幾個娃兒……」

「張大爺，您就是不說，我也想這樣做，您一個人年紀也大了，身邊沒人照顧怎麼成？我一直沒說，就是怕旁人會……覺得我有所圖。」

何月娘臉紅了紅，又道：「其實，說實話，一開始我的確是動過心思，想買您這房子的，我家裡人口越來越多，家裡地又小，蓋不了那麼多房子，娃兒住著擁擠，我看著不美。可後來知道您的事，我就收了心思，您已經心傷半輩子，我不能再為了自家的事往您心口上戳刀子。所以，房子您安心住著，小娃兒們他們會日日過來陪您的，吃喝我們也會給您送過來，以後我們就當您是家中長輩，精心侍奉，您若有什麼要求也盡可以跟我們說，我們莫不答應！」

何月娘這一番話說的都是心裡話，直說得張老倔老淚縱橫。

他忙不迭地抓了帕子去擦，邊擦邊說：「既然你們當我是長輩，那就聽我的，房子給妳，我已經著人把里正和張興都找來，我會光明正大地跟妳簽個轉讓的協議，正式把房子過給你們，這房子有了妳的維護，相信會越來越好的，我……我就是死也瞑目了！」

「張大爺，您千萬不要再說些不吉利的話了，您命且長著呢！」

何月娘沒想到老人這樣快就把事情安排好了，還找了里正他們來，這就是要將房子過了明路給陳家。

她想要說推辭的話，張老倔卻擺擺手。「妳不是說要我以後活得有生機嗎？能不能真有生機就掌握在妳手裡，妳不要這房子，我還是要被這個大房子、被我死去的親人困住，有什麼生機可言？」

「可是……」何月娘猶豫了。

「妳也不用去在意旁人的胡謅，嘴巴長在他們身上，他們想說什麼就讓他們說，我願意給，妳就接著，旁人想搶，我都不給呢！」

正說著，外頭院子裡就傳來張興惱怒的聲音。「這何氏就是把老頭給糊弄了，想要趁著他迷糊的時候把房子給霸占了！陳賢彬，你這個里正要是不給張家一族做主，那我就去縣衙告狀，告她何氏侵占孤寡老人的房產。」

「事情還沒弄清楚，你亂說什麼？萬一是人家老倔叔願意把房子賣給陳家呢？」

隨著陳賢彬的話，兩人一前一後就進了屋。

一看到何月娘也在，頓時張興跳腳了，他指著何月娘痛罵。「妳個不要臉的小寡婦，這是上門來勾……」

他話沒說完，嘴巴就被一物啪地給堵上了。

「啊？呸呸呸！張老倔，你瘋啦？不顧張氏一族的情分，你把房子給一個外姓，你死了還有臉去見張家祖先嗎？」他一把扯下張老倔摔在他嘴上的臭鞋子，氣得嗷嗷叫。

「沒臉見祖宗的人是你！」張老倔冷笑幾聲。

「還覥著臉說你是張家族長，這些年，你為張家人做什麼好事了？你凡事只想著自家，有什麼好處都往自己家劃拉，就說我這房子，你早就瞧上了，非要逼著我五兩銀子賣給你！五兩銀子你買這一棟房子？你還不如去搶呢！房子是我的，我想給誰就給誰，你管不著！這些年，我一個人就是病死在這屋子裡，你這個當族長的過問過一句嗎？倒是勞這外姓的鄰居給我送點吃的喝的，大年活著的時候，對我就諸多照拂，我感念他們一家的好，把房子留給他們怎麼了？里正，今兒我老頭子就要把房子過戶到何氏名下，麻煩你給辦辦，其他人敢阻攔，也麻煩你給我寫個狀子，我去縣衙告他要搶奪我房產……」

張老倔情緒激動，又劇烈地咳嗽起來。「咳咳！」

張興被氣得老臉都脹紅了，還想要說話，卻被陳賢彬一句話堵住了嘴。

他說：「最近縣太爺要換了，新官上任三把火，每個村都要換里正、換族長，張興，你還是少做點孽，多發發善心吧，不然後悔晚矣！」

比起這房子，還是族長這個職位來得更實際。

當了族長，張家有什麼好處那都是他一手掌控的，他張興當族長這幾年，因為貪心把族裡的人得罪了不少，若這回族長真的當不成了，換一個新族長，估計想落井下石的人能把給他撕了吧！

想想他就後脊梁發涼，哪還有心思糾結張老倔的房子給誰啊？

事情就這樣在陳賢彬的見證下辦完了。

老人堅持把房子過戶給何氏，分文不取，還率先在轉讓協議上按了手印。

何月娘想了想，撲通一下跪在老人跟前。「張大爺，我是個孤女，在嫁入陳家之前爹娘就沒了，一個人當乞丐混日子，後來成了陳家婦，身邊有了這些個娃兒才覺得日子過得有奔頭！如今，您這樣厚待月娘，月娘無以為報，願意認您做乾爹，當您是娘家人，侍奉您晚年，還望您能不嫌月娘粗鄙，認了月娘這個閨女！」

說完，她就砰砰砰給老人磕頭。

她後頭一群陳家娃兒也都齊齊地跟著她跪下，口中喊著爺爺、太爺爺，大人、孩子都給張老倔磕頭。

「老天並沒有薄待我啊！爹娘，你們瞧見了嗎？我有閨女了，咱們張家也有人傳承香火了啊！」張老倔仰面悲呼，任憑臉上老淚縱橫。

見此情景，在場的人沒有不跟著抹眼淚的。

陳家、張家，兩家都是苦命人出身，當初陳大年帶著一窩娃兒度日也是難上加難，沒人幫襯，全靠那樣一個老實人辛辛苦苦地把孩子拉拔大，孩子剛有了出息，他就走了，如今何氏掌家，陳家這才一日日好了起來。

而這張老倔就更苦了，苦得喝口水都跟喝黃連水一般！

這會兒兩家苦命的合成一家，這番坎坷，這番磨難，怎麼能不令人動容？

陳賢彬也是個爽利的，當即就拿了協議去了縣衙，蓋上了縣裡的大印，這才算是把過戶手續完全辦好了。

陳家這邊呢，則是前呼後擁、歡歡喜喜地把他們的爺爺迎進了陳家。

張家的房子給了陳家，陳家的地馬上就擴大了一倍半。

黃文虎很高興地跟何月娘說道：「這樣的話，就能翻蓋成一個寬敞的兩進院子了，甚至如果主家願意，建造得稍微緊湊一些，蓋個三進宅子也是可行的。」

何月娘想了想，還是讓黃文虎照著兩進的院子來建。

所謂槍打出頭鳥，做人要低調，在陳家莊能住得起兩進院子的人家，也就里正陳賢彬一家，他家說是兩進院子，實際上不過就是在二道門外頭多加了一道牆，牆壁兩端各建了一個不大的小屋，看起來是二進的格局，實際上並不是。

所以陳家蓋個二進院子，陳賢彬說不出什麼來，但如果蓋成三進，壓了他一頭，恐怕他就得有怨氣了。

眼見著材料不夠，何月娘就拿了銀子給黃文虎，要他再去採辦一些，黃文虎的意思，讓陳家派個人跟他一起去，總歸是要動用銀錢，他怕有些事說不清楚，傷了彼此和氣，何月娘笑著說：「黃大哥，您辦事我沒有不放心的，您就去吧，需要啥、就買啥！」

正所謂疑人不用，用人不疑，何月娘是篤信黃文虎的為人的。

家裡蓋房子的事，由此交給了黃文虎，何月娘就安心帶著娃兒們先住在河邊的大屋裡，日日做些好吃的，伺候張老倔。

張老倔的病她請張老大夫過來瞧了，果然就是一般的受寒，吃了幾副藥，也就好了，眼前是一群娃兒縈繞著，吃的喝的都順心，張老倔到了陳家沒一個月，人就胖了，出門去見著村民也肯說話了，有人羨慕他是晚年得女，有福之人，他笑著點頭，道：「我可不是有福嗎？閨女孝順，孫子、孫女也好，我這日子越過越舒坦了！」

陳氏一族的人見了張老倔也都是笑逐顏開的。

畢竟，在他們看來，張家的便宜被陳家占了，即便占便宜的人不是自己，那也高興。

但張家的人卻不高興了，見著張老倔都是橫眉豎目的。

尤其是張興家娘子，那女人每回碰見張老倔都指桑罵槐，滿地亂啐，說什麼老不要臉，瞧中了寡婦，連祖產都不要了！什麼死都落不到一個好死，早晚天打雷劈之類的。

張老倔是個上了年紀的老人，涵養還是有的，不屑跟一個婦人，還是自己同族的姪媳婦在大街上對罵，所以每回都是乘興出去，敗興歸來。

這事發生那麼兩、三回，何月娘就瞧出端倪來了，他再出去，就囑咐大寶跟大樹跟著，這一老兩小手拉手去街上逛，不巧在街心大槐樹那裡又遇著張興娘子呂氏了。

這呂氏吃定了張老倔不好意思跟她一個婦人計較，所以越發得囂張，這回不但罵張老倔，連大樹跟大寶也都罵上了，說什麼大樹是有娘生、沒娘教的野種，這種野貨就該被丟大山裡餵狼……

大樹在陳家一向都是何月娘的小寶貝、眼珠子，誰敢罵他？連大聲斥責都沒有，這會兒他無緣無故地被一個瘋女人謾罵，小傢伙再小也明白被人罵野種是恥辱，所以，當即就哭了起來。

「呂氏，妳有火朝我撒，罵個小娃兒做啥？」

張老倔知道張興一家對自己有怨氣，讓他們罵幾句就罵幾句，他懶得計較，沒想到，這呂氏還真是蹬鼻子上臉，竟把大樹給罵哭了，這下他不幹了。

「你當你是什麼好東西啊？把爹娘、兄妹都剋死了，活該你一輩子沒家人，死了也沒人抬棺材，你……」

呂氏正罵得起勁，什麼渾話都往外嚷，卻猛然聽到啪啪啪幾聲脆響，緊接著，她就覺得自己的臉火辣辣得疼，接著回過神來一看，什麼時候她面前多了一個人，那人正甩著自己的手腕，似乎剛幹了什麼活，累著手腕了。

「妳……妳敢打我？」

呂氏明白了，她這是給何氏這個賤婦打了耳光了，頓時惱羞成怒，跳腳就要去抓撓何月娘的頭髮。

卻被何月娘一把死死地攥住了手腕。「誰是賤婦？妳再說一句，老娘把妳那賤嘴給撕爛了！枉妳活了四十多年，妳那臉皮真比城牆還厚！怎麼？我乾爹沒把房子給妳，妳就不甘心，就開罵？那好啊，咱們一起罵，看誰罵的花樣多。妳個老賤人，老娘不發威，妳當老娘是病貓啊？」

何月娘在張老倔爺仨出門前，就悄悄囑咐大寶了，遇著什麼事趕緊回去告訴她。

所以呂氏一跳出來，朝著張老倔發威時大寶就一溜煙地跑回家了，跟何月娘說：「有個壞女人罵太爺爺！」

何月娘就明白了，老爺子為啥出去時開心，回來總苦著臉，原來是被人欺負了啊！

剛好她趕來時，又聽到呂氏把大樹給罵哭了，她火從心頭起，老娘的寶貝孫子，老娘都捨不得罵，妳奶奶的張口就罵？我今兒打不死妳，是我何月娘沒本事！

所以，她先打了呂氏幾耳光，把她打傻了，又攥了她的手，暗暗使勁，把呂氏疼得殺豬般叫嚷。「哎呀，救命啊，何氏把我的手腕掰斷了啊！他爹，快來救我啊，有人欺負到咱們頭上了啊！」

一下子，從巷子口出來一幫人，都是被張興招呼出來的張氏族人。

這些人裡有幾個膀大腰圓的，說話間就把何月娘給圍在中間，準備狠狠教訓她一頓。

可這些人不過是普通莽漢，何月娘絲毫不懼，轉頭對張興冷笑。「你也別躲在後頭，一起上，今兒老娘就活動活動手腳，讓你們知道知道，馬王爺到底幾隻眼！」

說時遲，那時快。她飛起一腳，正踹在最前頭的一個壯漢身上，那壯漢嗷的一聲，人就飛了出去，砰一聲撞到了對面牆壁上，人落地的時候，已經昏死過去。

接著，她又三拳兩腳把後頭幾個青壯年也給撂倒了，這幾個雖然狀況沒有第一個慘，但也被摔得鼻青臉腫，趴在地上一陣的哀號。

「妳……妳這是想把張氏一族趕盡殺絕啊？來人，去找里正，他們陳家的人傷了咱們張家的人，他就是里正也不能任由自己的族人在外行凶吧？」張興喊著。

不一會兒，陳賢彬就被叫來了。

來時就看到張氏一族的人躺在地上五、六個，正哎呀哎呀地叫喚呢，又看到何月娘一臉的怒火，擺開了姿勢，打算要把張興給踹飛。

張興嚇得忙跑到陳賢彬身後。

「陳賢彬，我們張氏一族的人都被你們陳家人欺負到頭頂上了，你再不管，我就去縣衙告你這個里正包庇族人！」

他緊跟著又壓低了嗓音，以只有他跟陳賢彬才能聽到的聲音道：「你也說了，新的縣太爺馬上就到，新官上任，要換里正，還有族長。我是怕丟了族長的位置，那麼你呢，你怕不怕幹不成里正？」

陳賢彬一瞬間明白了，張興這可不單單是想霸著張氏一族族長的位置，他還肖想當里正呢！

好啊，那咱們就魚死網破唄！

想到這裡，陳賢彬冷笑，一把推開張興，緩步走到張氏一族那些人的跟前，先指著其中一個人說道：「張洪，你妹子紅梅就沒跟你說，她為啥出嫁後一回也沒回陳家莊？」

被喚作張洪的男子狐疑地問了一句。「為啥？」

「這你可得問問你們的好族長張興了。秋上玉米熟了，你妹子紅梅去地裡摘玉米，是被哪個混蛋拖進張家的玉米地裡糟蹋了？事後那混蛋還威嚇你妹子，敢跟外人說，就把你們一家逐出張家族譜，你妹子受迫，只好答應了瓊山裡的那門親事。成親當夜，你妹子就被夫婿打得皮開肉綻，他們村的里正尋我去了趟瓊山，你妹夫說你妹子早就不是清白之身了！還說以後就當你妹子是驢是馬使喚，誰讓她不知羞恥呢！我是帶著官差去的，正趕上你妹妹羞憤自殺，我救了她，然後告誡你妹夫，人就是這麼個人，要那就得好好待她，打罵是不成的，陳家莊的閨女嫁過來不是來給你們欺負的，你若是不要，那我就帶走，以後你們橋歸橋、路歸路，誰也不怨誰！」

陳賢彬這番話說出來，張氏一族的人都驚呆了，紛紛怒視張興。

張興也沒想到，陳賢彬會當眾揭他的老底，頓時惱羞成怒。

「陳賢彬，你說話要講究證據，你空口白牙地誣賴我把張紅梅怎麼了，我可以去告你！」

「告我？張興，你知道為啥你做出這等惡事我都沒去報官嗎？那是因為張紅梅求我，她說，她已經遭此災禍，若是真報官把你抓起來，那以後張氏一族的閨女哪一個正經人家的兒郎還肯娶？她已經被毀了，可不能再把張氏一族的好女子們都毀了啊！」

「嗚嗚，紅梅姊，妳好可憐啊！」張氏一族裡有女子嚶嚶地哭了起來。

有一個年邁的婦人扒開人群衝了過來，抓住張興的衣領就胡亂地罵著。「你這個殺千刀的，我閨女天天族長大伯那麼叫著，你卻對她下黑手，你這個沒心肝的，我要跟你拚命！」

她說著，手就在張興的臉上狠狠抓了幾把，這下張興的臉可精彩了，十幾道血痕，慘兮兮的。

「妳個蠢婦，快鬆開，不然我饒不了妳！」

張興還囂張地咒罵那張洪的母親。「我是張氏一族的族長，你們的財產，你們的人都是我的，我瞧得上張紅梅，那是你們家的福氣……」

張興這話還沒說完，就激起了張氏一族的怒火，男人對張興怒目而視，女人則齊齊地跑過來，十幾二十個婦人一哄而上，把張興給按在地上，接著又是撓臉，又是掐肉的，還有人拿了板磚砸他的。一時間，張興被折騰得哀號不已，可誰也沒動彈，都用漠視的眼神望著眼前這一幕，直到張興被打得徹底昏厥過去，陳賢彬這才命人把眾婦人們拉開。

這時大家才瞧見躺在地上的張興，可真是慘啊，他身上但凡露著皮肉的地方都被掐得紅一塊、紫一塊的，有的地方還在流血，渾身上下跟個染紅了的葫蘆似的。

陳賢彬沒有報官。

但張洪去報官了。

第六十一章

官府來人把張興抓走了，抓他當時，那幾個公差都被張興的慘相驚了一下，他們看看圍觀的張氏一族問，這是怎麼回事？誰把他打成這樣的？

「回大人話，沒人打他，是他做了太缺德的事，被雷劈了！」有人回答。

「雷劈？沒見著下雨啊，哪來的雷？」公差抬頭看天。

大太陽跟個火爐似的，哪有一絲一毫下雨的跡象？

「是晴天霹靂，大人。」

那人面不改色，語氣淡定，周遭的人也都神情冷漠。

「是嗎？」公差環顧四周，所有人都點頭。「嗯，大人，是晴天霹靂，您快把他帶走吧，不然一會兒再來幾個晴天霹靂，連您也得跟著遭殃呢！」

「嗚嗚……嗚嗚，是他們……」

張興家的想要近前跟官差說出實情，被人拿抹布堵嘴，死死地按在地上。

直到官差們把張興帶走，那呂氏才被放了，她一把把嘴上的抹布扯了去，嚎啕大哭。

但已經沒人理會她了，這等惡婦，不會有好下場的。

第二天，張洪就求了陳賢彬帶上了村裡十幾個青壯年去了瓊山裡。

去的時候，他妹子正被男人壓在地上打，可憐她都被折磨得沒人樣了。

張洪衝上去就把他妹夫給暴揍了一頓，瓊山裡的人想要近前阻攔，被陳賢彬幾句話給攔住了，他說：「我上回來就說了，紅梅這閨女命苦，她是被人欺負了，這不是她的錯，你們能容她就留下她，不能容我就帶走，你們承諾說會對她好，結果呢？我告訴你們，咱們大越國有說理的地方，你們誰敢阻攔我把她帶回去治傷，那就等著被官差抓吧！」

張紅梅這夫家一家子為人都不怎麼的，在村裡很不得人待見。

平常就喜歡欺負個人什麼的，大家都恨他，所以現在見他被更強勢的人給打了，有些村民心裡甚至是高興的，所以誰都沒有再靠前，任憑張紅梅她那婆婆哭得跟豬號似的。

張紅梅被帶回陳家莊後，身上的傷治了小半年才算是完全好了。

後來由里正陳賢彬做主，把她許配給了陳家的一個叫陳昌斌的鰥夫，這個陳昌斌比張紅梅大兩歲，兩家是鄰居，從小就挺照顧紅梅妹妹的。

陳昌斌原本也是託了陳賢彬，想跟張家求娶張紅梅，不料這事被張氏一族的族長張興給阻攔，說什麼不嫁同村人。

張紅梅後來就那麼匆匆嫁了，陳昌斌沒了念想，也在他娘做主下娶了妻，但妻子兩個月就出意外死了，他成了鰥夫，之後就一直沒再娶。

張紅梅嫁給陳昌斌後，兩口子恩恩愛愛的，第二年便生下個白白胖胖的大兒子。

這些都是後話。

看著官差把張興抓走了，何月娘他們就回了河邊的大屋。

「爹，您被那老虔婆欺負，幹麼不告訴我啊？」

何月娘有點不高興，看著張老倔埋怨。「爹，咱們是一家人，什麼事都不能瞞著，您年紀大了，真在外頭被人欺負個好歹的，您讓我這當女兒的可怎麼辦？」

「嗯，是爹錯了，爹本來想，不給妳添麻煩，妳事也夠多了，可誰知道，那婆娘竟罵大樹。樹兒啊！過來，讓太爺爺瞧瞧，這小眼睛都哭腫了，是太爺爺的不是，讓你被壞女人欺負了，生太爺爺的氣不？」

張老倔把大樹抱在懷裡哄。

「太爺爺，我不生您的氣，是壞人壞！」

大樹小嘴嘟著，邊說邊在張老倔臉上親一口，喜得張老倔一張老臉都笑成菊花開了。

本來何月娘還要再說張老倔幾句，但看著這一老一小嬉鬧，她竟不忍心再說什麼打破這種溫馨的氛圍，當下只好轉身出去，給爺兒倆拿來了一盤點心。

「折騰老半天，都該餓了，先墊墊胃吧，等一下就能吃飯了。」

爺兒倆當即又為誰吃心形點心，誰吃圓形點心，很認真地討論起來。

何月娘在一旁瞧著，眉梢眼角都是釋然的笑意。

就在陳家房子蓋到一半時，從知州城傳來消息，當今聖上納賢若渴，原本明年秋上才舉行的院試，今年秋末就要舉行。

這就是說，從現在到秋末不過幾個月的時間，若陳五娃想要參加，就得在這短短的幾個月的時間裡更發憤地讀書，以求自己的學問能更上一層樓，來迎接這提前的院試。

秦英對五娃如此急促參加院試有點擔心，他私下跟則無先生說：「就怕這娃兒在院試上碰壁，挫敗了鬥志，以後再想豎立起信心就難了。所以，我不建議他參加今年的院試。」

但則無先生跟他的主張則完全相反。

他以為，陳五娃的心志堅定，非一般人可比，別看他年紀小，進學時間也短，但他用功的程度比得上任何一個學生。而且，讀書要看天分，這娃天分極高，每每教他一點東西，他都能迅速融會貫通，舉一反三。最近，連則無先生都覺得他這個學生有超越他之上的危機感呢！

所以，他不但支持五娃參加這次的院試，還堅信他能取得一個不俗的成績。

兩位先生在這事上有了歧見，誰也說服不了誰。

無奈，兩人商定，誰也不給陳五娃意見，要他自己決定，想去就去，不想去就不去。

哪知道，當兩位先生問及陳五娃，他想都沒想，當即表示一定要去參加院試。

何月娘在聽說五娃要去參加院試的消息，跟兩位先生顧慮的不同，她第一時間只覺得這樣急促去院試，娃兒的身體受得住嗎？畢竟娃兒還小。

她巴巴地跑山上私塾去跟五娃商量，看他能不能下回再參加？

陳五娃知道他娘是怕他太受苦，捋起袖子，露出頗有點肌肉的手臂說：「娘，您瞧，我胳膊上都有硬疙瘩了！現在每天傍晚下課鶴慶哥哥都會帶著我去練功，鶴慶哥哥說了，一個好書生，既得讀書好，又得身體棒，不然考中了狀元，那也是個病秧子，誰見過病秧子能做出大事來啊？所以，您放心，我一定會多加鍛鍊，把身體練得結實了，去哪兒考試都不怕的！」

何月娘被他逗得哭笑不得，那小胳膊小腿的還在她跟前充大個兒啊？

可心疼歸心疼，娃兒有自己的想法跟志向，她這個當娘的除了支持，也只能支持了。

不過，回家後，她就急急地要二娃載她去了城裡回春堂，找張老大夫連開了一個月的滋補身子的藥，說明是給五娃吃的，老大夫聽說五娃要參加院試，也不敢大意，緊忙把鎮店之寶，一株百年人參拿出來，和在湯藥裡，給了何月娘。

這一個月的人參滋補藥，花了百餘兩銀子，這還是人家老大夫看著面子給打了折的。花費不少，但何月娘一點都不心疼，她拿了藥就急匆匆回家，親手把藥熬好了，又巴巴地送上了山。

陳五娃聽他二哥說，娘為了這一副藥竟花了百兩紋銀，頓時眼圈就紅了，撲進何月娘懷裡，嗚嗚地哭起來。

何月娘嗔罵道：「都是府案首，馬上就要去給娘贏回來一個院案首了，都是有學問的讀書人了，還賴在娘身上哭鼻子，羞不羞啊？」

「娘，兒真不知如何報答您，您對我們幾個費盡心思，我們何德何能攤上您這樣一位好娘啊！」陳五娃說著，又抹眼淚。

「淨說渾話，哪家的娘不是為了娃兒不顧一切的？你們成天娘啊娘的叫我，難道是白叫的？我既做你們的娘，那就得有個當娘的樣子，你讀書的書本裡不是說了，在其位、謀其政嗎？我啊，在你們娘的這個位置上，那就得把娘當好了，不然你們的……爹會怨我的！」

想到了陳大年，何月娘莫名地心就是一疼，但她很快就掩飾掉情緒的變化，扶著五娃的肩膀，輕聲說道：「娘相信你是個有恆心的好小子，你啥都不用管，儘管好好學，好好考，結果怎樣不重要，娘要你讀書，出發點是為了讓你懂事明理，可不是一定要讓你去做所謂的光宗耀祖的事，你明白嗎？」

「嗯，孩兒知道了。」陳五娃用力點頭。

別人的娘都跟娃兒說：「你可得拚命考啊，考出功名來，光宗耀祖。」根本不會顧忌娃兒的身體，唯獨他娘，最關心的永遠都是自己娃兒的身體和心情，只要他們開心，他們康健，其他的對他們的娘來說，根本不重要！

京城陸家後宅聞香閣，齊嬤嬤快步進了屋子，屋裡一片狼藉，但凡能摔的都摔了，瓷片迸濺得遍地都是，她腳步頓了一頓，又忙往前走了幾步。「郡主，姑爺回府了，剛去了大夫人那邊，許是一會兒就過來了！」

她說著，掃視一眼旁邊跪著的幾個丫鬟，厲聲道：「妳們還愣著做什麼，快把這裡收拾一下，莫不是要等姑爺來瞧見？一個個沒用的東西，主子生氣也不哄著點，要妳們何用？」

幾個丫鬟忙不迭地從地上爬起來，手忙腳亂地把地上收拾乾淨了。

齊嬤嬤對著她們揮揮手，她們退了出去。

「他這是打定主意要跟我決裂，我難道就這樣乾等著他把那賤人帶回府來？」悅然郡主怒道。

「郡主，這事還沒到那一步，您先就惱了，結果倒是把姑爺推出去了。您得穩住心神，即便姑爺真的是對那賤婦動了心，咱們也有法子對付，正面不能做什麼，那咱們就背著來啊！老奴不信姑爺還能時時刻刻地看著那賤婦。」

齊嬤嬤緩步過去，拿起梳妝檯上的梳子，輕輕為悅然郡主梳髮。「您再心怒，那也不能當著姑爺的面表現出來，上回他不是見了您的信就馬上回來了嗎？您該在姑爺回來這段時間，好好把他的心留住，畢竟外頭的那些貓貓狗狗，身分卑賤，就是姑爺一時對她們起了好奇之心，那也不是長久的，到頭來，他還是得回陸家，回您身邊，但您這樣老是追著他不依不饒地鬧，恐怕他就更跟您離心了。」

「嬤嬤，我……我就是想不明白，憑什麼啊？那是個賤婦，我可是堂堂的郡主啊，怎麼就比不過一個賤婦了？」

趙悅然依舊生氣，但語氣已經不像剛才那麼惱怒了。

齊嬤嬤見她聽進去了，當即就笑道：「郡主，男人不都這樣，家花不如野花香啊！可野花就是野花，上不得檯面的，您堂堂郡主，陸家正妻，跟一個沒來頭的賤人置氣，那是自降身分。」

「依妳的意思，我就該什麼都不做，任憑他跟她糾纏在一起？」

趙悅然的脾氣又上來了。

「不，郡主，我不是說了嗎，咱們明的不成，就暗的來啊！」

齊嬤嬤的話剛說到這裡，屋門就被輕輕敲響了，主婢二人當即打住，齊嬤嬤問：「什麼事？」

外頭小丫鬟碧綠道：「回郡主，表少爺來了，說是有重要的事跟您說。」

「表哥？他來做什麼？」

悅然郡主一怔，有心想不見，但齊嬤嬤壓低嗓音道：「讓表少爺進來說說話也好，有些事郡主您出不去，不能辦，可是他在外頭可以幫咱們辦啊！」

「嗯，叫他進來吧！」悅然郡主點點頭。

「表妹，我可是來跟妳道喜了。」裴南貴走進來，笑嘻嘻地道。

趙悅然白了他一眼，她是瞧不上裴南貴的，就跟她娘冷氏瞧不上裴南貴的娘一樣，他們兩人的娘都是國子監祭酒冷相志的女兒，不過，郡主的娘是嫡女，而裴南貴的娘卻是不得寵的侍妾生的庶女。

當年裴城昱將軍娶妻安氏後，兩人恩愛非常，儘管安氏身體一直嬌弱多病，但還是在裴城昱將軍承皇命在邊疆駐守的時候，跟他離開京城，由此可見安氏跟裴將軍之間是怎樣的琴瑟和諧，不離不棄。

但許是邊疆環境太差，裴夫人一直沒有生育，雖然裴將軍無所謂，還照舊對妻子疼護有加，可遠在京城的裴老夫人卻焦急了。

裴老夫人擔心萬一裴將軍在邊疆戰事中有個好歹，那他就絕後了。

有人就給裴老夫人出了一個主意，在京城給他另娶了一個平妻，又寫信給裴將軍說老夫人病重，命不久矣，希望將軍回來見最後一面。

大將軍憂心如焚，千里路跑死了五匹馬，這才趕回了京城。

不料，到了才知道，這不過是計謀，為的就是誆騙他回來，跟平妻冷氏圓房。

裴老夫人說，冷氏是國子監祭酒的女兒，雖然是庶出，但為人端莊，賢慧淑良，若非她傾心於大將軍的英武神勇，人家還不樂意來當這個平妻呢！

但大將軍說什麼也不答應跟冷氏同房。

結果老夫人發飆，下最後通牒，說：「如果你不在走之前跟冷氏同房，給裴家留下一個後人，那我就撞死在裴家列祖列宗的靈位前。」

無法，大將軍只得在出發返回邊疆的前夜留宿在冷氏房中。

就這麼一回，冷氏就有了，十月後生下了裴家大公子裴南貴。

裴家上下歡喜異常。

就在這時候，從邊疆也傳來好消息，說裴將軍的原配安氏也懷了身孕，如今已然有五個月了。

後來，安氏生下裴家二公子裴北宥。

可能是因為安氏身體弱，所以，裴北宥自從出生後雖然聰穎非常，但身子骨兒卻也如他母親一樣病弱，時常纏綿病榻。為此，裴將軍沒少想法子，尋遍天下名醫給兒子治病，但都是治標不治本。

眼見著二公子都二十一歲了，病卻始終不見好，今年春末，竟越發加重了，此時有郎中建議，說：「邊疆條件太苦，對養病不利，倒不如把二公子送回京城，京城環境好，名醫也多，說不定二公子能因此就把病給治好了呢？」

裴夫人儘管捨不得，但顧及兒子的病，還是同意了。

但沒想到，二公子被送回來後，病情持續惡化，一日不如一日，眼見著人就要不成了。

「表哥，你閒著沒事，跟我道什麼喜？倒不如在府中好生照顧二表哥，聽說他病得可是不輕呢！」

趙悅然白了裴南貴一眼，神情倨傲，話裡明顯夾槍帶棒。

她瞧不上裴南貴是有原因的，總覺得他身上就有她那庶女姨母的印跡，小家子氣，貪心，無知。

「裴北宥？照顧他？我巴不得他死呢！他那娘霸著我爹不放，害得我娘守了半輩子的活寡，也連累我被人恥笑是小娘生的。哼！我娘明明是平妻，他們憑什麼瞧不起我？」

裴南貴氣不打一處來，語氣恨恨道。

「表哥，我聽說皇上因為姨夫軍功甚偉，要破格給姨夫封侯，姨夫好像上了奏摺給皇上，求皇上把侯位直接封賞給他的兒子。表哥也是姨夫的兒子，還是長子，那侯位會不會落在表哥頭上呀？」

趙悅然見到裴南貴生氣，就好像見到冷氏憤懣，她心裡沒來由地痛快。

「只要那個混蛋死了，侯位自然就落到我頭上。」

「裴北宥沒死啊！」

趙悅然笑得譏諷。

「哼，快了，就那麼一口氣吊著，惹惱了本公子，我晚上去他房中掐死他！」

「表哥，你最好別那樣，我可是聽說這裴北宥的身邊有暗衛，暗衛都是姨夫在邊疆親手訓練出來的，是為了保護裴北宥的，你萬一偷雞不成蝕把米，那姨夫第一個就要打殺你！」

趙悅然的話更讓裴南貴惱火，他磨著牙，嘴角帶著笑，狠狠地道：「這回就是大羅神仙也救不了他了，他必須死！」

「表哥，你不會是對他做了什麼吧？」

趙悅然很感興趣地問道。

「啊？我……我哪會那麼做啊，畢竟是同胞兄弟。」

裴南貴意識到自己說太多，當即又呈現出一臉的玩世不恭。「別光說我了，我今天來可是來關心表妹的，表妹不心疼我，我卻時時刻刻都在想著表妹呢！」

他說著，就欲湊上前去握趙悅然的小手，被齊嬤嬤近前一步隔開。「表少爺，還請自重，我們郡主可是陸家夫人！」

「呵呵，陸家夫人？表妹，妳這個陸家夫人當得怎麼樣啊？」

裴南貴臉上嘲諷的笑刺痛了趙悅然，她冷冷地道：「表哥，你沒事回吧，我乏了！」

「表妹，我也是好心，來向妳透露個消息，我可是聽說，陸世峻在外頭包養了一個小寡婦，那小寡婦姿容出色，乃是難得一見的美人呢！」

「你……出去！我不想聽你胡說！我是世峻明媒正娶的妻子，我樣貌出眾，品行端莊，被婆母誇讚，丈夫疼愛，不知道是哪個亂嚼舌根的在你跟前胡說八道。表哥，以後這種小人之言，不要再來說給我聽，髒了我的耳朵！」

說完，她就要齊嬤嬤送客。

「表妹，我是來幫妳的，妳別趕人啊！」

「幫我？你說這一大通冷嘲熱諷的，可不像是要幫我！」

「哎呀！表妹，我知道妳這幾天跟妹夫有些不睦就是因為那個女人，不過，我卻聽說那女人的繼子三個月後要去知州城參加院試。表妹妳想想，表妹夫之所以能得了那女人的心，還不是表妹夫給了她好處？可見那女人是個貪的，如今，她繼子要科考，咱們就從她繼子身上動手，攪和得她不得安寧，看她還怎麼有心思跟妹夫胡來。」

裴南貴得意地說道。

「郡主，表少爺這個說法倒也有幾分道理。咱們想法子困住那女人的手腳，她只顧著她繼子，自然就跟姑爺疏離了。」

齊嬤嬤表示贊同裴南貴的說法。

「你這樣幫我，不會沒條件吧？」趙悅然問道。

「表妹，妳把我看成什麼人了？我就是覺得姨母跟我娘是同胞姊妹，也該多親多近，相互幫助，所以聽說了這一切後，我就急著跑來告訴妳了。」

這話說得漂亮，但趙悅然卻不信，裴南貴是個貪心的，他會白白把這消息透露給自己？果然，裴南貴一臉討好說道：「其實呢，表哥還真有一個小小的忙，想讓表妹幫幫。」

「說吧。」

趙悅然最瞧不上裴南貴的就這一點，嘴上冠冕堂皇，實際上心裡不知道多少盤算，就如他那個庶出的娘，一副賤婢的小家子氣模樣，也就能給人當個不受待見的平妻了。

說是平妻，其實這大半輩子也就跟裴城昱睡了一回，也是她命好，一擊得中，這才有了裴南貴這個兒子，不然，她在裴家跟守活寡有什麼區別？

「我知道表妹手裡有一種藥，可以使人得極樂。」裴南貴說道。

「你……你不會是想給裴北宥下毒吧？」

趙悅然知道裴南貴不是個好的，但沒想到，他為了封侯的爵位，竟要殺了裴北宥，這若是讓裴城昱知道了，估計能把他碎屍萬段。

他跟裴北宥都是裴城昱的兒子，但裴城昱因為惱他母親逼他跟冷氏圓房，愧對了安氏，所以一直討厭裴南貴，就連裴南貴娶妻，裴城昱都沒有回來，也就是年前裴南貴妻子給裴家誕下一個男孫，裴城昱這才回了一趟京城。

但據說，他根本沒回裴家大宅住，就是去看了一眼孫子，就到西城的別院住，一直到返回邊疆，都沒搭理過裴南貴母子。

裴南貴對此耿耿於懷，在趙悅然跟前就罵了裴城昱不下五次。

但裴城昱卻把裴北宥視為眼珠子，處處呵護，若不是裴北宥生來體弱，估計裴城昱會走到哪兒就把他帶到哪兒，慈父之情可見一斑。

「哼，我下毒了嗎？妳見了，還是旁人見了？」

「那你要那藥做什麼？」

趙悅然手裡的確有一種叫做渡劫的毒藥，這種藥是白色粉末，極易溶解於水，無色無味，任是再謹慎小心的人也察覺不到。

但只要那人喝了一丁點摻了這種渡劫藥粉的水，哪怕只有幾滴，也必死無疑。死後任憑最好的仵作也查不出來這人到底死於何症。

「這麼好的東西自然是得給我那好父親的好兒子嚐一嚐嘍！表妹，只要我得了侯位，以後妳想我怎麼幫妳，我都會答應，但眼下，妳一定得幫我，不然侯位真落在那個病秧子身上，我在裴家可就真一點位置都沒有了。我雖被稱作是裴家長子，但他們實際上都把我看作是庶子，把裴北宥看作是裴家的嫡長子。我真恨啊，我要報仇，殺了裴北宥，讓裴城昱痛徹心扉，氣死那個女人，哈哈，我就是不要他們好過。」

他不再掩飾，忽然猖狂地大笑起來，把趙悅然都嚇著了。

「我可以把渡劫給你，但你得告訴我，你怎麼知道那賤婦的繼子會參加這次的院試？」趙悅然瞇著眼問道。

「裴家有一個旁支在知州城府衙做事，我讓他去辦事時，他正巧遇到那個姓何的小寡婦，那小寡婦壞了我的大事，我的人就暗中盯上了那個何氏，呵呵，然後我就知道了表妹夫竟跟那個寡婦關係匪淺。表妹，妳說說，咱們這是不是緣分？母親是同胞姊妹，連仇人都是同一個女人。」

「表哥……」

趙悅然剛要說話，忽然小丫鬟碧綠急急地進來，先在齊嬤嬤的耳邊輕輕說了句什麼，齊嬤嬤的臉色頓時不太好看，眼神有些憐愛地看向趙悅然。

趙悅然轉頭看她。「是他走了嗎？」

「郡主，姑爺是有事去了外頭鋪子了，您別……」齊嬤嬤試圖安慰她。

趙悅然卻冷笑連連。「他連見一面的機會都不給我？好吧，陸世峻這是你逼我的！表哥，我想到了一個好主意，或許我們可以聯手……」

她的眼底迸發出如瘋如狂的殺意。

第六十二章

陸家，寧安居。

「娘，您找我？」

陸世峻一回府就被母親身邊的陶嬤嬤半道攔住，直接引領著去見母親陸劉氏。

「北方災區的事宜都安排妥當了嗎？」

陸世峻進屋之前，劉雲若氣得都想打人，可看著風度翩翩，樣貌俊朗的兒子進來，她又下不去手，只好壓了壓火氣，儘量語調平緩地問道。

「嗯，都安置好了，聖上很滿意。」

陸世峻知道他娘急吼吼把他叫來是為什麼，索性他也不躲不閃，直接把話題變了。

「哼，聖上滿意，所以問你要什麼賞賜，你什麼都不要，非要了一個七品縣令當嗎？」

劉雲若壓制的火氣終於沒忍住。

「你可知道你是有家室的人，再怎麼你也得顧著點妻子的臉面！你們也成親兩年了，郡主一直無所出，你想過郡主的感受嗎？每一回宴會上，總有那些個長舌婦問她子嗣的情況，你讓她怎麼回答？世峻，娘知道，男人總有對外頭那些花花草草感興趣的時候，可是，你也得有個節制啊！」

「娘，半月前，五皇子宴請，趙家高調參加了，您聽說了嗎？」

陸世峻沒有回答他娘，也沒勸慰他娘別生氣，語氣一如既然的淡漠。

「我知道啊，不是說五皇子最近納了一個良妾是趙家遠房的一個堂妹，趙家之所以參加五皇子的宴請，也是因為這層聯姻關係吧？」

那天，趙悅然也去了五皇子的宴會，頭一天還很乖巧地來向劉氏請示了。

劉氏也沒多想，就同意了。

「這有什麼不對嗎？」

看著自己兒子眉頭深鎖，眼神更宛若冰潭一般幽深，劉氏的心忽然沒來由地一慌。兒子是從自己肚子裡爬出來的，什麼脾性她是知道的，他辦事向來穩妥，也從沒仗著郡主一家的勢力在外頭興風作浪，這讓劉氏很是安心。

「如今聖上年邁，年歲相當的皇子有五個，雖說，都是皇上的親兒子，但總有個親厚。」

陸世峻說著，深深看向自己的母親。「母親在這深宅大院裡，旁的可能講不通，但繼承家業這種事，母親一定很明白，您想想，哪一個當母親的不想讓自己兒子繼承家業？皇家亦然。」

「你是說，趙家這樣做，其實就是站隊五皇子？」

劉雲若震驚，繼而渾身一個激靈，手也不由自主地抓住陸世峻的袖子。「那若是押錯了寶……」

「現在趙家想的卻是押對了寶，那他們就能雞犬升天了。」陸世峻冷笑。「娘，咱們這樣的家世，在京城太微不足道了，若非您當初非要我娶趙悅然，咱們就是一般的商賈人家，也就手裡有點錢，但到底是逍遙的，如今，再怎麼有錢，那也得有命花啊！」

「我……我根本沒想這麼多，早知道，就不讓悅然去五皇子那裡赴宴了。」

劉雲若臉色嚇白了。

「母親有沒有聽說現在江湖上出現了一個詐騙的團夥，都是一些老不修，他們五湖四海地倚老賣老欺詐，得了不少的銀錢。」

「好像是有這麼一回事。」劉氏若有所思。「這……這跟五皇子有關係？」

「呵呵，五皇子怎樣關我們什麼事？」

陸世峻冷笑幾聲，沒有再多說。

「啊？你……你是說，那些人是趙家暗中操控的？」

劉雲若反應過來，倏地從椅子上站起來，滿面的驚駭。

「母親想必也能知道，趙家通過此道得來的銀錢都去哪兒了吧？」

「給……給五皇子了？」

「呵呵，母親您想得簡單了。如果僅僅是給五皇子送了些銀錢，咱們不需要在意，但如果這批銀子是用在了別處呢？」

「別處？」

劉雲若只覺得頭皮都發麻了，難道他們是買了……她被自己想到的東西嚇傻了。

自古不管是誰，敢囤積兵糧，一旦被發現，那就是謀逆大罪，是要誅九族的。

「母親，如今您還反對我去安成縣任職嗎？」

陸世峻已經站起來了，他得走，不然等一下趙悅然來了，母親明面上還是得讓他回聞香閣，只要一想到要跟她同床共枕，他渾身都覺得難受。

「我……知道了。」

兒子一直都沒想要入朝為官，他未婚之前，劉氏還曾經動過要用銀錢給他打通路子，要他在京城當官。畢竟商戶是最下賤的營生，即便是有錢，那也被人瞧不起，可陸世峻一直不肯做官，他說做生意天南海北的自在。

但如今，他硬是跟皇上要了一個七品知縣來當，分明是在向皇上表忠心。

不管皇子們怎麼鬧奪嫡大戲，他都不想站隊。

不，他是想讓聖上知道，他們陸家不跟趙家站一隊，他遠離趙悅然，本身就是一種態度。

趙家急吼吼的站隊，依仗的是五皇子之母安嬪是當今皇后的庶妹。

皇后無子，她跟安嬪又同氣連枝，所以，一般人包括趙家都以為，皇上若是想要選出太子來，那皇后的枕邊風吹的一定是五皇子。

「母親萬不可對人言說這些，兒子之所以告訴母親這些，主要是我這一走，不知道什麼時候回來，家裡還得母親跟她周旋，若是她再跟五皇子走得近了，母親也無須阻攔，只是陸家的人絕不可參與！切記，切記！」

「嗯，我知道了，這大事，我哪敢跟她一起荒唐啊！皇上還好好的呢，八字還沒一撇，他們趙家就急不可耐地認準了五皇子，實在是太愚蠢了！」

劉氏說到這裡，忽然又眼神驚惶。「世峻，萬一將來五皇子不成，那皇上會不會怪責咱們陸家，畢竟，趙家跟咱們是姻親。」

「敬而遠之，便是上上之策。」

陸世峻起身，對著劉氏施禮。「母親，我外頭還有事，得走了，後天我就要出發去安成縣，事出緊急，我就不回來跟母親告別了，左右不是去外域，母親若是有急事給兒子捎信，兒子也能趕回來。家中一切事宜，還是要母親慎之又慎的對待，萬不可把陸家置於風口浪尖上，屆時悔之晚矣！」

「嗯，我知道了。你……就不去她那裡看看嗎？她想必已經知道你回來了。」趙悅然怎麼說也是郡主身分，明面上的尊重還是得有。

「我若是能去，就不會向皇上要了縣令這個官職了。母親，我走了。」

陸世峻轉身離去。

劉雲若跌坐在椅子上，想到兒子因為趙家跟五皇子的關係，不得不去做一個小小的縣令，她心口就疼。從小兒子就喜歡自由自在，家裡有錢，也從沒約束他，沒想到，娶了個郡主，反倒是要被迫遠走他鄉了。

趙家，趙悅然，你們都已貴為侯爵，這還不夠？

奪嫡大事是那麼好摻和的？

今天之前，劉氏每每想及兒子娶了郡主為妻，夢裡都能笑醒，陸家高攀侯門，躋身京城上流社會，是她盤算過最划算的一件事。可現在，她真後悔了，不娶郡主，陸家小日子富足和美，它不舒坦嗎？非要上趕著去娶貴女，現在好了，有回報就有風險，這可是性命之憂啊！

想想，她就渾身發冷。

此時，她已然把趙悅然戚戚哀哀地跟她說的，兒子跟一個小寡婦糾纏不清的事忘得一乾二淨了。

兒子養個外室，是不太光彩，可是，那也不至於丟了性命啊。

倒是娶了個高門的貴女，有可能被她給拉入萬丈深壑。

世峻，娘錯了，是娘害了你！

當初她軟硬兼施逼著兒子娶郡主，說是為了家業興旺，為了兒子的幸福，其實，她就是虛榮，陸家錢多得花不完，可沒地方誇耀啊！有了郡主這個媳婦，她就能跟著郡主媳婦參加宴會，跟那些高門貴婦平起平坐，她何其風光啊！

真是報應啊……

這才兩年，她就要為攀龍附鳳所做的一切事情，承受後果了。

陸世峻一踏出陸府，聞香閣就知道了。

然後又是一通稀里嘩啦的亂砸亂摔，直到屋子裡再沒什麼能砸的，趙悅然也累癱在椅子上，她氣喘吁吁。「陸世峻，你等著，有你跪在我跟前向我討饒的時候，我不會原諒你！」

「表妹，我知道京城新開了一個特別的小館，那裡頭賣的吃食都是別的酒樓沒有的，去的人沒有說不好的，不然我帶妳出去散散心，品嚐美食？」

趙悅然砸東西時，裴南貴就那麼瞇著眼睛看著，也不勸解，他甚至在心裡感激陸世峻，他不走，自己就得走。可看著嬌滴滴的姨表妹，他心癢難耐，哪捨得走？

「表少爺這是什麼話？我們夫人怎麼可能跟你一個外男去……」

齊嬤嬤頓時就惱了，老臉板著，想要趕人。

但她話沒說完，就聽趙悅然冷冷地道：「既然他都可以去跟小寡婦廝混，我又為什麼不能跟表哥去吃飯？」

說完，她率先往外走。

齊嬤嬤跟碧綠都驚呆了。

裴南貴興奮地喊：「表妹，等等我，我來帶路。」

「嬤嬤，這怎麼辦？若是被大夫人知道了……」

碧綠看看齊嬤嬤。

齊嬤嬤跺腳，道：「還能怎樣？快點跟上。」

好在有她們跟著，加上郡主跟表少爺是親戚，也不算是孤男寡女。

趙悅然前腳出了陸府，後腳劉雲若就得了信，她咬著後槽牙，罵道：「果然是覺得攀上了五皇子就有恃無恐了，世峻剛走，她就敢跟外男去外頭，他們姓趙的不要臉面，我們陸家還要呢！」

劉雲若吩咐。「李嬤嬤，妳帶幾個人跟去，就說外頭亂，我不放心郡主。」

「是。」

李嬤嬤帶人應聲而去。

何月娘得知新來的縣令是陸世峻這位陸家大爺時，全家都在為參加院試的五娃準備一應物品。

「他去找則無先生了？」

何月娘嘴裡這個他，就是陸世峻。

五娃正吃著大嫂李氏給他煮的銀耳羹，甜甜糯糯的銀耳羹讓陳五娃吃得很歡暢。

「嗯，則無先生說是晚上要給陸先生接風。」

「哦。」何月娘心頭微微有些起伏。

上回五娃府試，不是他在京城斡旋，那個監考官也不會來得那麼及時，五娃的府案首也不能順利拿到。

如果不知道他的心思，她必得備一份大禮去謝謝人家的援手相助，但他在那封信裡再明白不過地表明了心跡，她是說什麼也不能再去跟他有什麼瓜葛了。

「母親，您要去嗎？」陳五娃小心翼翼地問。

「去哪兒？」

「給陸先生的接風宴啊。則無先生讓我問問您，不過，先生也說了，去不去由您。」

陸世峻在山上私塾教過一段時日，對五娃很好，五娃也很喜歡他這樣的先生，嚴肅中不失幽默，每次上陸先生的課，都是心情愉悅的。

但母親卻好似不太喜歡陸先生。

「張爺爺得人照顧，你小姪子們也動輒就找我，我不得空去。」

「哦，好。」

陳五娃點點頭，銀耳羹喝完了，他拎著食盒上了山。

「你有沒有說是陸先生回來了？」

五娃答道：「母親不得空參加陸先生的接風宴。」

陸世峻覺得剛剛還滿口軟糯香甜的銀耳羹忽然就沒了味道，他悻悻地放下了碗。

「說了，我還跟母親說，以後咱們縣裡的父母官就是陸先生了。母親說，哦，陸先生有大才。」陳五娃笑嘻嘻地道。

「走吧，陳夫人家風嚴謹，本來就不該跟我們一起出去。」

則無先生怕陸世峻一時失落，在五娃跟前露了心跡，忙扯了他出門。

當晚，陸世峻喝得酩酊大醉，被陸福扶回縣衙後堂臥房，折騰了一夜，時不時痛苦地質問。「妳為什麼不來？為什麼不來？」

衙門其他人都以為陸縣令這是跟夫人鶼鰈情深，醉後吐真言，埋怨妻子不跟自己同來。只有陸福知道，他家大爺這是又對人家陳夫人牽腸掛肚呢！

「唉，怎麼辦才好啊？」

他在床前守著，唉聲嘆氣。

三日後，陳家一家人又出發送陳五娃跟劉炳成去知州城參加院試。

院試是由各省學政主持的考試。因學政又稱提督學院，故名。

試分正試、覆試二場。

試八股文與試帖詩，並默寫《聖諭廣訓》百數十字。揭曉名為出案，錄取者為生員，也就是秀才，札發入府、縣學學習稱入學或入泮，須受教官的月課與考校。此為童生試的最高階段考試。

他們是提前一天到知州城的，而且這次要在知州城住上幾天，正試之後要等幾天後成績合格才能參加覆試。

因為家中忙著蓋房子，一切事宜都要有人支應，所以陳二娃沒跟來。

他們的馬車經過知州城府衙門口，那裡已然貼出了院試的各項規定以及違背了這些規定所要承受的處罰。

這些則無先生已跟兩個學生說了，他們也表示不會違背規定，一門心思好好考。

對兩個學生的人品，則無先生還是很放心的。

諸如作弊，夾帶小抄之類的錯誤一定不會發生在他們身上。

又在府衙門口遇上了熟人，江東。

府試的時候曾為攀附劉家，在考試中作弊，他曾改姓劉。

「先生，江東的府試不是沒過嗎？他怎麼還來參加院試？」劉炳成不解地問則無。

則無冷笑。「這就是官場。」

看似風光八面，實際上內在齷齪、下作、無恥、卑劣，但凡世上所有能被人想出來的醜事，官場都可能會發生。

這也是則無雖殿試得中探花郎，卻無意於官場的原因。

無法扭轉腐敗的官場惡習，那就遠離它，這不算是中庸之道，明哲保身，只是則無為了能讓自己一日三餐都吃得下去而已。

江東也發現了他們，他冷冷看過來的目光裡皆是嫉恨。

看完了張貼的考試規則，他們就準備去找一處乾淨的客棧落腳了。

走了幾處，不是已經住滿，就是太過骯髒，幾個人雖都不是有潔癖的人，但也不喜住在一個如同豬窩般環境差、被褥髒，還滿屋子都是男人腳臭味的地方。

又走了一會兒，在魚躍巷找到一家客棧，名曰高升客棧。

這名字聽著就吉祥。

何月娘眉開眼笑。「大娃，把車停下，咱們就住這兒了。高升客棧，住在這裡，我兒以後前途定然高升！」

不料，陳大娃很快回來，皺著臉。「娘，客滿了。」

「啊？這多好的客棧啊，你沒跟掌櫃的說說，咱們可以多給點銀子，讓他給咱們勻出一間房來，哪怕讓五娃跟炳成兩人住這裡，我們再另找也成啊！」

「我說了，但掌櫃的說，住在這裡的客人都是半月前就預訂了房間，現住現訂是不可能的。」

陳大娃也不想走，總覺得來都來了，再從這裡走開，就好像會影響五弟高升似的。

「不然咱們就再看看別家吧，一個名字而已。」則無先生安慰著兩母子。

參加考試的兩個娃兒沒啥事，倒是送考的人腦子裡想太多。

陳大娃看看何月娘，何月娘只能點頭。「走吧！不走能怎樣？」

「請留步，您幾位裡有沒有一位叫則無的？」

忽然，從客棧裡跑出來一個小夥計，他邊問邊打量這幾個人。

「我是則無。」則無先生不解。「你認識我？」

「不認識。」小夥計搖頭。「但今天之後，我就認識先生了。不瞞先生，我有過目不忘的技能，不管是誰，只要住過我們客棧，他就是一年不來，我也能一眼把他認出來。」

小夥計對自己這項識人的技能頗為得意。

「你有什麼事？」

「是有一位先生早就預訂了三間上房，說是專門為則無先生一行人所留。」

小夥計的話讓幾個人的眼中重新燃起希望。

「是誰預訂了房間？」何月娘問。

「這個我不知道，不過，既然有得住，幾位就住吧，左右不外乎是你們的朋友，以後見面再問唄！我們這裡可是一房難求，若你們幾位不住的話，我這邊一喊，那邊房間就給搶走了。」

小夥計的話倒也不是吹牛，因為院試從全州各地趕來的學子們把知州城裡的所有客棧都占滿了，這才造成一房難求的困境。

「甭管了，不住白不住，咱們進去。」則無先生笑著說道。

此種情形下，何月娘也說不出別的話來，只好先暫住下來，也好趕緊弄點吃的給兩個娃兒，吃飽喝足，他們好好休息，為明天的院試做好充分的準備。

三個房間，何月娘帶著六朵住一間，則無先生跟五娃一間，大娃跟炳成一間。這樣把參加考試的兩個娃兒分開住，既讓他們能好好休息，最緊要的是，有個大人在身邊護著，他們出不了岔子，不會影響明天的正試。

因為只是小住，三、五天的事，所以他們出來也沒帶多少東西，簡單收拾了一下，他們就都從房間裡出來，準備下樓去吃點東西。

這家客棧是吃住一體的。

二樓是客房，一樓是食堂，後院則是廚房和掌櫃一家所住的院子。

一眾人邊說邊往樓梯口走去，眼見經過走廊側面最後一個房間，就能到樓梯口了，卻聽得門吱呀一聲開了，從裡頭走出來一個丰神俊美的男子。

「則無，沒想到在這裡遇上你們，好巧！」

男人眉眼裡都是笑意，嘴角微微上揚，一身淡青色的衣衫，優雅不俗，他就那麼站在那裡，恍如一棵探出崖壁的青松，傲然不可小覷。

第六十三章

「世峻，你怎麼在這兒？」

則無先生也有點吃驚。「這會兒你不是該在府衙中輔助知府大人做院試前的準備嗎？」

「各縣都調來了人手，都把府衙弄得沒下腳的地方了，多我一個不多，少我一個也不少，我去湊什麼熱鬧？」

他說著，偏偏頭，就跟剛才瞧見何月娘他們似的，忙微笑著打招呼。「陳夫人也來了，妳這個娘親做得可真是沒得挑剔了。」

「陸大爺，謝謝您，早該登門道謝的，但家中娃兒多，瑣事也多，一直沒騰出時間來，說起來是我的不是，在這裡給您道個歉了。」

說著，何月娘福了福身，給他施了個不大不小的禮。

陸世峻嘴角微抽，再跟則無對視，目光中就多了幾分悽楚。

則無暗暗地眉梢都要挑到天上去了，對他做了一個活該的口型，繼而率先邁步下樓。

「走吧，我餓了，要去吃飯，不餓的就杵在這裡裝大爺吧！」

「則無，好歹我也跟你稱兄道弟快十年了，怎麼也算是有點交情吧？你就這樣當著兩個孩子的面損我，你有意思嗎？」

陸世峻也知道則無這是在給他找臺階下，當即緊趕幾步跟上，一路上都在跟則無插科打諢，只望能把滿腔對那女子的心思都給掩飾起來。

殊不知，欲蓋彌彰，大抵就是形容此刻他的言行的。

他越發這樣撒著歡地跟則無鬥嘴，就越讓陳家人納悶。

就連一向老實的陳大娃都低低地跟何月娘道：「娘，我怎麼瞧著這位新任的縣太爺有點不太穩當啊？會不會比原來的岳縣令更糊塗呢？」

「別胡說！」何月娘瞪了自家娃兒一眼，低低地道：「咱們平頭小老百姓過好自己的日子得了，操哪門子的歪心？」

「嗯，娘說得對。」

陳大娃當頭被罵，一點委屈都沒有，反而覺得他娘什麼時候腦子都是清醒的，話說得再有道理不過了。

陸大爺縣官當得不好，自有皇帝處置他，礙著他一個八百竿子都打不著的拉腳的腳夫啥事？

嘴碎，這毛病可不好，尤其是男人。

他掐自己一把，生疼，記住疼，以後別犯了。

院試的緣故，知州城裡大大小小的酒樓飯館大多都人滿為患。

好在還是那位陸大爺把事情都預先安排妥當了。

城裡最大的迎賓樓二樓雅間，他們來的時候，偌大一張飯桌上，已經擺滿了各色菜餚。

「我也不知道妳喜歡吃什麼，這是我隨意點的，妳有什麼特別想吃的，就再點幾個……啊？則無？說你呢！」

陸世峻眼瞅著何月娘，話自然也是問她的，但人家偏頭跟自家娃兒低聲說話，眼角眉梢都是一派慈母姿態，饒是陸世峻都覺得自己這話尷尬，只好連忙調轉了話頭，奔則無了。

則無氣得想打人。

敢情我今兒就是個來給你遮掩羞臊的擺件唄？但損友也是摯友，總不能見著他在人前丟臉吧？

則無只能咬著後槽牙應了聲。「不用了，這些足夠了，點多了浪費。」

「那……也成，吃著看，不夠再點。」

陸世峻那眼神又不自禁地往對面的女子身上飄去。

這一頓飯，他那眼神就跟長了腿腳似的，動不動就走到人家何氏跟前了。

何月娘躲避著他的視線，始終偏著頭，不是給五娃挾菜，就是給劉炳成遞包子，弄得一頓飯，光忙活著兩個娃兒，她自己吃得少之又少。

「則無，怪不得她那麼瘦，怎麼吃那麼少啊？」

陸世峻壓低了聲音問則無。

則無真想把跟前一盤紅燒肉拍他腦門上，痛罵：你豬腦啊？你這半個時辰眼珠子都差點戳人家身上了，人家被你戳得渾身不自在，哪還有心情吃飯？

「先生、陸大爺，你們慢用，五娃頭有點不舒服，可能是這裡太憋悶了，我帶娃兒下去走走，散散熱氣。」

何月娘被逼得實在是坐不住了。

她扯了五娃往外走。

五娃一臉傻地想：我頭不舒服？有嗎？

但陳家娃兒有一個共同點，那就是後娘說啥是啥，後娘就是讓他當場厥過去，他也會立刻躺在地上翻白眼的。

「我……我也瞧瞧去，五娃明兒還要考試呢！」

陳大娃也緊忙站起來跟著出去了。

「先生，我……我也瞧瞧五娃去。」

劉炳成一看。得了，我也走了吧，別丟下我一個人在這裡看兩位先生鬥嘴。

當下安靜下來。

「滿意了？」則無瞪陸世峻。

陸世峻撓頭，神情頹喪，宛若挫敗的鬥雞。「我只是想對她好，這也有錯？」

「對人家好？你問人家需要你對她好了嗎？好處這東西誰都想占，但有些好處你得問問人家願意不願意占你這好處啊？人家願意占，那是貨真價實的好處，人家不願意占，那是徹頭徹尾的麻煩！我的陸大爺，我精心培育的兩個娃兒是來參加院試，為我博臉面的，你能不能把你那點風花雪月的腌臢念頭都收起來？最起碼，別在這幾天裡打擾人家母子了。這陳夫人是個直爽的性子不假，但那也是個有脾氣的，您真惹得人家帶著娃兒走了，院試也不考了，坑了兩個娃一輩子，你不覺得虧心？」

則無先生一通數落，直把陸世峻說得面色泛紅，他訥訥著。「我知道我這樣不對，可我實在是……」

「控制不住，是嗎？陸大爺啊，你來這裡當個七品小官，你的初衷是啥？你可不要忘記了，別真的因為你心裡那點念想，把你們一家子都給害了，還搭上人家陳家一家老小，人家冤不冤？難道你那郡主娘子是個善類？」

陸世峻終於在這番話後，沈默了。

是啊，他向皇帝要這個七品小官，是想讓皇上乃至大越國的人都看出來，他跟趙悅然夫妻離心，跟趙家有不可逾越的隔閡。

如果他癡纏一個小寡婦的事傳揚回京城，那就會讓人覺得他是為了私慾才到安成縣的，跟趙家無關。

「走吧，吃飽喝足了，去府衙在知府大人跟前表現，別在人家跟前尋不自在了。」

則無說完，拍拍他的肩膀，起身下樓尋陳家母子去了。

包廂裡，陸世峻一人呆坐了很久，看著滿桌子涼了的飯菜，他的心也涼得透透的。

包廂外，陸福都差點把手給搓出個窟窿來。

怎麼辦？怎麼把大爺的心思從陳夫人的身上拔出來呢？

這時，他聽到隔壁包廂裡傳來男女調笑的聲音，有一女子嗲聲嗲氣地道：「爺，您這樣猴急，是不是憋壞了啊？家裡的母老虎該用還是得用啊，免得把自己憋壞了。」

「母老虎哪兒趕得上妳好啊，我就是憋壞了才把妳約出來的，來，快讓爺快活快活！」

隨後女人放肆的笑聲夾雜著男子的粗喘傳了出來。

對啊！大爺是不是憋壞了，才看陳夫人哪兒哪兒都好？

陸福記得大爺跟郡主在一個屋裡睡覺，都是大半年前的事了。大爺這個年紀正是龍精虎猛的時候，成天憋著，不成事啊！如果這會兒讓大爺嚐了女人的滋味，那會不會就此對那個女人也能另眼相待？

他又想到，急急忙忙也找不到什麼良家女子，倒不如去藝美苑，問問媚娘，看能不能找個剛買進來的清白女子，最好長得好，性子又溫柔，沒準兒能抓住大爺的心，那大爺轉了心思，就不會老去纏著人家陳夫人了。

就他陸福都看出來了，人家陳夫人這會兒一門心思地養娃兒，根本對他們大爺瞧都不瞧，這不是他們大爺不好，是人家壓根兒就沒這方面的想法。

陸福把自己那點小盤算跟則無先生說了，他想了想，也覺得可以一試。

他也擔心再這樣下去，他這位摯友怕是腦子真出問題了。

晚上，陸世峻被則無拽進了藝美苑。

因為事先都跟媚娘說了，媚娘讓人放出話去，今晚藝美苑舉辦評美大會。

所謂的評美大會，顧名思義，就是找一溜兒美人在臺子上走來走去，或者歌來舞去，臺下的諸位有錢大爺們投票評選，選出最美的藝美苑花魁，當然與評美活動進行的同時，一場豪賭也在所難免。

押中花魁的，自然贏頭不能少了。

畢竟，能在藝美苑一擲千金的可都不是好對付的。

「看在咱倆十年的情分上，等一下我出資給你把花魁娘子請來，讓你良宵一度！」

則無先生興趣盎然，邊說邊指著臺上已然出來的幾個遮著面容的美人。「那個不錯，對，就那個穿紅衣的，身材曲線玲瓏，步態也婀娜，不錯，跟你挺合適的。」

「你這堂堂的大儒今晚是準備拉皮條了？」

陸世峻不屑地白了他一眼。

陸福跟則無什麼心思，他會看不出來？

之前陸福拉著則無嘀嘀咕咕地說了半天，這才有了則無非拉著他來藝美苑的舉動，他不是願意來，但不願意來，就在客棧的房間裡滿地打轉轉嗎？

下晌何氏回客棧後，就進了屋了，兩個多時辰都沒再出來，而且讓陳六朵放出話來了，說：「她身子不大舒坦，晚餐不用了。」

為了躲他，飯都不吃了。

陸世峻聽了是又好氣、又好笑。他有那麼可怕嗎？那可是打過大蟲的主兒，洪水猛獸到了她跟前，估計也不會怵的，偏偏受不得他對她好！

她近在咫尺，自己卻見不到，又不能闖進人家婦人的房中去探問，究竟是在跟他鬧氣，還是真身子不舒坦？但估計他真的去了，人家那大兒子能把他給丟到樓下去。

罷罷罷！還是聽則無的吧，去藝美苑。

到了這裡，看著滿屋子的鶯鶯燕燕，他更煩躁。

怎麼就一個都沒有那婦人的樣？且不說容貌，就是氣度，舉止，她比這些妖豔貨，簡直不知道要強上多少。

他陸世峻若是想要女人暖床，還需要到這藝美苑裡找千人騎、萬人睡的嗎？

京城多少清白人家的女子都盼著去給他做侍妾呢！

哪怕當個外室，她們也甘願。

可是，他獨獨就對這個小寡婦動了情，情根深種，但卻一星半點兒都得不到對方的回應，他真真地煩惱透了。

舉起酒杯來，連喝了三杯，酒是辣口的，從咽喉往下，熱辣辣的一股，總算是把他心頭泛起的那些歧念給壓制了些許，他忽然覺得古人說得太對了，酒就是好東西，一醉解千愁！

他是個行事有尺度的人，向來對酒是適可而止的，但自從心裡有了那個人，他都已經喝醉好幾次了。

惹得陸福都恨上酒了，見誰給他家爺斟酒，就拿眼刀子戳人家。

「醉了，就沒念頭了，喝吧！」

則無也心疼好友，可苦於幫不上忙啊，若他真喜歡的是藝美苑這樣地方的女子，那他倒是可以出錢把人給贖出去，任好友予取予求。

偏生人家陳夫人那是個有氣節的女子，則無對她除了尊重就只有佩服了。

不佩服成嗎？人家清白之身做了陳家繼室，對幾個娃兒好得比親兒子還要好，又辛辛苦苦地操持著陳家家業，到如今，陳家娃兒個個都有了自己想幹的事，陳家大屋也眼見著翻蓋成了，這是多少人背地裡為這年輕的小婦人豎大拇指的事？

這樣的女子，除非她自個兒願意，否則想要強迫她做什麼，那無異於登天！

陸世峻再醒來，是躺在顧翩翩的懷裡。她面容嬌美，神情羞怯，見他醒來，小心翼翼地動了下身子，眉心微蹙，想是他睡著的時候，她動都不敢動，怕驚醒了他。

「爺，您覺得怎樣？頭疼嗎？要不要我給您揉揉……」

她說著，一雙素手就往他額頭上撫去。

他倏地就黑了臉，狠狠一把推開她的手，又快速地從她懷裡跳到了地上，因為宿醉還未全醒，他動作又過猛，一時沒站穩，趔趄著跌坐在床邊的椅子上，椅子又藉著慣力往後撤了撤，正好就撞到了桌子，發出砰的一聲響。

「怎麼了？世峻，你……醒啦？」

一直在外頭守著的則無跟陸福一前一後衝了進來，進門就見這位爺虎著臉，眼神犀利地掃向他們，他低低地怒道：「你們連我都要算計了！」

聲音嘶啞，緊跟著就是一陣咳嗽，直咳得滿面脹紅，氣喘不已，看樣子是動了真怒了。

陸福嚇得忙想要近前去伺候，卻剛靠近他，就被他一腳踹中小腿，疼得臉色發白，卻連喊都不敢喊，只直挺挺地跪了下去。「爺，小的錯了，小的願意被罰，您別氣壞了身子！」

「陸世峻，你還沒完了，是不是？」

則無剛開始見陸世峻那樣，也是覺得心虛，畢竟他一向光明正大，這回使計坑好友，確實心虛。但看好友這樣，明顯是不想從那無望的愛裡爬出來，反而有越陷越深的意思，他也生氣了。

「陸福，你帶翩翩小姐出去，我跟你們爺有話說。」

「先生，我們爺像是身體不舒服……」

陸福不放心，眼神央求則無。

則無冷哼一聲。「這都是他自找的！你們出去吧！」

陸福知道留在這裡也沒用，主子的事如今也就則無先生能開解了，當下他招呼了一直低頭飲泣的顧翩翩，出門去了。

「陸世峻，你知道不知道，你這樣繼續下去，害了自己不要緊，你恐怕是要害死陳家一家子啊！」則無疾言厲色。

「我怎麼就害了他們了？我對他們好……」

「我呸！你對他們好，且不說人家需不需要你的好，我就問問你，京城那位睚眥必報的主兒，能容你對他們好嗎？她不容的話，會怎樣做，你之前不是見過了嗎？若不是陳夫人警覺，恐怕這會兒已經被那幾個老不修給害得不能過日子了！還有人家的娃兒都是有前程的，你這樣由著自己性子來，萬一那妒婦對陳家娃兒下手呢？真傷了陳家娃兒，陳夫人能恨你一輩子！那就是你樂意見的？」

則無的這番話，恍如當頭棒喝，陸世峻語塞，同時也清醒了。

「世峻，喜歡一個人並不是一定要攬在懷裡，日日繾綣才美好啊。你我都是讀書人，話本裡那些不爭朝朝暮暮，只求天長地久的愛情，它美，但陳夫人不想男女之事，不管遇上的是你，還是旁的男人，她都清心寡慾的不會去理會的！這不是說你不好，而是人家不想，你還能拿把刀子，把人家的腦子扒開，把你裝進去，讓人家在意你啊？」

則無搬了把椅子坐到他跟前，看著自己這位為情所困的好友。「你要是真喜歡、真愛，那就把她放心裡，能幫就幫，不能幫，就在一旁遠遠看著，像是看一朵迎風而開的花，不好嗎？我也欣賞陳夫人，可我更理解她，她想要為亡夫守著，想把亡夫的娃兒們都安排得好好的，這是她的心志，無人能左右啊！」

「唉！我知道了，是我不對。」終於陸世峻長嘆一聲，把臉埋在了掌心中。「我其實都知道，我也懂她，可我就是……」

「你多想想她的難處，就能把持住了。再一個，京城那位的眼線估計已經到安成縣了，你不想坑害她，就遠觀吧！」

則無看他神色已經平靜下來，眼神也沒了癲狂，當下壓低了嗓音。「我看這個顧翩翩就不錯，媚娘跟我說了，她一直沒讓顧翩翩去前頭迎客，就是留給你的。翩翩也是好人家的閨女，家裡遇上事，父兄都被殺了，這才被賣到這裡，也是個琴棋書畫都不錯的女子，懂怎麼開解你，你即便是不喜，但用來做做樣子，還是可以的，而且，這樣一來，京城只會傳你陸大爺到了安成縣不老實，跟青樓的姑娘廝混。」

陸世峻看著則無。「幸虧有你，果然損友不要多，一個就夠倒楣了。」

「喂，我這樣費心費力地為你著想，你這樣說我？」

則無條地站起來，一臉怒容。

「行啦，謝謝你這個損友，晚上我在這裡作東，和翩翩一起請你喝酒！」

當夜，陸世峻沒回客棧。

藝美苑顧翩翩的房中，輕紗幔帳，幽香在側。

「爺，翩翩幫你解……」

顧翩翩滿面緋紅，手哆哆嗦嗦地要給他解鈕子。

他拿開她的手，目光清冷地看著她。「我可以給妳別的姑娘想要的一切，但這不行！另外，我家裡那個是個妒婦，得了消息可能會明裡暗裡地搓揉妳，妳怕不怕？若是怕，現在我就跟媚娘說，換個人。」

「怕？」顧翩翩縮回手，神情淒然。「我一個青樓女怕什麼？任打、任罵、任騎，這是剛來藝美苑時，媚娘就告訴我的，一個沒了家，沒了聲名，甚至連命都不屬於自己的人，會怕什麼？我倒是怕她不來，不然這以後孤寂的日子裡，我怎麼熬？」

這話後半句就帶著悵然了。

她明白地告訴陸世峻，她答應做他的遮擋。所以，以後他在這裡，跟不在都沒什麼區別，她還是要一個人孤苦無依地度日。

「睡吧！」

他將被子扯到她身上，翻身起來，去了內間。

他著人把隔壁房間打通，只留了一道隱形的小門，留著他出入。

聽著那道小門啪一聲關上，甚至還緊跟著有一聲上門插門的聲響。

她忽然望著黑漆漆的屋頂就笑了，笑得酸澀，他這是怕她深更半夜會不顧羞恥地溜進那扇小門，爬上他的床嗎？

她會嗎？

滿屋子都是黑漆漆的，唯獨她口中那兩排潔白的貝齒亮晃晃的，沒人知道，她那夜笑得多美，在那麼美豔奪目的笑容裡，淚水肆意橫流了整整一夜。

第六十四章

正試考了整整兩天，每天何月娘都跟大娃、六朵去府衙門外等著，也有跟他們一樣來送考的人，大家都在府衙門口翹首引領。

到了第二日下晌，府衙的大門終於打開了。

一眾的學子們都從裡頭走了出來。

陳五娃跟劉炳成是並肩走出來的，兩人的臉色都有點蒼白，想是被關這兩天，忙著琢磨考試，飯食上沒進多少，這才顯得有些憔悴疲憊。不過兩人的眼神都亮堂堂的，看到大門外的何月娘跟則無先生，兩人都歡呼了一聲，雀躍著跑了過去。

「先生，娘，你們怎麼還在外頭等啊？」

陳五娃歡快地扯了他娘的手，接下來一句把幾個人都逗笑了。「娘，我餓了，有沒有吃的？」

「有，先用這個核桃酥墊墊胃吧，再喝口水。」

何月娘根本顧不得問娃兒考得怎麼樣，忙把手裡緊攥著的一個紙包打開，裡頭是幾枚剛烘焙出來的核桃酥，陳大娃也忙從懷裡把捂了很久的茶水拿出來，打開蓋子，送到五娃嘴邊。

五娃滿嘴都嚼著核桃酥，也沒客氣就著他大哥的手，喝了一大口的茶水，溫和的茶水下肚，他覺得飢腸轆轆的腹中總算是有了點東西，這才深深吸了一口氣，道：「娘，覆試您可別在這裡站著等，太累！」

「那是老娘的事！」

何月娘看著五娃這狼吞虎嚥的模樣，眼圈微微泛紅，她已經聽則無先生講述過學子們在考號裡所遭受的艱苦了，往往有身子骨兒弱的學子們進去了就沒再出來。

可家裡大人還是要娃兒讀書，死讀書，再死考，只要不丟命，那就得去搏！為家族搏，為顏面搏，更為自己搏，搏中了那就青雲直上！

可搏中的有幾人？

她雖然已經從陳大年那裡知道了，五娃這輩子讀書是能成的，他最終會因為得狀元而走向官途。

可她還是捨不得孩子受這樣的苦楚。想著，眼淚就不自禁地落下來了。

「娘，您怎麼了啊？是擔心我沒考好嗎？您放心，我不會給您丟臉的！」

陳五娃看到了他娘的眼淚，嚇得核桃酥也不吃了，忙不迭地掏帕子給何月娘擦眼淚。

何月娘忙笑著說：「我這是高興的，我娃兒有出息……」

學子們都出來後，又出來一個姓裴的通判，他站在府衙門口的臺階上，朗聲道：「兩日後出榜，正試合格者參加覆試！」

不知道怎麼著，何月娘總覺得這位裴通判在說話時，有意無意的眼神總在他們這幾個人的身上掃視，儘管是一閃而過，但他眼底那抹鄙夷，還是被何月娘瞧見了。

她對這人沒啥印象，不過，他姓裴，這個姓氏不多見，她知道得也少，但裴城昱大將軍算是出名的裴姓，這裴通判難道跟裴家也有關係？

回去的路上，何月娘問則無先生，認不認識這位裴通判。

則無先生的臉上顯出不屑來。

「他叫裴有福，是去年剛調到這裡的通判，正六品官職，在知府、同知之下，長官糧銀、家田、水利等事項，他這個官職對長官還有監察之意，這也是他在知州城裡知府都要給他幾分面子的原因，而且，他還是裴城昱大將軍的遠房一族，其實都是出了五服的。不過，這人為了往上爬，硬是攀上了裴家大公子裴南貴，認裴南貴做了乾爹，好笑不好笑，他的年紀比裴南貴還大兩歲呢！就為了能當這個通判，上趕著給人家當孝子賢孫去了！呵呵，這就是官場，齷齪事多著呢！」

正試是兩天後出榜，對於出榜的結果則無先生是不擔心的，不用說五娃，就是劉炳成也一定能正試合格。

所以，一眾人都沒什麼壓力，商量了一下，反正第二天沒事，倒不如一起出去遊玩一番，也算是給考試的兩個孩子放鬆放鬆腦子。

「炳成哥哥，給你果子吃。」

陳六朵跑到劉炳成跟前，攤開手，手心裡是一枚酥糖果子。

「我娘說，聽話的孩子有糖吃。」

「朵兒妹妹，妳留著吃吧，我不要。」劉炳成彎腰，笑著說道。

「哥哥吃，哥哥吃……」陳六朵堅持，小嘴都噘起來了。

「好，我吃，謝謝朵兒妹妹！」劉炳成無奈，只好接了酥糖。

「哥哥的糖果也要給朵朵吃，好不好？」陳六朵看著劉炳成，大眼睛眨巴眨巴。

「嗯，好，以後哥哥的糖都給朵兒妹妹吃！」劉炳成用力點頭。

「朵兒不知羞，炳成哥哥以後的糖果都得給嫂子吃，怎麼能都給妳吃？」

陳五娃看自家妹妹這麼親旁人，不禁逗她。

嫂子？炳成哥哥會有嫂子？

陳六朵眼睛眨啊眨，像是在琢磨一個很嚴重的問題，一會兒她忽然哭了起來。「我不要嫂子，我就要炳成哥哥，嫂子跟我搶糖吃，嗚嗚，不要嫂子……」

五娃傻眼，娘聽到了會以為他欺負妹妹，當下捂住六朵的嘴，忙說：「小六兒不哭，哥哥逗妳的……」

陳六朵用力點頭，表示自己不再哭了。

結果五娃鬆手。「哇哇……」

哪知道，這回哭得更響亮了，很快就把走在前頭的何月娘他們吸引過來。「小六兒，怎麼了？別哭，哭花臉就不好看了。」

「嗚嗚，娘，五哥給炳成哥哥找了個嫂子，嫂子跟小六兒搶糖果吃，嗚嗚，不要嫂子，我就要炳成哥哥一個……嗚嗚，五哥壞、五哥壞壞……」

她趴在何月娘的肩上，哭得更厲害了。

陳五娃看傻了，這也值得哭？問題是，妳不要嫂子，是想讓人家炳成打光棍嗎？

等弄清楚怎麼回事，何月娘也覺得哭笑不得，她看看懷裡哭得上氣不接下氣的閨女，心中喊了聲：閨女啊，妳不能這樣霸道啊！不讓炳成給妳找嫂子，妳是打算直接去當這個嫂子？

他們用了小半天時間爬到了山頂，晌午在山頂吃了頓野餐，仨娃兒又在山上肆意玩了一通，下午他們才回了城裡。

經過府衙門口，不少人圍在公告牆前頭不知道在議論什麼，牆上新帖出來一張告示。

「你們看到了吧，那倆就是這上頭寫的兩個人，呸呸，真不要臉，作弊也不知道改幾個字，寫出兩張一模一樣的卷子出來，是打量著知府大人他們眼瞎嗎？」

江東第一個看見五娃跟劉炳成，他撇撇嘴，對著旁邊的人說道。

「原來就是他們啊，長得還人模人樣的，怎麼這樣不知羞恥？」馬上有人附和江東。

隔得遠時，陳五娃他們沒聽清楚他們議論的是什麼，越走越近，江東那尖酸刻薄的話就清晰地傳到了幾個人的耳中了。

「江東，你胡說什麼？誰作弊？」

劉炳成是個不喜歡惹事的，但誰願意別人誣衊自己作弊呢？

「就你要臉？你要臉認有錢人當爹？怎麼，你爹沒給你吃飯，把你餓得滿嘴胡謅？」

陳五娃是個好讀書的不假，但誰說讀書人就一定好欺負？

「你壞！大壞蛋！」

陳六朵個子小，她靈巧地穿過人群，到江東跟前，抬起腳，狠狠地踩下去！

「哎呀！」

江東驚呼，低頭看竟是個明眸皓齒的小姑娘，正滿臉滿眼的惱怒，瞪著他。「不許你欺負我家炳成哥哥！」

劉炳成的臉頓時紅了一片。

「哎喲喲，你們聽聽，陳家還真是讓人開眼界啊，一個小女娃張口閉口她的炳成哥哥。怎麼，劉炳成，這是你的小娘子嗎？怪不得你能跟別人寫出一模一樣的卷子來，原來是昨晚跟你的小娘子……」

啪啪啪！

一串耳光，不要錢似的在江東的臉上左右開弓打了個反反覆覆。

江東都給打傻了，對方停手不打了，他還直勾勾地盯著那人，嘴裡訥訥著說不出一個字來，過了好一會兒，他張嘴吐了一口血沫，血沫裡忽然有兩顆白色的牙齒。

「我的牙……」

江東的臉上表情都疼得扭曲了，他低頭看著自己的牙，哭唧唧地罵。「是誰？哪個不要臉的打我？」

砰！

這回他的身體直直地飛出去兩、三公尺，最後跌入了縣衙旁邊小酒館門口的垃圾桶裡。

「敢欺負我妹妹，我打死你個混帳東西！」陳大娃怒目圓睜地罵。

「先生，這……這不可能！考試時，我跟炳成根本不在一排考號裡，他是後面第八排，我是前頭第三排，中間隔著十幾排的距離呢，怎麼就可能考卷會一模一樣？」

陳五娃看完了牆壁上新貼出來的告示，驚愕地喊：「不，這不可能，絕對不可能！」喊著，都急出眼淚了。

「你當然不會承認了，你沒看見告示上寫著，五、六個考官都看了你們倆的答題考卷都是一樣的，連個標點都不差，考卷就是證據！分明是你們提前暗中託人把考卷相互傳看了！」

有人不屑地說道。

「不，我們沒有！考號外頭幾個監考官在來回巡視，我們哪來的機會傳看卷子？你少胡說！」劉炳成也急壞了。

院試通不過不要緊，下回可以再考，但被判定作弊，那就要罰五年不許參加科考！

何月娘打完了江東，這才匆匆看過那告示，然後就火了！

「我去知府大堂喊冤，我娃兒的學問那麼好，還用作弊嗎？」

她氣得都炸毛了，轉身就要奔府衙去。

正在這時，那個叫裴有福的通判從府衙裡頭走了出來，正好跟何月娘打了一個照面，他鼻子裡發出一聲冷哼，旋即一副公事公辦的語氣。「陳五娃，劉炳成，你們明知道考場不許作弊，你們偏偏還這樣做，知府大人很震怒，罰你們從此不許參加科舉，科舉乃是皇上選拔有才之人的途徑，可不是給你們這些不知羞恥，營私舞弊的鄉下小子蹧踐的！」

他說到這裡，轉頭看身後幾個衙役。「來人，把他們押送回原址，不許他們在知州城逗留，以防帶壞了其他考試的學子！」

那幾個衙役就往何月娘他們這邊圍攏。

「你們說他們的卷子一模一樣，就是他們作弊嗎？難道不會是你們故意弄出一張一模一樣的卷子來陷害他們？知府大人何在？我要告狀，這裡告不下，我們去省裡，省裡不行，我們就去敲登聞鼓，告御狀！」

則無肺都要氣炸了。

他的學生人品學識都是極好的，天底下誰都會作弊，就五娃和炳成不會！

「你敢誣衊知府大人？我看你是不想活了！」

裴有福眼底迸發出冷光。「我勸你們還是哪兒來的回哪兒去，不然等知府大人把這事上報了省裡，省裡的處置公文下來，罰你個收監入獄，在那老鼠滿地跑的地方待上個四、五年，我看你這兩個小兔崽子還會不會這樣氣焰囂張。」

則無先生沒搭理他，徑直向府衙門口走去。

他要告狀。

敲響鳴冤鼓之後，知府馬汝全命人把擊鼓喊冤的人帶上大堂來。

則無先生和何月娘等人被衙役召到了堂上。

見則無先生不跪，馬汝全啪一聲拍了驚堂木。「你見了本官為何不跪？」

「我堂堂殿試第三名進士，還要跪你？」

古來，讀書人只要高中了秀才，見官就不用跪了。

這回院試如果兩場考試五娃跟劉炳成都能合格的話，他們就是正兒八經的秀才了。可是沒想到，半道卻出了這樣的么蛾子。

「哼，你仗著曾高中探花郎，就無視律法，慫恿自己的學生作弊，企圖蒙混過關，本官豈是那麼好糊弄的？現在事情犯了，本官勸你們最好主動交代，不然真讓本官查到了是誰幫你們作弊的，定然會稟報上頭，請求他們對你們嚴懲！陳五娃、劉炳成，你們小小年紀，雖然可能因為營私舞弊被終生禁止參加考試，但你們的小命保住了啊！你們還可以做點別的繼續度日……」

高堂上的馬知府聲情並茂，說得比唱得都好聽。

「他們沒有作弊！大人，我們請求翻看卷子，這事不能由著你們說什麼就是什麼。現在我們壓根兒連卷子都沒瞧見，也不知道你們所謂的兩張卷子答案一模一樣，到底是真是假。就是在京城犯了案子落在大理寺的手裡，那也會給犯人辯駁、傾訴的機會！你們如果不把那兩張一模一樣的卷子拿出來，我們絕不認同你們的判定！這裡告不下來，我們就去省裡，省裡不成，就去京城告御狀！」

則無先生也真是氣得狠了。

他最得意的門生怎麼就作弊了？就五娃那文采斐然，還需要作弊嗎？炳成雖不及五娃，但比這裡參加考試的大多數學子都要強，他們怎麼可能自毀前程，在考場上作弊？

況且，再蠢笨的人作弊也不會抄寫得一字不差？那不是等著讓別人抓嗎？

「哼，你儘管去告，不過，上頭會很快把你的案卷打回來，就是當今聖上知道了這案件是因為你們考場作弊，他會更重地罰你們，說不定當即就要了你們的腦袋，因為聖上是最討厭作弊的！」

馬汝全得意洋洋。

「我就不信，這世上還沒好人說理的地方！」何月娘早就怒火萬丈了，她手指著高堂上坐著的那個所謂清正廉明的馬大人。「狗官，你誣陷好人，考場營私舞弊，我與你不死不休！」

「好啊，妳竟敢咒罵本官！來人，給我打！」

馬汝全惱羞成怒，氣得跳腳。

一干衙役朝著何月娘他們就撲了過來。

不一會兒工夫，大堂上就橫七豎八地躺下了五、六個衙役，其他的衙役舉著棍子，雖然把何月娘圍在中間，卻並不敢靠前。

「這女人據說打過大蟲啊！」

「怪不得三拳兩腳就把幾個衙役放倒了啊！」

人群中議論紛紛。

「我認識那兩個考試的學子，他們是安成縣人，那個矮一點的小子叫陳五娃，是安成縣縣試、府試的案首，他怎麼會作弊呢？」有人說道。

「也許是收了別人的錢呢？這世上還有不見錢眼開的嗎？」

「對，有錢能使鬼推磨，誰見了錢還會躲嗎？」有人附和。

「陳家可不缺錢，就這小娃兒有一個後娘，對，就是那個堂上打倒衙役的婦人，她可是打死過兩隻大蟲呢，嘖嘖，兩隻大蟲啊，想想就渾身嚇得哆嗦！她帶著兒子們在山上種藥草，一年進項都是幾百兩銀子，他們陳家會缺錢嗎？」

有一個也是從安成縣帶孩子來參加院試的男子說道。

「是嗎？那這到底是怎麼回事？」大家更迷糊了。

「哼，還能是怎樣？連兩張一模一樣的卷子都不敢拿出來，你們品品，仔細品品，這事裡頭有啥？這年頭，當官的嘴大，窮苦老百姓根本沒說理的地方！」

「你是說，這院試考試結果早就是內定好的？」

在場的人驚呆了。

「我告訴你們吧，跟我住在一個客棧裡的那個劉東，對，就是被打的那個，他原本叫江東，後來拜了安成縣劉百萬劉豐年為爹，他這個便宜爹暗中送禮操作，早就把府衙上下打點好了，這回咱們啊，文采再好也別想頭三名了，能混個不上不下的名次，就算是順利的了！」

說話的人也是來參加院試的，是個二十多歲的男人。

「肅靜！」

高堂上，馬汝全把驚堂木拍得啪啪作響。「陳何氏，妳……當堂毆打官差，是想要造反嗎？」

「狗官，你升堂後，不問青紅皂白，就下令要他們打我們幾個，你安得什麼心？我們是來告狀的，不是來找打的，真的要打，那也得你拿出證據來證明我娃兒真做了弊！真那樣，別說你要打，我也會打，還會自罰，是我教子不嚴，可是，我的娃兒我最清楚，他學問好，不須作弊，現在你指責他作弊，還說什麼兩個孩子的卷子一模一樣，我不信！」

何月娘根本不怕，指著馬汝全的鼻子罵。「狗官，除非你一次打死我，不然等老娘出去了，你這輩子就別想安生了！」

「妳……」

馬汝全不知道是被氣得還是給嚇得，話都說不索利了。

「我勸你好好掂量掂量，你那一把老骨頭是不是比大蟲結實，若是沒大蟲結實，你最好別對我動手，不然我第一個先把你的骨頭拆了餵狗！」

何月娘這一通胡攪蠻纏，就是為了唬住馬汝全，他就不敢打兩個孩子了，兩個孩子還小，哪禁得起這幫虎狼差役的一頓殺威棒？

五娃跟炳成是冤枉的，這毫無疑問，但怎麼把冤案平反？誰能幫自己？她腦海裡浮現一個人來。

對啊，陸世峻呢？他不是也到府衙閱卷了嗎？怎麼一直沒見著他？

難道是她數次無視他對自己的好，惹惱了他，他不再幫他們了？想想，這樣也好，免得他們陳家欠了陸世峻太多人情，不知道怎麼還，還是得自己想辦法。

「來人，把他們拉下去，關進大牢，沒有本官的命令，誰也不許把他們放出來！」

馬汝全再氣得暴跳，也沒法子，他跟何月娘對峙了一會兒，還是敗下陣來。

打不得，那就只能關起來了，不然繼續讓這個刁蠻的女人在大堂上挑釁他這個知府大人的威嚴，他就顏面掃地了，以後誰還會拿他這個知府當一回事？

衙役們把何月娘娘兒幾個帶走了。

有衙役還要過來抓則無先生，被他冷冰冰一句嚇退了。

「我是殿試的探花郎，你們膽敢無緣無故抓我進大牢，我一封信送去京城，你們這知府上下就都要挪個地，不信，大可試試！」

則無先生冷冰冰地掃了馬汝全一眼。「馬大人，你最好別苛待了陳夫人他們，不然等真相大白的時候，你落地的恐怕不單單是頭頂上的烏紗帽！」

那一眼掃來，馬汝全只覺得後脖頸冒冷氣，身子不由得打了個激靈。

第六十五章

府衙後堂。

「大人，這是裴大公子的一點心意，您可別嫌棄。」

裴有福滿臉都是討好的笑，將一張銀票放在馬汝全面前。

「裴大公子也太客氣了，他有什麼事儘管吩咐，本官莫敢不從。誰不知道裴將軍為國為民立下豐功偉績，就是當今聖上都對裴家另眼相看！這個……就不必了吧？」

馬汝全佯裝要把銀票還給裴有福，刻意地把銀票翻過來，於是，他看清楚了，這是張一千兩的銀票。

一千兩啊！他眼底閃過貪婪的光芒。

「大人，裴公子說了，這只是第一筆銀子，若是大人把那幾個人了結了，接下來還有一筆更豐厚的，保證讓大人滿意！」

裴有福早把馬汝全的一舉一動看在眼底，他心中暗罵一句：好個貪婪的老匹夫！

但臉上笑容不減，依舊把銀票又推了過去。

「這個……裴大人，今天你也看到了，那個鄉野婦人實在是蠻橫，幾個衙役都不是她的對手，今兒若不是本官坐的位置離她遠，她都要打到本官的頭上了！這樣沒有教化的野蠻人，不好對付啊！」

馬汝全搖頭晃腦，一副很為難的樣子。

你個老匹夫，故意這樣說，就是為了多要銀錢唄？

裴有福咬著後槽牙，又從袖袋裡掏出來一張銀票，推了過去。

「再加五百兩，大人，事辦成了，還有一筆是這個數目的兩倍。」

那就是三千兩！馬汝全的心狂跳了幾下，險些跳出胸腔來。

裴家，不愧是護國大將軍府，出手就是闊綽啊！

馬汝全把五百兩銀票也收了起來，大胖臉上都是笑。「裴大人捎信給大公子，就說這事馬某替他辦了，請他放心！」

「哈哈，還是大人爽快！」

裴有福適時地又拍了他幾句馬屁，什麼大人英明神武，什麼大人公正無私，什麼大人憂國憂民啊！直把馬汝全拍得渾身毛都掉了。

「哎呀，老爺，這回咱們可大發了！」

裴有福離開後，馬夫人從屏風後走出來，急吼吼地朝著馬汝全伸出手去。

馬汝全表情有點僵。「夫人，妳就給我留點零花錢吧。我堂堂知府出門，還得問跟班的借錢，我這臉真是丟不起了！」

「哼，家裡是缺你吃還是缺你穿了？什麼都不缺，還有我這樣一個貌美如花，雍容華貴的夫人在家等著伺候你，你要上哪兒去花錢？老爺，你要明白，男人有錢就變壞，女人變壞就有錢！惹惱了我，就出去賺錢去，你不會是想讓自己的頭頂長出一片草原吧？」

「呵呵，我倒是想，可是就妳這樣的水桶腰，麻子臉，塌鼻子，血盆大口，誰肯在妳身上花錢？我另給他一筆賞錢！」

「馬汝全，你這是對我生厭了嗎？好啊，你本來只是一個牧羊的小子，被我爹提拔，這才一步步坐到知府的位置上，怎麼？你翅膀硬了，想要飛啊？我可告訴你，我爹說了，他能把你扶上來，就能把你弄下去，不信，你就試試。憑著我花容月貌，離開你，我照樣能找樣貌俊朗的小郎君！」

馬夫人這通罵，直把馬汝全罵得跟孫子似的，大氣不敢喘，直道歉認錯，最後沒法子，給馬夫人跪了，才讓馬夫人住了嘴。

「趕緊把那幾個人處理了，再讓裴有福把第二筆錢拿來，我要置件貂皮大衣，還缺三千兩銀子。」

「是，是，夫人說得對，我馬上讓人去結果了那娘兒幾個！」

馬汝全點頭哈腰，連連應是。

馬夫人扭著水桶腰走了，馬汝全一屁股跌坐在圈椅中，良久，他才罵出一聲。「好妳個潑婦，總有一天，我會把妳休了，不，先把妳那身肥肉割下來餵狗！」

入夜，府衙大牢。

六朵被牢裡到處亂竄的老鼠嚇得直往何月娘懷裡鑽，何月娘抱著她，輕聲哄著。「我家六兒是個乖女娃，娘最喜歡乖乖的六朵……」

她的聲音溫和，身上透著暖暖的味道，六朵終於還是沒抵得過睏意，睡著了。

何月娘鬆了一口氣。

「娘，娘，您沒事吧？」

對面牢裡五娃輕呼。「小六兒再哭，就把這個給她。是炳成給她的。」

他丟進來一塊酥糖。

「快睡吧。」何月娘將酥糖撿了起來，再看過去，對著同樣朝著這邊望著的劉炳成點點頭。「炳成，你也睡吧，養足了精神咱們好和那狗官鬥！」

「嗯，知道了，嬸子。」

劉炳成倒是個穩得住的，從被關進來到現在，他一直都是冷靜的，只是偶爾聽到小六兒被老鼠嚇哭，他會緊張地趴在監牢的木柵欄旁邊，哄小六兒。「朵兒妹妹，我給妳講個故事，妳好好聽，就不怕老鼠了。」

他講起幾個市井的小傳說，都是娃兒們喜歡聽的，勇敢的放牛郎啊，善良的採茶姑娘啊，他們一開始都挺命苦的，遇到了坎坷，但後來都苦盡甘來，過上好日子。

每一個故事結束，小六兒就會問：「炳成哥哥，採茶姑娘都幸福了，那咱們什麼時候能出去啊？我好怕……」

大顆大顆的眼淚順著六朵的小臉蛋滑落。

劉炳成的眼神都是心疼，他捨不得可愛的六朵妹妹傷心，就哄她說：「快了，妳睡一覺，天亮了，咱們就能出去啦！出去我給朵兒妹妹買好吃的，聽話，閉上眼睛……」

六朵就是在炳成這近乎囈語輕哄裡平靜下來的。

如今六朵睡去，何月娘不禁朝劉炳成投去讚賞的目光。

牢房裡安靜了下來，孩子們都睡著了。

陳大娃也靠在一角的枯草上，抱著胳膊睡了過去。

何月娘微微動彈了下，換了個稍微舒服點的姿勢，她動作很輕、很小，生怕驚醒了懷裡的六朵，這丫頭雖然是鄉下出身，但何月娘從來沒讓她受一丁點的委屈，這回被那狗官關起來，也是嚇壞了。

等出去，得去廟裡請個平安符給朵兒。

她想著，就迷迷糊糊地睡著了，忽然，她覺得周遭變得很冷，冷風颼颼地從什麼地方襲來，她猛地睜開眼，同時抱著小朵兒，就地一滾，兩人從枯草堆上滾到了一邊。

這時，何月娘的眼前掠過一道寒光，她頓時清醒，意識到那是從某個地方刺來的鋼刀！

她一隻手抱住六朵，一隻手抓起旁邊吃飯的一只破了幾個口子的瓷碗，迎著那道寒光就砸了過去。

啪！

碗被鋼刀擊得粉碎，但好歹阻擋了一下鋼刀的來勢，何月娘抱著六朵一個騰躍就竄到了牢房的另一端，穩穩地站住，她看到牢裡不知什麼時候多了三個身著黑衣勁裝的男人，他們都蒙著面，手中的刀劍寒光凜凜，如同劃破夜空的鬼火，冷冽，毒辣。

「你們是什麼人？」何月娘低低地問道。

她的視線在這三個人的身上掃視，總覺得這幾個人的裝扮似乎有點眼熟。

「哼，將死之人，問那麼多有意義嗎？」

帶頭的男人是個公鴨嗓，話裡的輕蔑，毫不掩飾。

何月娘一下子就想起來這個人是誰，他的公鴨嗓太難聽了，讓人聽了想忘記都難。

那一夜，有人把陳家的小院圍起來，意圖殺了裴城昱大將軍，那帶頭的黑衣人就是一個公鴨嗓。

「是追殺裴將軍的人？」

何月娘這話一問，那黑衣人先是一怔，而後惡狠狠地道：「既然被妳認出來了，那妳就更得死了！」

說完，他一揮手，對另外兩個黑衣人說道：「殺了她，咱們回去領賞！」

那兩人點頭，齊齊地往何月娘這邊逼了過來。

何月娘心下緊張，不禁又想起那已經去投胎的死鬼，如今已經不能幫她了。

「我看賞你們是領不到了，命倒是可以留下！」

正在這時，監牢外頭一陣急促的腳步聲後，一幫手持刀劍的官兵出現了，他們的中間簇擁著兩個人，一個是陸世峻，一個是副左都御史唐珂鳴。

一番激戰之後，三名黑衣人死了倆，唯有剩下的公鴨嗓被活捉。

第二天，由唐珂鳴坐堂審理院試陳五娃與劉炳成作弊案。

馬汝全磨磨蹭蹭地把兩張所謂的一模一樣的試卷拿出來之後，唐珂鳴對筆跡做了對比，陳五娃的那份試卷，就是他本人所寫無誤，至於劉炳成的，看字跡是有八分相似，但劉炳成直言道：「這根本就不是我的卷子。」

他當堂把自己所寫的卷子內容複述了一遍，果然跟馬汝全交出來的那張署名劉炳成的試卷內容完全不同。

唐珂鳴問：「這是怎麼回事？」

馬汝全辯解，說給劉炳成那一排考號監考的人是通判裴有福，他可以作證這份試卷就是從劉炳成考號裡拿出來的那張。

裴有福被叫上堂來，他信誓旦旦地道，知府大人說得完全對，這張就是劉炳成的，他現在作弊被抓，當然會否認，但他是監考官，絕不會冤枉他。

「唐大人，據我所知，現在各個考號裡還留有考生們的文房四寶，我想到一個法子，能證明這張卷子到底是不是劉炳成所做！」陸世峻緩緩地道。

「哦？是什麼法子？」

唐珂鳴本來也挺為難的，卷子筆跡確實跟劉炳成的差不多，無法辨明到底是不是他寫的，雖劉炳成口述的考卷內容跟卷子不同，但正如馬汝全所說，誰又知道他口述的是不是真的考卷內容呢？

但從劉炳成口述的考卷內容來看，唐珂鳴對他的文采是非常讚賞的，也幾乎能斷定他不需要作弊，這其中必有蹊蹺！

可空口無憑啊，找不到劉炳成原來的卷子，什麼都是空話！

「唐大人，您聞聞這個卷子上所用的墨是什麼味道的？」

這時陸世峻把那張所謂劉炳成抄襲的卷子拿起來，放在唐珂鳴的眼前。

唐珂鳴雖然不解，陸世峻想要做什麼，但還是仔細地聞了聞，然後思慮片刻道：「這上頭所用墨汁乃是油煙墨，好的油煙墨其燃料是桐油、菜籽油、胡麻油等，取其煙製作而成，所以油煙墨既可以寫字也可以作畫，寫出來的字跡有光澤，不易褪色。」

唐珂鳴鑒別完之後，陸世峻又把卷子傳給了在場的其他幾位大人。

那幾位大人也都是正經的科舉出身，對於油煙墨自然是能輕易識別。

他們也都認同唐珂鳴的話，點頭道：「這的確是油煙墨。」

陸世峻又把陳五娃的那張卷子給大家驗看，幾位大人聞了味道之後，都判斷出陳五娃所用的是松煙墨。

松煙墨跟油煙墨是有很大區別的。

首先就是價格，油煙墨因為製作所用燃料比較貴，製作過程又精細，需要耗費很多物力、人力，所以成品的油煙墨，好的可以賣到五十兩銀子一兩，差的也得五兩銀子以上了。所以，這種油煙墨的使用者一般都是諸如在場的這些大人，以及有錢人家的老爺、公子，他們讀書寫字所用的墨一般都是油煙墨。

相比來說，松煙墨就比較便宜了。

一般的老百姓家中孩子學習，都是用這種墨。

經則無先生證明，他們整個陳家私塾所用的墨，都是松煙墨，主要是則無先生以為，松煙墨一是價格便宜，能減輕學生們家的負擔，再一個則是，松煙墨雖缺了光澤，但其墨色很黑，寫出來的字大氣、蒼茫，很有氣魄。則無先生以為，人如字，他希望他的學生都能將自己的品行修練成品行大氣，不拘小節的人。

唐珂鳴馬上又派人去劉炳成的考號中，找到了他所用的墨，果然是松煙墨。

那麼問題就出來了，一個帶著松煙墨考試的學子，是怎麼寫出滿篇油煙墨卷子的？

「馬大人，你給本官一個解釋吧？」唐珂鳴的眼神冷厲地掃過馬汝全。

馬汝全不覺渾身一哆嗦，他結結巴巴地道：「大……大人，本官……本官也不知道這是怎麼回事。都是裴大人跟本官說的，那個劉……劉炳成作弊……我、我以為他說的都是真的……」

啪！

唐珂鳴拍了驚堂木。「馬大人，你作為一個堂堂知府，難道平常也都是這樣斷案的嗎？你不去實地察看，卻獨獨聽人的三言兩語就斷定他人有罪？你這樣當官，還有老百姓的好嗎？」

「大、大人，下官……下官是被裴有福所騙，下官之前不知情啊，求大人寬宥則個！」

馬汝全冷汗淋漓，進而怒斥裴有福。「裴有福，你還不把實情跟唐大人交代清楚，是你騙了本官，你罪該萬死！」

「我騙了你？馬汝全，你接銀票的時候怎麼不想想，我為什麼給你銀票？現在事發了，你想推卸責任？想脫罪？可能嗎？」

裴有福冷冷地瞥了馬汝全一眼，而後目光又看向唐珂鳴，滿臉堆笑。「唐大人，這事的確是我搞錯了，拿錯了卷子，以為這張卷子就是劉炳成所做，大人明察秋毫，一眼辨真偽，真是我等為官者的楷模，相信就是裴大將軍知道了此事，也會誇讚大人的。」

他話裡話外都不忘提醒唐珂鳴他是裴家的人，意思是：我的身後可是有護國大將軍裴城昱，你唐珂鳴想判定我的罪，你可得想好了，怎麼跟大將軍交代？

「哈哈！你張口閉口裴大將軍，你可知道裴將軍戎馬一生，最痛恨的就是貪官污吏？他老人家在邊疆為保衛國家奮勇殺敵，可你們這些官場老鼠卻為一己之私利貪贓枉法，收受賄賂，你以為大將軍會保你嗎？錯，這事真被大將軍知曉，第一個要辦你的人就是大將軍！」

唐珂鳴一番話，說得全場觀看的老百姓們都鼓起掌來。

有人甚至喊：「大將軍威武！」

隨後，唐珂鳴命人搜查了裴有福的房間，找出了劉炳成所做的卷子，跟他當堂複述的考卷內容一模一樣。

於是，唐珂鳴判定所謂的陳五娃與劉炳成作弊案，乃是有人背後耍陰謀，意圖阻止兩位有才少年繼續參加明日的覆試。

由此，陳五娃跟劉炳成無罪，回去準備參加覆試。

知府馬汝全收受賄賂，誣人清白，先行關押，等上書皇上後，再行定奪。

至於裴有福，不但用假卷子誣陷無辜考生，更派殺手暗害陳家老少，罪行嚴重，當即收押，即刻派人押送至京城，交由大理寺徹查其過去所有罪行。

第二日，正試出榜，陳五娃跟劉炳成都合格通過了。

之後他們參加了覆試。

三日後，覆試出結果，陳五娃奪得第一名，成為院案首。

這是知州城首位取得縣案首、府案首、院案首的學子，成為名副其實的小三元。

而劉炳成也取得了院試第三名的好成績，他和陳五娃都從童生變成了秀才，被錄入府學，這一批的府學僅僅收錄了四十名秀才，這四十名秀才也同時成為廩生，當了廩生就有了月俸，每月有六斗米，四兩銀。

隨後唐大人又從這一批考中的秀才裡選出了成績優良的人，這些人成為附生，也享受月俸四兩銀，但其地位遠不如廩生。

廩生是不用繳納賦稅的，這對於家境貧寒的劉炳成來說，是最直接的好處了。

劉家得了他高中秀才，成為廩生的消息後，他的母親跟外祖母都喜極而泣，並親自去了陳家感謝何月娘的幫助，還嚴令劉炳成將來真的學有所成一定要感恩陳家。

劉炳成心懷感激，自是一一應下。

雖然陳五娃跟劉炳成被選入府學，但他們跟唐大人稟明，他們想繼續跟隨則無先生學習，府學考試時他們可以趕來參加，但平日裡還是要在陳家私塾學習。

唐珂鳴也深知則無先生的學問了得，覺得由他來指導陳五娃他們學習，比留在府學要好，所以他同意了。

一行人歡歡喜喜地回到了陳家莊。

早就得了信的陳家莊人集體到村頭迎接小三元得主陳五娃，一時間鞭炮齊鳴，歡呼聲四起，大家都以同小三元得主是一個村子的村民而自豪，很多原本不太重視學習的大人，也紛紛把自家娃兒送去私塾，要他們好好學習，沒準兒將來他們的娃兒也能如陳家娃兒一樣連中三元呢！

兩個月後，陳家的大屋也翻蓋好了。

一家人高高興興地搬回了老宅。

而後，穆家兩口子親自到陳家，跟何月娘商議，能不能提前迎娶。

何月娘自然是沒意見，大屋蓋成了，住的地方也有了，早早把兒媳婦娶回來，也好早早生娃啊！

她美滋滋地琢磨。

十月十六那日，陳家的花轎吹吹打打到了穆家門口，把穆靜姝娶了回來。

穆靜姝的嫁妝總共有六十抬，每一抬都貼了大紅喜字，紅通通的隊伍一直排出了幾里地之外。

很多人都羨慕，說陳家這回可真娶回了一個好媳婦，有錢還貌美。但卻不知穆家兩口子也是暗自竊喜，他們的閨女嫁了一個好女婿。不到一年的時間，陳四娃的何氏皮貨鋪就占了安成縣全部皮貨生意的七成還要多，有幾家皮貨鋪生意慘淡，維持不下去，陳四娃找到他們，提出了合併共同發展的法子。

由此，他把皮貨生意擴大到了京城，如今，就是在京城何氏皮貨鋪也有了兩家分店，相信不久的將來，何氏皮貨鋪能開遍全大越國！

這成就讓所有的生意人都讚不絕口，同時何氏皮貨鋪所賺取的利潤，也讓很多人眼紅嫉妒。

為此，穆雲開跟夫人都擔心，陳四娃的生意越做越大，他會被更有錢有勢的人家瞧上，萬一他變了心？那他們穆家不是錯失了一個乘龍快婿？

所以，他們這才和何月娘商議提前給陳四娃和穆靜姝完婚。

原本穆家還在城裡給陳四娃和穆靜姝小倆口準備了婚房，希望他們婚後能住在城裡，那樣也方便陳四娃照顧生意。而他們穆家呢，也能時時地派人過去幫小倆口收拾屋子，做飯洗衣。

他們的女兒穆靜姝可是千金小姐，從小就錦衣玉食的，沒幹過活，穆夫人擔心閨女真跟了何氏一起過，生怕一個屋簷下，她女兒啥都不會，婆婆會刁難。

但陳四娃當即就拒絕了，他說他母親是這個世上最好的人，只要兒媳言行舉止得當，她是絕不會刁難兒媳的。相反地，他的母親一直都把兒媳當成是親閨女一般疼愛，這從他家大嫂、二嫂、三嫂身上可見一斑。

最後，他有點為難地說道：「我有私心！我受生意牽絆，不能時時奉養娘親在身邊，所以就想我的娘子能替我在母親身邊盡孝。我母親以及哥哥們，他們都是對我好的，不是他們我也不可能開了皮貨鋪這個營生，古人都道飲水思源，我有了成就，就必得回報我的家人！當然，如果他們給靜姝委屈，我也不會答應的，但是我可以肯定，我的家人他們絕不會給靜姝氣受，他們會待她很好的！」

穆靜姝也堅決不同意婚後在城裡住，她說：「孀子是個好人，我願意替四娃盡孝！」

就這樣，大婚後，穆靜姝搬進陳家後院，跟三房一樣，各自分了兩間正房，一間廂房。

穆夫人給穆靜姝準備的陪嫁丫鬟、婆子，她都沒有帶過來。

穆夫人擔心她不會做家務，沒人幫她。

她笑著說：「母親，您放心吧，不會的我都能學啊！我有手有腳，別人會的我也能會，別人不會的，沒準兒我也會呢！」

唉！女大不中留啊！

看著閨女這樣自信，穆夫人也只能答應了。

陳四娃在婚後置了一輛馬車，平常送貨，每天晚上，他沒事就會駕車回陳家莊，小倆口白天各自忙各自的，晚上住到一起，說悄悄話，玩造人小遊戲，日子過得蜜裡調油，別提多讓人羨慕了。

當年年底，秀兒跟穆靜姝先後有了身孕，第二年夏末，兩人先後生子，穆靜姝還生了一對龍鳳胎。

這年山上的金銀花長勢特別好，採摘後，李曾衡就派人來收了，價格更是去年的雙倍，僅僅這一季的金銀花就給陳家增加了一千五百兩的收益。

眼見著陳家的日子越過越好，幾個娃兒一商量，母親之前為了拉拔家裡的娃兒太辛苦，還曾經上山打獵受了幾回傷，所以他們打定主意，不讓後娘再幹一點活，讓她過上了兒孫繞膝，安心享受的日子。

何月娘被兒媳們伺候得舒舒服服，吃得好、穿得好，心情更好。她原本瘦削的身板越發得豐腴起來，走起路來前凸後翹的，很有看頭，更主要的是那張小臉蛋，粉白細膩，比起家裡的幾個媳婦一點都不差，很多人都讚她是越活越年輕，一點都不像六個娃兒的娘。

第六十六章

一日，天寒地凍的，家裡生了地龍，溫暖如春。

何月娘歪在炕上，看著四娃從城裡給她買來的話本，吃著大兒媳李氏給她炸的酥果，正入神呢，卻聽到房門吱呀一聲被推開了。

她頭也沒抬，說道：「我還沒吃完呢，大寶她娘，妳給妳幾個弟妹屋裡送些去，不得不說，妳這炸酥果的手藝是越來越……」

話沒說完，她覺得有點異樣，似乎有人正盯著她看。

猛抬頭，映入眼簾的是一個年輕公子，他衣著錦繡，樣貌俊朗不凡，正眼睛不眨地盯著她看，看著看著，嘴角竟還浮出了一抹深有意味的笑來。

「你……你誰？怎麼跑進我屋裡來了？」

何月娘倏地坐起來，驚問。

「何氏，我是妳男人，我回來了，妳還不趕緊下來給我泡茶、做吃的！」

年輕男子展唇微笑，說出的話險些把何月娘的下巴驚掉了。

「哪裡來的登徒子在老娘跟前胡說？老娘是寡婦，男人早死了，你別告訴我你是從地底下跑出來的鬼！」何月娘扠腰，怒視此人。

哼，長得好也沒用，老娘可是守身如玉的好寡婦！

「何月娘，妳私密處的紅痣還在吧？」

男人語出驚人，把何月娘嚇得退後，先用審視的眼光盯著他看。

她看啊看，也看不出這人跟陳大年那死鬼有什麼相似之處啊？當年陳大年臨死前，是堅持要看看的，他那會兒說：「我都娶了妳，卻不能跟妳有夫妻之實，我看看總行吧？」

可憐他是將死之人，何月娘是罵著娘，脫給他看了。

所以，她私密處的紅痣，這世上，除了陳大年那死鬼，任何一個人都不知道。

難道這人真是死鬼陳大年？

不可能啊！他不是投胎轉世了嗎？

所謂的投胎那就是要重新輪迴，作為嬰孩降世在某戶人家，在奈何橋喝了孟婆湯的人是不會記得前世的，所以，成為嬰兒的陳大年不可能有這麼大的年紀，更不可能找到陳家來認親的。

「你也不打聽打聽，我何月娘是那麼好糊弄的人嗎？我男人陳大年長得拐瓜劣棗，跟你這小白臉差得十萬八千里了！老娘今兒心情好，不跟你這小白臉一般計較，你最好哪兒來的趕緊回哪兒去，別惹老娘不高興，再胡說八道，老娘一腳踹飛你，踹中不該踹的地方，你可別喊疼！」

說著，她就擺出一副老娘是母夜叉，你這小白兔最好分分鐘跑路的架勢。

「太爺爺又跟下頭的大老加了一萬年給他守門，換了我重生。」

年輕男子邊說邊向前，竟就坐在炕上了，他看著驚愕不已的何月娘，繼續道：「我也沒想到會是這樣，重生成裴北宥後，我又跟裴南貴鬥了一陣子的法，這會兒大理寺查明他曾在大將軍回來的途中暗殺他，這事裴有福也已經招供了，他還供出說，是陳家莊一個姓何的女子救了裴大將軍，我聽了也覺得造化弄人，原來救了我現在親爹的人是我媳婦，呵呵，妳說，這算不算是一段奇遇佳話？」

他笑著，臉上表情帶著幾絲深意。

「你……你是裴北宥？裴大將軍的二公子？」何月娘震驚無比。「你不是死了嗎？」

分明上回在知州城遇到王武，他還神情悲戚地說他們二公子不久於人世啊！

「是啊，他是死了，但他不死的話，我也不能來啊！」

裴北宥接著就說起了一些只有何月娘跟陳大年之間在夜裡發生的事，說她拿枕頭丟他，說他帶著她飛，每一件事都是何月娘跟陳大年兩人才知道的。她從沒跟任何人說，陳大年也不可能找著這位二公子，把所有的事情都告訴他，那麼就只有一個結果，他的的確確就是陳大年。

不，他的靈魂是陳大年，但皮囊卻是那位裴家的二公子！

「不對啊，你是怎麼進來我屋的？前院大娃、二娃他們都在忙著呢，怎麼會把你一個陌生男人放進來？」何月娘大感不解，開窗想看看大娃、二娃他們在不在。

是都出去了，這個裴北宥才瞅空溜進來的？

她打開窗，卻見窗外站了一溜兒陳家的娃兒。

連本該在城裡皮貨鋪的陳四娃也回來了。

哥兒五個站在一起，他們旁邊是小六兒。

「娘……」小六兒喊了一聲，眼圈就紅了。

寶貝閨女掉金豆子，何月娘忙哄。「別哭啊，閨女，妳跟娘說，是誰欺負妳了？」

「娘，六兒作夢了，夢見我爹了，我爹說，他今天回來，還說要給我帶糖葫蘆！」

小丫頭邊說，邊舉起手裡的糖葫蘆，大眼睛卻閃閃發亮地看向何月娘身後站著的裴北宥。

「糖葫蘆是你帶回來的？」何月娘問。

裴北宥點點頭，笑道：「當爹的怎麼能說話不算話？六兒，喜歡吃不？等爹帶妳去京城，想吃什麼樣的糖葫蘆爹都給妳買。」

「娘，爹也給我託夢了，說他今天回來會給我帶一輛新馬車。」

順著陳大娃手指的方向，何月娘看到院門口果然停著一輛嶄新氣派的大馬車。

不用說，這又是裴北宥帶來的。

「娘，我爹夢裡說，我賣金銀花的時候需要一個好算盤，這個就是。」

陳二娃手裡果然拎著一個金算盤。

緊接著，三娃的是千年人參，四娃的是一張京城最繁華地段鋪子的房契，五娃的是一套上好的文房四寶。

「你倒是會做好人！」這死鬼把娃兒全都打點好了，卻沒給她託夢！

何月娘這時已經完全相信眼前這個裴北宥就是重生後的陳大年。

她自己就是重生的，對於重生這回事，她並不驚訝，不過，還能重生到別人身上，這是她想不到的。

當晚，陳家吃了團圓飯。

兩桌人，一桌何月娘、裴北宥以及六個娃兒，另外一桌是兒媳們帶著幾個小娃兒。

飯前，裴北宥給何月娘使眼色，要她當眾把自己介紹給眾兒媳們。

何月娘只當沒看見。

她不知道怎麼了，似乎因為習慣了陳大年之前的樣子，對現在這個年輕英俊的男子有些抵觸，娃兒們不在跟前時，裴北宥偷偷去握她的手，被她毫不猶豫的推開了。

他驚愕地看著她，委屈道：「為什麼？」

「你不像！」

她給出的理由，讓裴北宥哭笑不得。女子不都喜歡帥氣年輕的男子嗎？怎麼我變年輕了、好看了，妳倒不想要了？這可不行！

他強硬地把她的小手抓在手裡，輕輕揉捏著。

嗯，肉乎乎的小手，摸起來挺舒坦！

繼而順著手腕往上，他的手剛摸到一個柔軟的、鼓鼓的所在，臉上就挨了一巴掌。

「你想耍流氓啊？」

「妳是我的女人，我……摸摸就要流氓了？晚上我還要摟著睡呢！」

「想得美！」

何氏丟給他這一句後，就不再理他了。他想來個狼撲，卻在這時，兒孫們都進來了。

他尷尬笑著。「你娘說，誰最聽話就給誰銀子花！」

眾娃兒們齊齊地看向何月娘。「娘，我們不要銀子，我們也聽話！」

裴北宥氣結，心裡磨著牙罵道：臭小子們，這個時候拉老子一把，能累著你們嗎？

晚上，裴北宥睡在孤單冰冷的客房床上，滿腦子都是白天摸那一把的觸感。

肉肉的，軟軟的，還帶著一種絲絲縷縷的她的體香！

唉，這漫漫長夜的，娘子，妳不孤單寂寞冷嗎？

我……想了妳兩世，我容易嗎？

輾轉難眠，翻來覆去，一夜，他未合眼。

第二天一早，他就被砰砰砰的敲門聲驚醒了，他迷迷糊糊地開門，迎面是他家風風火火的娘子何月娘。

「快起來走吧，寡婦門前是非多，留你在家裡不合適。」

裴北宥險些給氣個倒仰。

「我是這家男人，我留在家裡不合適，誰合適？不走，堅決不走！」

他咬著牙。「除非，妳跟我一起走。」

一年後，通往京城的官道上，一輛疾馳的馬車裡，何月娘攬著熟睡的閨女六朵，思緒也隨著這馬車的顛簸起起伏伏。

自從裴北宥去陳家莊認了親，一年裡他每個月都要往陳家莊跑，一住就是大半月，弄得村裡人都議論紛紛。

「這何氏真是好本事啊，什麼時候勾搭上一個小白臉了？瞧瞧那小白臉長得那叫一個俊啊，每回來還給何氏帶一馬車好吃的，怎麼啥好事都讓何氏攤上了？」

本來何月娘是說什麼也不去京城的。

不管裴北宥怎麼央求，怎麼哄，她都咬死了說：「娃兒們離不開我這個後娘，我可不能丟下他們不管。」

裴北宥氣得不輕。都多大了還離不開？四娃孩子都四個了，他媳婦一次倆、一次倆地給他生，這又懷上了，估計再有幾個月，他那屋子都塞不下這些娃兒了。

幸虧四娃有個好丈人，人家穆老爺說了，前四個娃兒給你們陳家，後面生幾個都是我們穆家管。

好吧，他們要管就管吧，反正都得姓陳，得叫她何月娘是奶奶！

就在前天，裴北宥剛走三天，何月娘收到裴城昱將軍的來信。

信上說他年事已高，身體有恙，想最後見見二兒子媳婦，還望月娘能體恤我一個老父親的苦楚，趕來京城相見。

裴北宥的話她可以不聽，但是大將軍的要求她實在是不能拒絕。

又正好五娃要參加殿試，他前兩次的鄉試和會試都取得第一名，是聞名全國的鄉案首跟會案首，如果這回的殿試再拿一個第一名，那他就是殿案首，是了不得的大三元！

這才有了這趟的京城之行。

裴家派王武帶雲荒、雲海到陳家莊接人。

這一路，走了四天，終於在第五天的上午抵達京城西大門。

一入城門，滿眼都是紅通通的八十八抬嫁妝，何月娘看得津津有味，還道：「京城的女子出嫁果然了不得，這嫁妝都趕上十里紅妝了。」

正一一看著，馬車卻停了。

「何小姐，請下車換裝，別耽誤了吉時。」

車簾一挑，外頭幾個穿著氣派的婆子笑咪咪地看著何月娘。「何小姐，我們老爺、夫人都望眼欲穿，就等您來呢！」

何……何小姐？誰？

「你們是叫我？」

何月娘傻了，重生都多少年了，從來沒人稱呼她是何小姐。不對！根本就沒人這樣叫過啊？沒進陳家時，誰會喊一個乞丐是小姐？進了陳家門，誰又會稱呼一個寡婦是小姐？

「你們這是弄哪齣？」

她緊緊攬著懷裡的六朵。「朵兒，朵兒，妳掐娘一下，看娘是不是在作夢？」

隨著手臂上傳來的痛，何月娘回過神來，這不是作夢。

那就是說，裴家這是準備好了，要明媒正娶她這個小寡婦？不是，陳大年……裴北宥呢？那個傢伙為啥事先一點口風都沒露！

「我欠妳一個真正的婚禮，這是彌補給妳的，娘子，我的好娘子，耽誤吉時可不好！」

馬車外頭伸進來兩隻手，將她攬腰抱了出來。

「你……你快放我下來，這麼多人瞧著多不好啊！」

她是個潑辣的女人不假，可潑辣並不是臉皮厚，更不是不會臉紅啊！

「我就是讓他們瞧見，我多本事，能娶到妳這樣好的娘子！」

哪知道，人家裴二公子根本不在乎，反而還邊抱著她走，邊嘴裡叨叨。「諸位，都讓讓啊，我們家娘子害羞。」

何月娘的臉一下子紅到了耳根後。

西城門旁的一個宅子裡，五、六個丫鬟、婆子忙著給何月娘換衣裳，開臉、上妝，一個時辰後，房門打開，一個嫋嫋婷婷，端莊秀雅的女子著大紅喜服走了出來。

裴北宥眼睛定定地看著面前這個曼妙多姿的美人，一時竟忘記了去牽她的手。

「怎麼？你又反悔不想娶了？」

女子的聲音也似乎變得更溫柔動聽了。

「不，娘子，妳太美了！」

裴北宥近前一步，將她抱起來，大步往外走。

「誰讓你抱了？牽著手就行啦！」

何月娘嬌羞滿面，幸好蓋著紅蓋頭，沒人能瞧見她滿面緋紅。

「不成，得抱著，讓人搶走了怎麼辦？」

裴二公子堅持。

何月娘的臉更紅，嗔罵道：「淨胡說，一個寡婦誰稀罕？也就你傻不愣登的非要娶！」

到了裴府，才知道，裴將軍根本沒生病，就是為了哄何月娘來京城。

沒法子，他家二兒子，幾次跟老子哭訴。「爹，你兒媳婦不肯嫁給我啊！爹啊，我想你兒媳婦都想得吃不下飯了！爹啊，我娶不了你兒媳婦，你就不能抱孫子。」

裴大將軍被這傻兒子氣得罵娘，身邊夫人白了他一眼。「夫君，我想抱孫子！」

就這一句，比裴二公子給他爹一月寫兩封信都要好使，當天下午，裴大將軍就帶著夫人從邊疆趕回京都，路上分別給裴家以及陳家莊兩封信，一封信要裴家布置喜房，準備二公子的婚事。對了，還要準備八十八抬的嫁妝，他裴城昱的兒媳，定然要十里紅妝，嫁得風風光光。

另一封信，則是給陳家莊送了去。

洞房花燭夜。

某二公子擁著他家娘子，問：「娘子，這是真的嗎？咱們真成親了？」

「咱們沒成親，你不能對我無理，快鬆開我！」

都把她騙來了，還問這蠢話！何月娘好氣又好笑。

「不鬆，妳是我的！」

二公子翻身而上，溫香軟玉滿懷，繾綣柔情入心，窗外月光皎皎，屋內一室不可說的旖旎。

這一夜，無眠無休。

半年後，裴家再辦喜事，而且是雙喜臨門。

這一天，陳五娃娶福安公主，劉炳成娶陳六朵，兩隊新人在滿堂賓朋的祝賀下，雙雙跪在何月娘跟裴北宥跟前，四人喊著。「娘，請喝茶！」

旁邊他們娘的男人，立時把茶搶了過去。「你們娘自從懷孕後，一喝茶就睡不好，這茶我替她喝了！哦，對了，紅包！」

兩杯茶，他一飲而盡。

「你能不能別到處說我懷孕的事？哪家的娘子不懷孕？懷個孕又不是懷了活龍。」何月娘不滿地嘛嘴。

「是我不對，娘子，為夫的知錯，妳可別生氣，氣壞了身子可不好！」

某二老爺也不顧得閨女、兒媳還在跟前，忙不迭地攬著夫人的腰肢，一邊輕聲細語地哄著，一邊往院子走，走到月亮門才想起來。哦，今天是閨女出嫁，兒媳娶妻！

想了想，他丟回來一句。「你們好吃好喝，吃飽了就各回各家吧！」

第二天早朝，有人上奏摺彈劾禮部尚書裴北宥，在公主大婚之日，眼裡只有他娘子，沒有公主，道：「他此舉分明對公主下嫁裴家不滿，公主乃是太后賜婚，他如此慢待，就是欺君犯上，請皇上責罰！」

皇上皺眉，喊裴北宥出來。「裴愛卿，你有何解釋？」

裴北宥鄭重施禮，然後一本正經地誇讚剛剛彈劾他的御史臺大夫黃石明。「黃大人，您批評得對，我真不該寵妻如此，我應該學您寵妾滅妻，您府上的小妾，把正妻都趕進地窖裡度日了。聽說，那位小妾還嚴令不給正妻飯吃，您跟您府上愛妾如此，真是我大越國開天闢地的壯舉，是我等楷模，黃大人，您怎麼了？難道是被我誇，一時高興暈過去了？」

黃大人是真暈過去了，不過不是被誇的，而是被嚇暈的。
當天，黃大人被震怒的皇上罷官，還是永不錄用。
裴尚書寵妻的事蹟卻被人編撰成話本，在京城百姓們中間傳開來。
一個月後，裴夫人何氏誕下一子，取名裴念。

初春的官道上，春風和煦，陽光融融。
裴家一家子送陳五娃攜福安公主回安成縣接任縣令一職。
他們趕到縣衙時，原縣令陸世峻已經於兩天前提前離開安成縣，回了京城。
縣丞王中海說，是皇上來聖旨命陸大人回京城去處理家事的。
悅然郡主以及其娘家參與了五皇子叛逆造反一案，鎮壓之後，皇帝震怒，下令誅殺趙家滿門，五皇子幽禁，永不放出。
至於陸家，因為陸世峻與悅然郡主的婚姻早就名存實亡，陸家對於趙家以及五皇子的謀逆大罪，根本不知情，所以，陸家無罪。但因為趙家之前也參與了幾件腐敗案，所得贓款有一部分是趙悅然的嫁妝，皇家要沒收這些嫁妝，要陸世峻回去清點數目，處理妥當。
「裴夫人，我們陸大人臨走給您留了一封信。」
王中海從袖袋中很小心地掏出一封信來，看了裴北宥一眼後，放低了聲音。「陸大人說了，還請夫人單獨閱看！」

「不就是一封寫給我夫人的信嗎？我看不看的能怎麼？」
裴北宥不屑地瞥了一眼那封信。
何月娘白他一眼，道：「一邊去！」
他不甘願地伸長了脖子，往何月娘手裡的信上瞅，但何月娘太過謹慎，擋得嚴嚴實實的，根本沒讓他看到一個字。

入夜。
某人背對著何月娘生氣。
何月娘毫不在意，閉著眼睛，不一會兒工夫就呼吸均勻，眼見著是睡著了。
「妳還能睡得著？」
某人翻身而上，一把把人緊緊抱住，然後就高高低低地運作起來，懷中的小女人宛若一潭春水，在他的撩撥下，泛起漣漪，水波蕩漾。
忽然，某人打住。
何月娘睜開眼，滿腹狐疑地看著他。「怎麼了？」
「說陸世峻信上寫的啥？不然沒勁兒動！」
某人耍賴，戳著不動。
「他說你是個罈子，姓醋，全名醋罈子！」

「哈哈！」

某人大笑，興致勃勃，直登巔峰。

——全書完

將軍百戰死，壯士十年歸／途圖

2022年8月出版

夫人好氣魄

前世的她早已習慣自己承擔一切，也不太習慣與人親密相處，
自小照顧她的奶奶去世後，她的心更是沒有對別人打開過，
直到入了將軍府，她才慢慢試著接受身邊的人，
老夫人總讓她想起奶奶，而和藹的婆婆則彌補了她缺失的母愛，
這些沒有血緣的親人，讓她更加堅定了想護住這個家的決心……

文創風 1091 1

意外發生前，沈映月是獨力掌控百億業務、手下菁英無數的高階主管，
豈料一睜眼，她就穿成了大旻朝赫赫有名的鎮國大將軍莫寒的夫人，
原來大婚當日，將軍接到了邊關急報，於是撇下新娘，率軍開赴邊疆，
然而世事無常，幾日前將軍戰死的消息傳回了京城，原身便傷心得一命嗚呼。
將軍夫人是嗎？這頭銜倒是新鮮，也算是史無前例的跳槽了，那便試試吧！
說起這莫家，確實是忠臣良將，門前還豎立著一座開國皇帝親賜的巨大英雄碑，
碑上刻著的一個個名字都是為國犧牲的莫家兒郎們，包含將軍及其父兄、姑姑，
但，如今的將軍府竟只剩好賭的二叔、酗酒的四叔及流連青樓的堂弟等廢柴？

文創風 1092 2

當真是虎落平陽，瞧著將軍不在了，如今連個熊孩子都敢欺到頭上來！
小姪子是莫家大哥留下的獨苗，這些年來大嫂一直將他保護得無微不至，
然而卻因為很少磨練他，以至於他在外也不懂得如何保護自己，
在學堂受了同窗的欺凌，回家後大嫂也只叫他忍耐下來，不要聲張，
倘若沈映月不知情也就罷了，既然知曉，便沒有裝聾作啞的道理，
她雖然冷靜自持，但向來秉持著人不犯我、我不犯人的信念，
即便對方是個熊孩子，該打回去的時候她也不會手軟，
不過小姪子太嬌弱，得找個武師父教導才行，只有自己強大了，別人才不敢欺！

文創風 1093 3

莫寒生前一直率領莫家軍與西夷作戰，如今這支軍隊尚有十五萬人之多，
從前手握兵權對將軍府是如虎添翼，而今若還抓住不放恐要招來殺身之禍了，
然而龍椅上那位也不知是怎麼想的，遲遲不肯解決這燙手山芋，
所幸的是，莫家此輩中僅剩的男丁、將軍的堂弟莫三公子一向是紈袴的代言人，
雖說沒有人把他當成兵權繼任者，但難保平時眼紅將軍府的人不落井下石，
還好她這人向來不知何為難事，執掌中饋後就一肩挑起將軍府內外的大小事，
三公子有心疾不能習武無妨，改走文臣仕途一樣能帶領莫家走出康莊大道，
即便他莫老三再是坨爛泥，她也會把他穩穩地扶上牆，成為莫家的頂梁柱！

文創風 1094 4 完

莫寒懷疑朝中出了內鬼，以至於南疆一役中了埋伏，己方死傷慘重，
為了查出真相，他詐死回京，還易容化名為孟羽，成了小姪子的武師父，
一開始沈映月只是懷疑他的來歷，畢竟他說解甲歸田前曾待過莫家軍，
但除了將軍左臂右膀的兩大副將外，其餘同袍似乎都不認得他？
再者，他一個普通小兵，為何兩大副將都如此聽從他的指揮？
後來漸漸與他接觸後，又發現他文韜武略無一不精，實在非常人能及，
果然，他根本不是什麼副將的表哥、平凡的路人甲乙丙，
他根本就是將軍本人，是她素未謀面的夫君啊！

2022年8月出版

旺仔小後娘

文創風 1089～1090

後娘又如何？有緣就是一家人。
從此有飯一起吃，有福一起享！

家有三寶，福滿榮門／藍輕雪

成親當天就得替戰死的丈夫守活寡，公婆還把三個孫子扔給她，說是歸她養 ?!
嫁入宋家四房當繼室的于靈兮徹底怒了，剛進門便分家，豈有這般欺負人的？
分明是看四房沒了頂梁柱，以分家之名行丟包之實，免得浪費家裡的銀錢和米糧。
既然三個孩子合自己眼緣，這擔子她挑下了，以後有她一口飯，絕少不了他們的，
幸虧她魂穿到古代前是知名寫手，乾脆在家寫話本賺銀兩吧，還能兼顧育兒呢！
可窮人的孩子早當家，為了一家四口的肚皮，三兄弟成天擔憂家計看得她心疼，
好在她寫的話本大受歡迎又有掌櫃力推，堪稱金雞母，分紅連城裡宅子也買得起，
養活三個貼心孩子根本不成問題，甚至讓他們天天吃最喜歡的糖葫蘆都行啊～～
孰料其他幾房見四房越過越紅火，竟厚著臉皮擠上門蹭好處，簡直比蒼蠅更煩人，
真當他們娘兒四個是軟柿子？不合力給那群人苦頭吃，她這護短後娘就白當了！

2022年8月出版

賺夠銀子和離去

文創風 1087～1088

他這媳婦原本就不是個令人省心的主，
前段時間摔斷腿後，竟折騰出一個大豬圈，
養豬就養豬唄，還不讓人進去看，說是怕……傳染病？
人怎麼可能過病氣給豬？她這是在罵誰呢！

情之所鍾者，不懼生，不懼死／京玉

她她她這是穿書了？行，穿成個十八線小女配，她宋雁茸認了，
但、是，身為人婦卻暗戀起丈夫的同窗，這又是哪招？
暗戀也就罷了，竟不知收斂，偏偏讓小姑發現，然後原主還承認了？!
嘖，這如果不是蒼天在弄她，那怎樣才算？
幸好她以當初不懂事、是故意說氣話圓了過去，還一副愛夫好媳婦的表現，
不過根據原書劇情，她丈夫沈慶這個炮灰男配最後家破人亡，只有一個慘字，
明知危險，好不容易死而復生的她很惜命，當然不能再捲入其中被連累，
眼前唯一的活路就是和離！但和離後立女戶、買房、過活樣樣都要錢，
如今的她有傷在身，不是獨立自強的好時機，得先想法子攢錢才行，
幸好她善於培植各類蕈菇，不如就靠著量產這個來海削一筆，
她給自己定下了目標，待掙夠五百兩銀子，就找沈慶談和離去！

佳釀小千金

文創風 1085～1086

「本王至今未娶，妳可知為何？」
明明今生她與王爺素昧平生，這是何出此言？
難道……他發現了她的秘密?!

食來運轉，妙筆生花／以微

若要論天下第一美食，皇城第一樓可說是當之無愧，
尤其那遠近馳名的桃花酒，更是只有其東家之女才釀得出來！
只可惜這位佳釀千金卻遭人妒恨，毒害身亡，第一樓也關門大吉……
孰料，曾經廚藝精湛的嬌女，竟重生為孤女尹十歌，
如今不但頂著皮包骨的身子，整日忍饑受凍，與哥哥相依為命，
再瞧瞧這破敗的屋舍與空空的灶房，巧婦也難為無米炊，
就連兄妹倆辛苦得來一點點銀錢，都要招來惡鄰覬覦……
與其把積蓄留在身邊反被巧取強奪，倒不如實行致富的花錢計畫——
如今世道，鹽可是貴重之物，尋常百姓根本食用不起，
偏偏她豪氣購入大批鹽巴，決定來製作最拿手的——醃鹹菜！
這出其不意的一招果然奏效，鄰里間吃過的都難以忘懷，
不但有人為了搶購鹹菜大打出手，還引來豪華酒樓想要高價收購，
名與利突如其來，看來不愁吃穿的小日子指日可待～～

2022年7月出版

分家後財源滾滾

文創風1083～1084

生意做得好好的，卻突現危機，
說是富紳家千金看她不順眼？
哼！誰怕誰呀？別想擋她的發財路！

自立不黏膩，幸福小情意／圓小辰

於末世生存，身懷異能的唐書瑤已經習慣當個女強人，
原以為要在這和平的古代當小女子很容易，孰不知這才是難點……
她身為一個普通農家女娃，上山打獵可是會把家人給嚇壞的，
這世的家人雖有懶惰的毛病，可十分疼愛原主，她不願辜負這份情。
被迫分家後，她只能耐心引導，讓散漫習慣的爹娘願意努力做營生。
所幸她有的不只是異能，還有上輩子末世前資訊爆炸的一些點子，
吃食營生做得十分順利，從包子攤車到在店裡涮串串香，生意興隆，
連新搬到對街的鄰居貴公子都聞香而至，當天就派人上門作客。
可貴人就是與眾不同，串串香得就著滾燙的高湯涮才好吃，
偏偏他們不坐大堂，也不要包廂，卻是提出了要外帶？
她不禁懷疑這是哪間同行僱的人，特意過來找麻煩的。
如今她這間店人力有限，若開了外帶的先例，那可要亂成一團了！
但來人客客氣氣，她只得在心裡祈求這貴客不是什麼奧客，
然後大著膽子講出難處，再提出解決方案——
「這樣吧，你們跟我從後門將這些鍋啊、串啊搬過去如何？」

文創風 1106

見鬼了才當後娘 3 完

國家圖書館出版品預行編目資料

見鬼了才當後娘 / 霓小裳著. --
初版. -- 臺北市 : 狗屋出版社有限公司, 2022.10
冊 ; 公分. --(文創風 ; 1104-1106)
ISBN 978-986-509-365-5(第3冊 : 平裝). --

857.7 111014670

著作者	霓小裳
編輯	林俐君
校對	沈毓萍
發行所	狗屋出版社有限公司
地址	台北市104中山區龍江路71巷15號1樓
電話	02-2776-5889～0
發行字號	局版台業字845號
法律顧問	蕭雄淋律師
總經銷	知遠文化事業有限公司
電話	02-2664-8800
初版	2022年10月
國際書碼	ISBN-13　978-986-509-365-5

本著作物由北京晉江原創網絡科技有限公司授權出版

定價280元

狗屋劃撥帳號：19001626

網址：love.doghouse.com.tw　E-mail：love@doghouse.com.tw